2016 中国小小说年选

杨晓敏 编选

南方出版传媒

花城出版社

中国·广州

图书在版编目（ＣＩＰ）数据

2016中国小小说年选 / 杨晓敏编选. -- 广州：花城出版社，2017.1（2021.4重印）
（花城年选系列）
ISBN 978-7-5360-8180-2

Ⅰ. ①2… Ⅱ. ①杨… Ⅲ. ①小小说－小说集－中国－当代 Ⅳ. ①I247.82

中国版本图书馆CIP数据核字(2016)第296142号

丛书篆刻：朱　涛
封 面 图：蓬莱飞雪图

出 版 人：肖延兵
责任编辑：欧阳蔚　李珊珊　蔡　安
技术编辑：薛伟民　凌春梅
封面设计：庄海萌

书　　名　2016 中国小小说年选
　　　　　2016 ZHONGGUO XIAOXIAOSHUO NIANXUAN
出版发行　花城出版社
　　　　　（广州市环市东路水荫路 11 号）
经　　销　全国新华书店
印　　刷　北京一鑫印务有限责任公司
　　　　　（北京市顺义区北务镇政府西 200 米）
开　　本　787 毫米×1092 毫米　16 开
印　　张　18.5　1 插页
字　　数　300,000 字
版　　次　2017 年 1 月第 1 版　2021 年 4 月第 3 次印刷
定　　价　39.00 元

如发现印装质量问题，请直接与印刷厂联系调换。
购书热线：020－37604658　37602954
花城出版社网站：http://www.fcph.com.cn

目录　contents

序

小小说与数字化传播

杨晓敏

在当下的文学大家族里，小小说有成千上万的写作者，有月发行几十万册的核心刊物，有业界权威性奖项，并催生了数十位在民间具有全国影响力的著名作家。全国每年以 3 万篇以上的发表量，已积累了不同题材、不同艺术风格的数以百万计的小小说作品。数百篇被收入大、中、小学等各类教材，难以统计的作品素材成为阅读试卷和被改编为动漫、微电影、电视短剧、春晚小品等，或被译至国外发表与出版。

30 多年来，全国多种民间性的小小说笔会、研讨、征文、评奖、函授等，有效地发现、培养、扶持、组织和造就了中国当代小小说作家梯次队伍，小小说写作者遍布全国，成千上万，其中上百名作家因此加入中国作家协会。

作为一种新的文学样式，小小说简约通脱，雅俗共赏。这种从民间兴起的文学读写诉求，让原始性的文学情结复苏萌动，从多方面调动了大众对文学的参与、理解和认同。小小说为提升和开发全民族的审美鉴赏能力，为传播文化、传承文明提供了行之有效的另一种可能，成功地在精英文化和通俗文化之间，打开了大众文化的通道，之于文化市场的介入与渗透，悄然改善了多元的文学读写格局。

小小说文体的成长，有着确定的良好前景。不能简单地要求短的文学作品就一定要写得有多重的分量，小小说天然携带的使命，在于能让一种文学艺术形式得到广泛的普及传播。一个国家，要立足于世界强国之林，潜移默化地强化提升国民综合素质，即全面提高全民族的文化水平和健康的审美情趣，树立正确的价值观念，应是一项首推的系统工程。小小说不仅具备人物、故事、环境等要素，还携带着作为小说文体应有的精神指向，即给人思考生活、认知世界的思想容量。小小说让文学回归民间，大众参与阅读，大众参与创作，本身就介入了自觉的文化熏陶。参与读写的过程，亦是致力于进步的文化行动。让普通人在文学读写中长智慧乃至心灵愉悦，为时代进步提供大面积的"大众智力资本"的支持，这无论如何都是文学和社会的幸事。

在相当长的以农耕文明为主体的社会生活里，文学写作、文学作品或文学传播，大都以平面的、纸质的、传统的方式进行；而今人类进入工业文明社会，一种全新的以网络为时尚的读写或欣赏方式，正改变和影响着人们的生活。网络、手机阅读、动漫、微电影、小品等数字化平台，以更加自由灵活的形式出现。这不仅是对传统读写习惯的一种有益补充和取舍，而且更为重要的是，它更加适应了当下人们生活节奏提速和对便捷文化的需求，有着旺盛的生命力。互联网、手机的出现和影视文化的强势普及，一种具有革命性的读写方式占据了人们的视野，正在从根本上改变我们以往的文化接受途径乃至直接进入日常生活，而我们除了亦步亦趋地跟进，几乎别无选择。现代传播注定会改变传统媒介一统天下的格局，文学作品与网络、手机阅读、影视艺术等数字化平台结缘，应该是写作者的一种集体参与和作品开发意识的觉醒。现代传播手段，也是一种正在萌生的大众文化权益。

对于一个国家、一个民族或者一座城市，看待它的现代文明程度，先要看它的国民经济总产值，看它的钢产量、粮产量、高速公路及人均收入等，但除了这些能直接显示物质生活水准的硬件外，不可忽略的，还要看它的科技教育、医疗保险、社会福利，以及文学艺术、广电影视、新闻出版所达到的高度、氛围等等。因为这些属于精神生活、社会文明范畴的东西，所反映的是人类生存的环境与质量，是深层次的生活内涵。文化产品一旦与科学理念、大众文化市场接轨，无异于给老虎插上了翅膀。只有把文化产品转化为广大群众的精神生活消费，才能最大限度地实现文化产品的潜移默化功能，让优质的生存状态沐浴在春风化雨的文化氛围中。

文学作品与文化传播是一对连体婴儿。现在是信息社会，一件文学作品的影响，很大程度上要依赖于媒介的传播力，文化产品的市场反应也大致决定了它的艺术价值。文学作品是一种文化资源，从拥有资源到开发产品，中间有着复杂而系统的精密工艺，是一个科学的智力投入和物质投入过程，充满创新意味。可以想象，让一件精神产品像物质产品那样去参与市场竞争，影响人们的生活，对文化工作者该具有多么强烈的诱惑。

小小说文体自身携带的诸多文化元素，在现代社会生活和多元传媒中占尽天然优势，更使它在未来的文化产业市场竞争中有着无限广阔的前景。数字化平台构成的传播媒介，网络、手机阅读、动漫、微电影、小品等，是以智力资本为主要载体的高端领域，只有创意性劳动才会构成"第一生产力"，而传统媒介与数字化平台的双向开发与合作，一定会赢得社会效益与经济效益的双丰收。

造 船

蔡 楠

马长远是白洋淀有名的水木匠，他会造船，木船。

马长远造船有三个绝活儿，是旱木匠所不能比的。一绝是看树料。水乡人都说他的眼是探照灯，能探到树的里面去。有次去旱地买树，看上去高大光滑的树料他不要，偏偏看中了有一片疤的木头。儿子泥鳅问他为什么，他拽着泥鳅的老头辫儿说，傻小子跟爹学着点儿，你看这高大光滑的树，它顶部的叶子有焦梢，根部肯定空了。说着就叫来卖家，锯开树料，果然空了半截。来，看这块，你甭看它有疤，还是一片疤，没关系，这是干疤，不是水疤。水疤说明树质有毛病，干疤呢，就白捡便宜了，木头坚硬，价钱又低。说着就叫来卖家，锯开树料，果然无碍。水乡人还说他的眼就是尺，而且还是软尺，能拐着弯儿衡量材料。有次去伐树，别人指着一棵长着树龙的树对他说，这棵树长得疙疙瘩瘩的，不够船料，白给你了。他就围着树绕了一圈，拿过锯，自己操作了起来。遇直取直，遇弯随弯，顺势而锯。嘿，一副鹰排子的船料就蓦然而出了。第二绝是甩线一手准。旱木匠只能放直线，而马长远造船时能根据船的部位用材放成曲线。第三绝是放印子，就是给船打补丁。先将船体上损坏的部分用工具剔掉，洞孔自然成不规则状态。然后，选一块合适木料，不量尺寸，单凭目测用斧子砍，而且一砍便成，一放准是严丝合缝。

凭着这三个绝活儿，马长远的造船作坊在水乡名噪一时。

马长远开始时造鹰排子、鸭排子。老年间白洋淀水势大，水阔鱼多，渔民们放鸭牧鹰，自在得很。他把这鹰排子、鸭排子做成长 1.15 丈、宽 2.25 尺的标准，窄小，轻快，灵巧，转弯好掉头，遇到大风浪还能在浪尖上劈波斩浪。民国二十五年，渔民任大桅划着鹰排子驱鹰向东，追赶鱼群而去，突遭暴风雨，一下子被风浪激到了天津卫，鹰排子和鱼鹰却安然无恙。风平浪静之后，任大檜蓑衣未脱，斗笠未摘，就提着三十多斤的一条大鱼来上门致谢。

后来，马长远稍加改造，在鹰排子、鸭排子的基础上造成了枪排船。船只平底无舵，前宽后窄，宽处能搭上三管火铳，供白洋淀的猎户用来打野鸭，捕大雁，捉水鸥。枪筒里，前边装满沙子，后边装上火药。这设计，人是不在船上的，而是潜伏在水里，锁定目标以后点火，火药点燃就会把沙粒顶出去，一声枪响，猎物就轰然落地了。1937 年的一个雨夜，任大檜神神秘秘地找到马长远，把一兜大洋交给了他，喘着气说，长……长远哥，你抓紧备料，连夜加工，给……给我造十只枪排船！他接过大洋问，干什么要这么急？任大檜说，雁翎队打鬼子，日本的汽艇都开到白洋淀了！他把大洋兜子放回了任大檜手里，穿着裤衩跑到院里清点木料，兄弟，够十二只船的料，我再把前面造宽些，放四管火铳，杀伤力大些！任大檜这回不喘气了，他说，那这船钱？马长远说，船什么钱？打完鬼子再说！任大檜道了谢，说了声小心些就要走，马长远一把拦住了任大檜，等等，我把泥鳅叫醒，你带上他吧！

马长远造得最大的船叫对槽。对槽由两节相同长度的船组成，前节船首端斜削，尾端呈方箱形，后节船首端为方箱形，尾端斜削，两节船的方箱形一端相互对拢，用缆绳连接。这船笨重沉稳，能运输几十吨的货物，白洋淀进进出出的物资，都得靠它。全国解放以后，当过雁翎队长的任大檜当上了县长。他就是用这船拉着一船的砖瓦木料、沙子水泥来到马长远风雨飘摇的造船作坊的。土地改革中，任县长打倒了汉奸渔霸熊邦宗，拆掉了他家的祠堂。就在熊家祠堂的旧址，帮助马长远盖起了船厂。鞭炮声中，任大檜给船厂剪了彩，然后红着脸对马长远说，长远哥，我回来了，我没把泥鳅带回来，他被安排在天津造船厂了。他才十几岁，先学学徒吧，将来回你厂里当工程师！马长远鼻子一哼，屁！连家都不回的人，能学出什么好？能当什么工程师？我不稀罕，我自己就成！

马长远说对了，泥鳅终究也没有回到水寨定居，没有回到他爹的船厂。他在天津造船厂当到了厂长，退休后在县城投资创办了白洋淀船舶制造有限公司，如今都上市了，他成了董事长了。

马泥鳅董事长每年都回来给他爹拜年，拜年的时候就做马长远的思想工作。早些年，他说爹跟我去天津吧，你看这白洋淀都干裂了，芦苇也不长，荷花也不开，你造的船也用不上了，连吃喝都挣不上；你去看看我造的画舫、龙舟、颐和园、西湖都用呢！你再看看我造的万吨巨轮，直达太平洋呢！马长远就懒懒地说，你那不是造，你那是生产！我的木船呢，那叫手——艺！后来黄河水来到了白洋淀，他又说，爹你都九十多岁了，搬到城里住吧，我为你可是让了步，回到了县城，还给你买了三室一厅的房子！马长远眼皮耷拉着说，我住着任县长给我的房子舒服，那是人民政府给我的念想！每到这时候，马泥鳅就想用武力解决，他和司机把马长远架到车上。马长远总是打着坠儿往下出溜，我不去，本来好好的水路能跑我的木船，你倒好，捐资架桥，水路都修上油漆了，我走不惯！

马泥鳅没辙了。他给马长远雇了个保姆，暑假寒假还打发上大学的孙子马力来和马长远做伴儿。马力有时候骑着摩托艇来，有时候开着快艇来。今年夏天，竟然开着一架飞机回来了。他觉得他太爷这白胡子老头儿好玩儿，就不停地打听他的过去，打听他造船的事。听完了，他就对马长远嘟囔，太爷，都是你自己吹牛，现在白洋淀里跑的都是快艇、机帆船，顶不行也是机器钢船，你说你造的木船在哪里啊？

马长远就轻轻地拍了一下马力的头，说了声小浑蛋，你来！他颤巍巍地把马力领进了院里一间锁着的棚子里。咯吱吱，棚门打开，一道阳光钻进来，哇，马力看到了一屋子精巧细腻的木船模型。

马长远含混不清地说，这是鹰排子，这是鸭排子，这是枪排船，这是对槽……

（原载《时代文学》2016 年第 3 期）

龙　袍　郑

冯骥才

　　天津卫的名人都有来头，来头都不小。绰号"龙袍郑"的来头顶了天——皇上。

　　郑老汉是海河边一个渔夫，一个人，一条船，有兴致时拉网打鱼，有空闲时握竿钓鱼，吃鱼卖鱼，靠鱼活着，傻傻乎乎，乐乐呵呵。

　　乾隆下江南时，乘船途经天津，看到河上桅杆林立，岸边货堆成山，开了眼。皇宫里头虽然金装银裹，却看不到这种冒着人间活气的景象。皇上高兴，要到岸上溜达溜达，怕招眼招事儿，不敢骑龙驾虎，便在龙袍的外边罩件大氅，只带着两个随从，靠岸下船，边走边看，愈看愈有兴致也就愈走愈远。

　　看着看着，一个景色把皇上吸引住了。不远河上停着一只船，有舱有篷，一个渔翁坐在船头钓鱼。人在船上，影在水里，像幅画儿。看钓鱼都是等着看人家钓上鱼，老翁一条一条总有鱼上钩，皇上就看得有滋有味儿，扭头对随从说："回到宫里，我也去御花园钓钓鱼。"

　　随从说："皇上钓得比他强，皇上钓的是金鱼。"

　　可是没大一会儿，这渔翁收起竿子，把船几下划到岸边。这渔翁就是郑老汉。皇上走过去问他："你正上鱼，怎么收竿不钓了？"

　　郑老汉站在船头，手往西一指说："没见那云彩，要下雨了。"

　　皇上往西边一看，果然一块黑云。云形很怪，前头像刀裁一般齐。乌云前边是晴天，这云就像一块黑色的床单要遮过来。郑老汉说："这是齐头云，来得可快，雨说下就下。您这是往哪儿去？还不快跑，迟了可就成落汤鸡了。"

　　皇上说："哎哟，我是从船上下来玩的，我的船还远。"

　　郑老汉说："您要不嫌弃就上船来避避，这雨说到就到。"

皇上抬头一看，果然半个天都黑了，风也大起来，而且冷飕飕，往领口袖口里钻。随从赶忙把皇上扶上了船。船不大，舱不小，连皇上带随从都钻进去了。皇上头次钻进这渔家的窝里，看哪儿都新鲜。郑老汉拿几个破碗，沏了茶。这茶比树叶多点儿味罢了，皇上竟说好喝。喝茶间，雨已经来了，雨落船篷，像大把大把撒豆子。这一来，皇上更有兴致，说："你有吃的吗？我有点儿饿了。"

郑老汉笑道："我猜到您会饿，正给您热着锅熬面鱼呢！我熬的面鱼，谁吃谁爱。这边打鱼的常提着酒葫芦来吃我的面鱼。"他说话这当儿，鱼味儿已经钻进皇上的鼻子眼儿，勾馋虫子了。

郑老汉的面鱼捧上来，皇上吃上两口就大声说好。面鱼又小又没样，从来上不了御膳，所以皇上没吃过。可是，面鱼又鲜又嫩又没刺，皇上头一遭吃，竟然大呼这才是山珍海味。御膳房的菜添油加酱，民间饭食原汁原味。皇上一边避雨，一边又吃又喝好快活，一高兴，把外边大氅解开，将里边的龙袍脱下来赐给了郑老汉。郑老汉万万没想到，天降洪福，居然在自己家的小船篷里见到万岁爷了，两腿一软，两膝一松，啪地跪下，连连叩头。直到风停雨住，皇上走了，他还趴在那儿把脑门儿撞着船板梆梆响。

整整一夜，郑老汉也弄不清这事是真是假。当今皇上到自己船上吃鱼喝茶——谁也不信是真的，可金光闪闪的龙袍就在自己手里。

第二天一早，郑老汉没出船，在船头摆一张椅子一张桌子。桌上铺着龙袍，自个儿坐在椅子上。不一会儿就招来许多好奇的人，而且人愈来愈多。当今皇上乾隆爷上过郑老汉的船，吃了他的面鱼夸好，还赐他身上的龙袍，这事眨眼传遍全城。几年前，皇上来天津，赶上妈祖生日看皇会，不过赐了两件黄马褂，民间就闹翻了天。龙袍比黄马褂厉害多了，见了龙袍就如同见到皇上，于是有人跑去给龙袍叩头，这一来津城的乡绅、富贾、文人和官员纷纷赶往这里，像是皇上还在这里。官员碰上这种事都争先恐后，听说知府大人很快也要赶到。

郑老汉出了大名，从此人们就叫他"龙袍郑"。可是，人出名就有人说好，有人说坏。有不怀好意的说龙袍郑天天夜里偷着把龙袍穿在身上，坐在舱里装皇上。这传闻跟着就引来一个可怕的消息，说知府大人听了发火了，要抓龙袍郑，没收龙袍，治他"亵渎圣上"的重罪。这一下就把龙袍郑吓跑了。三天过去，便不见龙袍郑的人影船影龙袍影。

码头的事再热闹，都是一阵风，说过去就过去。渐渐人们不再提龙袍郑，却时不时有人把船泊在原先龙袍郑停船的地方，握竿垂钓，也想碰到一次皇上。

估衣街上有个摆摊卖槟榔的小子，人挺精明，做梦都想发财，一直没撞上好机会。这小子也姓郑，兄弟排行老三，人称郑三。一天，有人对他说："你也姓郑，人家龙袍郑也姓郑，人家是嘛运气，皇上找上门来。不过那老家伙有机会不会使，福报不够，天大好事竟然叫他差点儿惹来杀身之祸。"

郑三听了灵机忽动，眨眨眼说："我会使。"没多少天，他就把自己祖传的北城根的两间瓦房，换到了海河边三间屋，开个面鱼店，自称自己和龙袍郑是同姓同宗同族，龙袍郑熬面鱼那两下子他都擅长，所以他开的面鱼店门口就挂起了"龙袍郑"的牌子。

做买卖靠旗号。谁不想品品皇上的口味？郑三的熬面鱼便成了天津卫小吃的名品。真龙袍郑亡命天涯，假龙袍郑日进斗金。日子一久，郑三就叫龙袍郑了。那段故事便成了他店里天天讲的老事。

（选自冯骥才著《俗世奇人》）

申 桐 生

张晓林

　　申桐生（1915—1993），一生从事教育事业。书法师承褚遂良，有楷书墨迹传世。

　　申桐生从河南省立第一师范毕业后，先是在宁陵县中学教了一阵子书，很快就回到了开封，受聘到河南第三小学教语文。也是在这个时候，他开始跟着邵次公学习书法。邵次公让他从褚遂良的大字《阴符经》入手，然后再上溯魏晋各家。开始的一段时间里，尽管有着上私塾时描红的底子，但依然入不到帖里去，有几次气得都把字帖给撕掉了。然后等消了气，再买新帖回来接着练。渐渐地，他与《阴符经》有了心灵上的沟通，以至后来到了一日不临褚帖就寝卧不安的地步。

　　邵次公曾严肃地告诉他："学习书法的道路上会有很多坎儿，必须咬着牙一一迈过去。有一道坎儿迈不过去，就会面临着被淘汰的危险！"申桐生顿时对学习书法充满了恐惧。从此以后，他一生都在临习《阴符经》，再没有旁涉过别的法帖。

　　抗日战争爆发那一年，申桐生随河南第三小学南迁到了罗山潘新店、叶县下里镇一带，在动荡中度过了三年时间。三年后，他结了婚。那个时候，他已跟随学校迁到了伊川县。妻子的一个至亲在伊川县任县长，于是，申桐生做了该县的教育局长。

　　他娶的这个妻子，是一家大户人家的小姐。虽是大户家的女儿，却自幼不习女红，跟着她的舅舅，一个少林寺的俗家弟子，学了一身的硬功夫。看上去一个风摆杨柳的弱女子，却能生生扳倒一头大黄牛！这个小姐很是任性，常常摔东西，无缘无故地朝申桐生发脾气。

　　她对申桐生天天在那里临帖，临《阴符经》，很是看不惯，刚进门时还忍着，三个月后就忍不住了。她气呼呼地问自己的丈夫："你天天在那儿涂呀画呀的，是当吃还是当喝啊？"申桐生跟她解释说："这是在练习书法！文人的雅事。"妻子嘟哝着说："我看是吃饱了撑的，饿你三天看你还雅事不雅事？"

申桐生很无奈，苦笑着摇摇头。

秋后的一天，天阴得厉害，不久就下起了小雨。申桐生没去教育局点卯，在家里书房临《阴符经》。墨是宿墨，兑水后散发出难闻的臭味。这臭味从书房飘出来，弄得整个屋子都是这种味道。申桐生尚能忍受，他的妻子，那个大户小姐却忍受不住了。她冲进书房，一把抓起书案上盛墨的砚台，照申桐生就扔了过去。申桐生急忙躲闪，砚台的一角在他的鬓梢扫了一下，立即血流如注。砚台里的残墨，也多洒在他的脸上。红与黑在他脸上一掺和，很像唱戏的大花脸了。

那方砚台落到地上，"啪"，裂成了两半。申桐生捡在手里，心疼极了。这是邵次公辞世头一年送给他的礼物。巴掌大的一方石砚，肌理细腻如婴儿的皮肤一般。随学校南迁，他只随身带了很少的几件东西，其中就有这方石砚。

申桐生用清水把砚洗干净，拿到街上找铜缸匠修。他问："能修吗？"旁边的一个人笑着说："放心吧，他有铜灯泡的本领！"砚台修好，拿到家注上水，第二天早晨看时，底部渗满了一层细密的水珠。

日寇投降那年，申桐生丢了乌纱，他携妻挈子回到了开封。有很长一段时间，他赋闲在家。为了生计，在妻子的一再督促下，把靠街的一间房子腾出来，开起了一家小诊馆，专治跌打损伤。妻子不光从舅舅那里学到了一身功夫，还学到了一套熬制治疗跌打损伤有奇效的膏药秘方。她估算着，世事动荡，又加上开封人好使气斗狠，这种膏药会有很好的市场。假如一天卖出一百贴膏药，每年就能赚上五百大洋，妻子的嘴角露出了一丝笑容。

申桐生很少有时间临《阴符经》法帖了。在妻子的吩咐下，他的任务是把牛皮纸剪成圆圈圈，好往上边摊乌黑乌黑的药膏。开始的半个月，他怎么剪都剪不圆，有两次甚至还剪到了手指头。后来就熟练起来，膏药纸几乎让他剪成了艺术品。妻子打趣他说："比日本鬼子的膏药旗都圆！"

起初的一些日子，诊馆的生意还算不错，每天多少都会有人过来。有一天黄昏，街头的混混牛二走进了诊馆。他手里拎着一只冠上满是鲜血的鸡。牛二与人斗鸡，斗败了，跟人打了一架，胳膊被人打伤了。申桐生给他拿了几贴膏药，嘱他回去按时贴，过几天就好了。

牛二拿了膏药，拎着那只斗鸡，也不付钱，扭头就走。

妻子一闪，堵在了门口，说："还没付膏药钱呢！"

牛二铁着脸，冷冷而笑，说："没钱！"又说："你去打听打听，开封城谁敢收牛二的钱！"

妻子一伸手，牛二拎着的斗鸡就到了她的手里。妻子说："没钱就把鸡留下！"

牛二大怒，抬脚就去踢妻子的裆部，忽觉抬起的腿软绵绵的，一点力道都没有了。大骇，夺门遁逃。到了门外，扭头喊道："那鸡是我的命根子，你等着，改天我会把小诊馆砸个稀巴烂！"

牛二却再没来过小诊馆。

过一阵子，妻子将那只斗鸡卖了，给申桐生买回来一方砚台。还剩下点钱，她本来想给自己买一盒日本产的香脂，后来却又改变了主意，给孩子买了一个花书包。

（原载《书法报》2016 年第 37 期）

绝　杀

申　平

　　森林、溪流、野兽、珍禽……当杜老四误打误撞发现这座美丽的山谷时，他的一颗心几乎就要从胸腔里蹦出来。他跳下马，端着老洋炮，小心翼翼地东张西望。在确信这里的确没有半根人毛以后，他立刻朝天砰地放了一枪，大声喊道：山神爷，感谢你！这里的一切都是老子的啦！

　　枪声和他有点发颤的声音在山谷间回荡，吓坏了飞禽走兽，排排树木也跟着颤抖起来，树叶簌簌掉落。

　　杜老四翻身上马，冲出山谷。他在山口那里摆下了三块石头，作为记号和领地标志，然后又打马飞驰。在马跑到口吐白沫的时候，他终于望见了自己的村庄。他进门就喊：快把咱家的人都找来，这回咱要发大财啦！

　　几天以后，在一个漆黑的夜晚，几辆马车载着杜家老小几十口人，悄无声息地离开了村庄。一路上，本来辈分不高、排名靠后的杜老四神气十足，俨然成了家长；到了地方，他又号令大家搭帐篷、建房子，然后又给大家分工：谁谁去伐木，谁谁去打猎，谁谁做饭种菜……杜老四指挥若定，令全家上下刮目相看。

　　从此，这座沉睡千年的山谷，便飘起了人类的炊烟，终日响起吱啦吱啦的锯木声、砰砰啪啪的枪声，还有各种野兽珍禽的惨叫声……杜老四，这个大功臣，这个总指挥，他并不干活儿。他每天吃饱喝足，就倒背俩手，到森林里去视察。他一会儿指责这个锯木不快，一会儿批评那个打猎不精，所有的人都对他毕恭毕敬，杜老四每天都在享受一个山大王的快乐。

　　当锯下的木头堆成山，熟好的皮张无处放时，杜老四又骑马出山去了。不久，便有大轱辘车一辆辆驶进山来。木头、皮张被一趟趟运出山去，换成了一堆堆的银钱。只一年工夫，杜家人人腰包鼓胀，家家盆满钵满。

　　严冬来临，有人提出拔营出山，立即遭到杜老四的严词斥责。他说：真没出息，发这么一点小财就知足啦！你看这山上还有多少木头没有砍，还有多少野兽没有打啊。走？咱一走这地方就不是咱的了。要走的，永远都不要回来！

杜家人噤若寒蝉，继续留在山里伐木打猎。除非大雪封门，除了重大节日，他们终日都以抢夺的劲头，攫取山谷里可以攫取的一切。

又一年过去了，杜家人钱多得没处放，又有人提出应该出山去享福了，但马上又遭到了杜老四的斥骂。他说：看你们那点眼光！就知道想你自己这辈子的事情，那你的子孙后代呢？做人，要想到下一辈子，下下下辈子！

杜家人继续留在山里伐木打猎。除非大雨滂沱，除了重病在身，他们继续以抢夺的劲头，每日在山里攫取可以攫取的一切。

第三年，又有人想走，杜老四说：山外兵荒马乱的，你们想出去找死吗？

一连五年，杜家人扎根深山，毫不吝惜地把这座无名山谷上上下下里里外外搜刮了一个遍。能砍的树全砍完了，能打的珍禽野兽全打光了，甚至连山参等地下宝贝也挖绝了，他们家家户户富得都拿金银元宝丢着玩了。杜老四上山考察了一回，又去山外探访了一番，他终于说：我们可以出山去享福了。

杜老四是最后一个离开山谷的。当年那座美丽富饶的山谷，现在已经一片死寂，再看驻地更是一片狼藉。杜家人只带走了金银财宝，其余的全都丢弃了，包括各种生活用具、衣服、被褥、粮食、成垛的肉食……全都丢啦！偏在这时传来几声狼嚎。对，不能把这一切留给别人，更不能留给野狼！狼这可恶的东西，曾经不止一次来找麻烦，走了也不能饶了它们。

杜老四立即找出一包砒霜，在水里化掉，全部洒在肉上，接着他又放了一把火，把所有的房子和里面的一切统统点燃了。他这才哈哈大笑扬长而去。

杜老四不知道，他放的火后来引发了山火，残留的生灵再遭涂炭。跑得快或藏在地下的狼、獾等随后又去吃了毒肉，成批死亡，山间的一切被彻底绝杀，山谷成为永无复返的不毛之地。

出山后的杜老四却幸福无边，荫及后世。他在城里买下了一条街，先后娶了五房姨太，生了一大堆儿女，他的英雄事迹代代传颂。

直到今天，杜老四还活在家族人的心中。他们之中的不少人都有一个心愿，就是想再去找一座谁也管不着的山谷，也痛痛快快地来他一场绝杀。

（原载《小说月刊》2016 年 12 期）

对　饮

非　鱼

突然就想起那年冬天的故事。

眼前出现了一幅晶莹剔透的画面。麦草搭的饭棚上，垂下一排长长的冰挂，掰下来一根，锥子一样，在手心里扎一下，凉凉的，痒痒的，咬在嘴里，嘎嘣嘎嘣，还有一股烟熏火燎的麦草味。

大哥就是在这时候被父亲撵回家的。他从院门外跑进来，黑色的棉袄敞开着，露出精瘦凹陷的胸脯，棉裤弄湿了，哩哩啦啦甩着水珠，他跑起来的样子像被敲了腿的狗，两条腿一撇一撇的。我大笑着喊娘：你的亲狗娃又闯祸了。父亲拎着一根棍子，呼哧呼哧喘着粗气：三天不打，你皮又发痒了不是？

大哥已经撇着腿钻进了他的西屋，并牢牢地堵上了门。父亲把那扇四处走风的破窗敲得咣咣响：有本事你死里面！

娘站在檐下，看到父亲的棍子没打到大哥，她呵儿呵儿地笑：又咋了？你们爷儿俩就是反贴的门神。

父亲没打到大哥，一肚子火气冲着娘：惯吧，你就惯吧，早晚把他惯到监狱里去！大冬天跳水库，棉裤湿半截，看不冻死他。

娘一听棉裤湿了，不笑了，立马换了哭腔：老天爷呀，我的亲狗娃啊，棉裤湿了看你光屁股上学，这败家的娃啊。

于是，那天下午，大哥一直躲在西屋一声不吭，父亲在门外怒吼，母亲配合着吟唱。我一直玩着冰挂，弄湿了棉袄袖子和前襟，被母亲捎带着戳了几指头。

这样的场景，像演电影一样，过几天就要演一次，只不过，大哥幸运的时候并不多。他经常会吃上父亲几拳头，或者挨上几鞭子、几棍子。父亲手边有啥，抄起来就向大哥抡过去。我有时候真怕他把大哥打死了，因为大哥在外面挂了彩，回来还要再受二次伤。父亲每次打他都会凶狠地说：打死你。

娘看着父亲打大哥，除了流泪，毫无意义地喊着让父亲住手，也无能为力。她说：狗娃是你前世冤家啊，你非要他命，又何必生他。

大哥在父亲的棍棒下，并没有成长为他希望的乖娃，而是长得和他越来越像，从脸上浓密的胡须，到宽厚的手掌，甚至说话的声音。最重要的是，大哥的脾气越来越暴躁，像父亲一样容易发怒，敢跟父亲叫板了。但父亲动手的时候却越来越少，取而代之的是争吵。两个声若洪钟的男人，在屋里对吼起来，其他人就完全被忽视了，整个世界都是他们的。娘的规劝，就像落在他们肩膀上的一只蚊子，手一扬，就被扇飞了。

我的记忆力就是这么好，想起这些故事，总要拿出来讲一讲，让那些孩子们笑笑。阳光从落地窗户上照进来，新打扫过的屋子散发着清新的味道。再有一天，就是除夕了。我给父亲送过年要穿的新衣服，大大小小十几口人提前聚在大哥家，有一种喧嚣的幸福。

我问父亲：你怎么从小只打大哥，不打二哥、三哥？

父亲背对着阳光，我看不清他确切的表情。他好像没听见我的话，一声不吭。

我想问大哥，他说：好了，爹该洗澡了。

大哥把父亲从沙发上搀起来，我看着两个背影一模一样的男人，慢慢地走向浴室。这个场景，如同饭棚麦草上一排排的冰挂，在阳光的照射下，光芒四射，让我想哭。从什么时候起，这暴躁易怒的父子俩变得如此沉默寡言，我竟没有发现。也许是从娘去世后，也许是从大哥成家后，也许更早。

我站在浴室门口，看着玻璃花纹上映出的橘黄色灯光，还有蒸腾缭绕的水雾。我特别想知道，六十多岁的大哥给八十三岁的父亲洗澡，是一种什么样的场景。大哥刚做完心脏手术三个月，父亲也在心脏同样的位置，放置过起搏器。

水声停了。大哥说：搓搓背吧，省得背痒。

父亲没有回答，浴室里安静下来。一会儿，我听见搓澡巾擦过皮肤的声音，很慢，沙沙沙的，像叶子落在地上，或者像细小的雨落在脸上。

大哥问：重不重？

父亲说：还行。

浴室里重新安静下来。父亲咳嗽了一声，似乎想说什么，迟疑了一下，又咳嗽了几声。大哥说：是不是太热了，不舒服？

父亲说：你，伤口，还疼不疼？

大哥说：不疼了。

父亲说：有病了，就注意点儿。

听着他们的对话，我眼前出现的却是他们挥舞着手臂，瞪大眼睛，大吼着，谁也不听谁的吵架的情景。

门开了，两个一模一样的男人又搀扶着出来。父亲的胡子刮得干干净净，脸色红润。他眯着眼睛，说：四妞，今年拿的啥酒？

我说：三十年西凤。

他说：晚上打开，我和你大哥少喝点儿。

那个晚上，餐桌上出现了多年前熟悉的一幕。

父亲和大哥几乎不说一句话，两个人默默地倒一点儿酒，轻轻一碰，玻璃杯发出清脆的声音，然后一饮而尽。我们完全被忽视了，好像整个世界都是他们的。

（原载《小说月刊》2016 年第 2 期）

野地里有棵花椒树

王剑冰

二姐走了过来，二姐一晃一晃地走，像个牛牛。

二姐一走到我跟前，就说，石头，你看见啥了？

没有么。我说。

我知道她问的啥。

二姐刚才在地沟里蹲下去尿尿，被我刚好看到。

我正在地沟里挖苦苦菜，二姐哧溜就溜进了地沟里，扒下裤子就圪蹴那里了。二姐可能看了周围没有人，就没想地沟里会有眼睛，那眼睛又不是闭着的，又不是闲着的，眼睛生就是看的，何况正没有啥可看的。

二姐把清早的奖赏给我了。

我就看见了一片儿白，像手电筒一亮，把那块地沟照亮了一片儿，而后那片儿白又亮了一下，就灭了。

紧接着就响起了二姐的尖叫声，那声音像一把圪针，一下子扎着了我的眼睛。我就把眼睛闭起来。再睁开的时候，地沟里还有一片儿白白的光，一闪，又一闪。然后就灭了。刚一灭，二姐就晃到跟前来了。晃得我不敢看，对自己喊了声，快跑！

可我的腿没有动。那声喊没有从嘴里冒出来，在肚里像一个猪尿泡瘪了气。

我想着该跑的是二姐。尿尿时被人家看见，也不知道瞅瞅，也不知道羞，还来问人家。

石头，你看见啥了？二姐还问。

二姐的脸一红一白的，像转着苹果的两个面。

没有么。我说。

我不看她，我看着天。天上有一只鸟，忽闪忽闪地扇翅膀。

你不说是吧？你不说我也有法儿你。二妞说。

你没法儿。我说。

一片云彩飘过来。难道你还能把俺看到的白再收回去不成？那白入心了，掏也掏不出来。啥时想看，一想就亮了。

你也得让俺看看。二妞说。

二妞像是把一颗秤砣吃肚里了，咬着她的下嘴唇。

啥?! 我说。

我的牙差一点掉出来。

你说啥！二妞说，你不能白看了俺的。

我又不圪蹴尿。我说。

那你咋着尿俺就咋着看。二妞说。

你赖皮。我说，俺就看到一片儿白光，俺又没看到啥。

说咧，一片儿白光，那是俺的羞，俺娘说了，羞不能让人家看到，看到了就不能见人了。俺得把俺的羞换回来！二妞说。

二妞的话音里有了潮气，湿湿的，像今早起的露水。

我的嘴不再帮我说话，我不知道咋办了。

你快点呀，你快点呀！二妞的露水尤其重了。

那我，那我……我真的不知道该咋办。我怕二妞的露水一会儿把我淹了。

你就尿给俺看看，俺又不要走你的啥。二妞说。

二妞的眼睛放着急迫而又是恳求的光，脚在地上一跺一跺。地上有一群蚂蚁正搬家，叫二妞把队伍跺得溃不成军。

我的手真的在开始解裤腰带了，那不是我向它发出的指令，是二妞发出的，好像这手是二妞的，一下一下地把紧紧拴着的带子解开了。

可我现在没有尿，我一点都不想尿，我裤裆里的那个伙计，吓得软嗒嗒的，让我感觉不到一点分量。

二妞的眼睛大了起来，好像带了钩子，就要直勾勾地把我那伙计给钩了出来。

谁知道就在此时，二妞哧溜一下，撒腿跑了，比一只獾跑得还快。

二妞跑之前，我分明看到一颗大大的泪滴扑簌就滚了出来，滚出的速度跟她跑时一个样。

我的布裤腰带的一头还在晃着。晨光在它的上边打着秋千，地上打出一道一道的黑。我扎起来的时候，看看我的伙计还在里边，像一只光肚儿麻雀娃子。

二妞跑走后,我又去了刚才采苦菜的沟地。

我没有去采苦苦菜,我去看了二妞蹲过的地方,那地方有一块土湿塌塌的,把一棵苦菜花润得黄鲜鲜的,花上的尿滴像露水一样映出了一颗亮亮的老阳儿。

后来我就闻到了一股浓浓的味道,黏滋滋麻酥酥的,黏喉咙。

抬头一看,是一棵花椒树,长在沟地的沿上。枝儿扑棱棱地展开好大一片,站在村头,好远都能看到,也不知道是谁家的。花椒刚长出,青翠一片,一嘟噜一嘟噜的,散发出很浓的气息。

原来二妞是来采摘花椒的,我说怎么二妞的兜兜鼓鼓的呢。

二妞的脚印歪歪斜斜地留在土埂上,一直歪斜到我刚才站着的地方,尔后歪斜到看不见。二妞穿着粗布方格布鞋,鞋边毛毛的沾着黄土。二妞跑走的时候,两条小辫在肩头可劲地蹦,好像是二爷的打马鞭。二妞的土布蓝花上衣明显地短了,一蹿一蹿露出她的白裤腰。那一片一片的蓝花,化在野地的香气里。

那天我回到家才发现,我根本就没有带回去苦苦菜,那只荆条篮子被我遗忘在沟底了。

我跑回去找,早没有了影儿。那朵黄花,一摇一摇。我顺起一脚,把一个土坷垃踢得满沟跑。我觉得,我可爱的荆条篮子换了一片儿恍惚的白不值当,真的不值当,不顶吃,不顶喝,还不顶娘的一顿吆喝。

娘的吆喝远远地来了。

后来大了,二妞见了我,总是脸一红。我早不知道她脸红的是什么。

再后来又一次在一起,我突然想起来,问起花椒树下的事。

二妞的脸立时就像秋天的柿子叶,夕阳里一翻一翻的红。

你坏!二妞说。

(原载《红豆》2016 年第 6 期)

跟了他一程

白小易

晓芸的丈夫死在女秘书的床上。

整理遗物时，晓芸发现了许多奇怪的药片。她不动声色，把它们收了起来。

送葬之后，晓芸接管了丈夫的公司。作为丈夫的第一任女秘书，她对这个公司了如指掌，一切都是驾轻就熟。她给全体员工开会，宣布继续聘用大家做原来的工作——只有那个陪着丈夫走了最后一程的女秘书除外。

然后她就着手招聘新秘书。当然，她要个男的。

按照她的招聘条件，来应聘的都是帅小伙儿。面试由她亲自进行。她想象着丈夫招女秘书的模样儿，自己就用那样的表情去考察这些帅哥儿。结果大多数都被她直接吓跑了。自然也有善解人意的，或是大献殷勤，或是装模作样……晓芸选中了一个，从此形影不离。

第一次准备上床的时候，晓芸拿出丈夫的药片。小伙子脸涨得通红："我哪用得着这个？"

晓芸刚习惯了董事长说一不二的美好感觉，见他竟敢如此自吹自擂，自然不高兴："你以为老娘好糊弄是不是？"

小伙子乖乖吃了药。他的脸更红了。

晓芸很快知道自己低估了这种药片的威力。一心逞能的小伙子早忘了自己的身份，把这个半老徐娘折腾得要死要活……这个时候晓芸当然不会怪他。她也可以暂时把自己看作一个女人而非董事长。不过极乐之后的感慨又转回来了——当个董事长实在是美啊！怪不得那死鬼这几年连家都不想回了……

待这批"遗产药片"用光了之后，这位男秘书就开始自己去买药片吃了。晓芸每次看着他红头涨脸的样子，都有点儿替他担心。不过风险并不在自己身上，那种疯狂的床第之欢又实在令人无法割舍，所以想想也就过去了。由此想到丈夫，当年他的寻欢可是赴汤蹈火万死不辞的。

后来发现这个小伙子渐渐变得讨厌了。他以为他越来越重要，常有给她当家的欲望。晓芸于是又理解了丈夫的女秘书为什么频频更换的缘由。换的时候才知道这事也并不那么好办——纯粹的秘书容易辞退，而这种秘书却要跟你"算账"。在这种寡廉鲜耻的事情上，男人和女人并没有什么本质的区别。给钱就是了。

第二个男秘书就选了一个看上去挺重情意的。晓芸也不再提供药片，重新享受天然的乐趣。但是很快新的麻烦就来了，这个小伙子真的爱上了她，竟然不顾自己的身份，向晓芸董事长求婚了。当时正在做爱进行当中，晓芸把这看作了嬉戏的一部分，就玩笑着接受了。可笑的是，尘埃落定之后，这男孩儿还在做当老公的梦。晓芸不客气奚落他："你要是实在愿意跟我做一家人，我可以认你做干儿子。"

小伙子顶撞道："那不是乱伦吗？"

"你不知道干女儿差不多都是干爹的情人吗？同样的道理，干儿子当然应该伺候干妈啊。"

第二天小伙子辞职了。这倒让晓芸对他肃然起敬。这小子蛮有骨气的，一点儿麻烦没有，还挺让她想念的。然后她又想到自己是被手下给炒了鱿鱼，就有些郁郁寡欢。她禁不住猜想她丈夫是不是也被女员工炒过。如果有，说明她依然在重复丈夫的生活；如果没有，只能证明她比丈夫玩得更糟……于是她觉得没意思。忽然就想：我干吗学他？难道也非要死在一个男秘书的床上吗？

晓芸这回不聘男秘书了，聘了一个总经理，代她经营这个企业。她只出席董事会，做了真正的董事长。逛街、游泳、打保龄球、做健身操、睡懒觉……以前做太太的安逸生活又回来了。跟以前的区别就在于，以前的这种生活伴着无奈，是丈夫强加给自己的，而现在却是自己的选择。

她想明白了，她不能跟着他去。

（原载《天池小小说》2016年第1期）

祈 雨

陈 毓

阿斗踏进流水镇，遇见厉槟榔。

厉槟榔骑在摩托车上，嗡一声，就到了阿斗跟前。

厉槟榔说，一大早出门，碰上的咋是你这远路人。你回来年后还出去不？

厉槟榔冲阿斗晃一晃手。阿斗看见厉槟榔缺了根手指，残疾了，吃一惊。

两人站着寒暄，厉槟榔说他有紧要事，要去镇后头吴婆婆那里借斗方，午后尚爷祈雨用。摩托车开出去又停住，厉槟榔扭头嘱咐阿斗，下午三点半，在四方街祈雨，要来！

如果你是外人，站在流水镇看世界，你会心生恍惚，就算今天，这里也仅仅是解决了温饱，远说不上富裕，年轻的一代走到他们祖宗几辈都没能走到的地方，却和这里有着舍弃不掉的联系，他们知道北京的王府井、三里屯，镇上有人甚至在798艺术区办过展览。生了病，他们在北京的大医院求医，也去道观祈药。留心天气预报，一周、半月的天气预报都在网上查询，却也虔心诚意地祈雨。

八十六岁的尚爷健在。只要尚爷在，这祈雨的事就落不到别人头上。

流水镇的土地一年年减缩，但他们对土地的情感不能了断，祈祷年景风调雨顺的愿望，在骨头里。

冬月没见一点雪星子，眼见着雨水节气到来了，仍是没见一星雨。老人望天，一声叹息，这天哪！眼神和语气里，满满的不安和愁烦。又不是没得吃，愁烦个啥。有年轻人不以为意，立即招来老人的训斥，黄口小儿，不知轻重！

俩月不下雨，连尚爷都不静不安了。他昨晚捎话把年轻的镇长叫来，说他要为镇子祈雨，嘱咐弄全祈雨的物件，还嘱咐把镇上的年轻人都叫来，能到的都到，看一次少一次，尚爷语气里有截铁的果断。

参加祈雨的年轻人都被尚爷分派了活儿，分给厉槟榔的，就是去镇后头借吴婆婆的斗方。

阿斗看见厉槟榔急火火去借斗方，赶紧回家和媳妇景波报到。景波正在院子里用棕毛扎扫帚，说是祈雨用。阿斗在心里笑了，他感到一阵轻松，一阵解脱，一阵感动。

阿斗回镇子见到的这两个人，都在为即将到来的祈雨忙碌，叫他莫名兴奋，日子一瞬间在他心里现出紧致的形状。

匆匆吃了景波做的热米皮，阿斗帮景波扎扫帚，随后把十几把扫帚拿到了四方街上。这些年，四方街很少像今天这么热闹过，似乎能来的人都来了。男人黑衣白巾，在屋檐下一顺儿站立，少见的安静，没人吸烟，没人吐痰，没人讲笑话，看着都庄重。寂寞多年的锣鼓手也从这里那里凑齐，坐的坐，站的站，也都安静。只有红白纸扎起来的龙在风中一扭一扭的，像是马上就要飞到天上去，行自己司雨的职责，广场清洁，盛大，一派庄严。

黑衣黑巾的尚爷是坐在一把竹椅上被四个后生扛过来的。他一出现，"祈雨"的仪式就算开始了。参加仪式的队伍在尚爷身后罗列整齐，妇孺走在队伍最前面，老妇手持扫帚扫土，少女拿着没有一片绿叶的柳枝洒清水。

队伍开走。

唢呐声的高音拔起，锣鼓声跟着响起，陌生的调子让人的脊背起一股凉。

镇长谢昌华恭恭敬敬地把用麻绳固定稳当的斗方套进尚爷脖子，那是几代人盛装过麦子玉米，借过还过面粉小米的斗方。从前庄户人家人人熟悉的斗方现在虽然没几家有了，但却是这古老仪式必须有的神圣物件。斗方的底部埋着火药，上面薄薄覆盖一层草木灰，一支高香插在斗方正中间。祈雨从高香点燃正式开始，祈雨过程最长不过这一根香燃尽的时间，高香燃至根部，若没下雨，斗方底部的火药将燃起火焰，那年迈的尚爷就有可能用老身祭祀苍天。

祈雨人群的心思是复杂难言的，每个人，哪怕是对世事混沌一片的孩子也感到从未有过的紧张，所有人的心思凝聚一点，那就是祈愿雨滴早点落下，哪怕只有三五点，也成。

唢呐声有撕裂人心的紧张，只有尚爷，在队伍中走得缓慢稳静，仿佛他八十六岁的生命凝固为这一刻的庄重。

尚爷鳏居多年，用他自己的话说，老天爷不叫，死不了。干旱祈雨的动议由尚爷提出，祈雨的念头在他心中翻涌，压下去，又冒上来。

这些天，尚爷总回忆起他小时候看爷爷作为镇上最年长的人，带头祈雨的场景。有生之年，他也要扮演一回这样的角色，如果天不成全，他就用一把老骨头教给后代知道这身体和生养之地的关系。

老迈的尚爷迟缓稳静地走着圈，所有能扭头看尚爷的人都扭过头看他胸前的高香。

过半了。

剩三分之一了。

三分之一弱了。

担忧的气氛笼罩，人群努力保持镇静，似乎被尚爷的精气神鼓撑着。

紧张忧虑中，只听天空哗啦一声，午后一直闷着，像蒙着一层灰布的天空哗啦一声撕开，被风推送着，一朵轮廓鲜明的云团奔涌过来，浮在这群黑漆漆的、被某种秩序制约着的人的头顶，闪耀着银亮光芒的雨唰地落下来，尚爷怀抱的高香升一股蓝烟，被雨点顷刻打灭。人群爆发出一声类似号叫的嘹亮声音。人们欢呼起来，锣鼓唢呐在那一瞬爆发出最高音，纸扎的龙在雨的密箭中乘风飞舞，就要飞升上天。

老人孩子壮年人，都在雨地接受着洗礼，发出情感一致却带着属于自个儿的欢庆声。

三分钟的雨水。整整三分钟。阿斗站在雨帘下，仿佛被圣水沐浴的圣徒，他想哭，想喊，想要号叫，想要冲进田野的深处。

阿斗想起了桃子，他立即给桃子打电话。电话里他呜呜咽咽，不成句子。

于是这个下午，刚刚把"台湾老公"迎进门的桃子听到电话里阿斗泣不成声地向她一遍又一遍地念叨，你应该回来，你三年都不回老家是不应该的，你该回来看看，回来看看。

台湾人听着电话里隐约的哭声，问桃子，是谁死了？

桃子平静地说，奶奶死了，我得立即回家。

（原载《文艺报》2016 年 9 月 7 日）

洗　澡

刘国芳

　　领导开车往河边走过，看见河里有几个人洗澡，领导也想洗澡，于是停了车，往河边去。但在河边，领导并没下水，而是站在河边。那儿是乡下，洗澡的都是农民，一个农民看见领导站那儿，便说："下来洗澡呀。"

　　领导笑笑。

　　一个农民也说："下来洗洗呀。"

　　领导仍笑。

　　又一个农民说："下来呀，洗洗舒服。"

　　领导同样笑着，他这时想下水了，但有些不好意思。那些农民只穿一条围布来，也就是身上没穿裤子，用一条围布把下身围着。到水边了，把围布一扯，便赤身裸体下水了。那水特别清，齐胸深的水，还清澈见底。这样，那些农民即使在水里，还是赤条条裸在大家眼前。领导觉得自己毕竟不是农民，这样赤条条把自己暴露在他们跟前，确实有些不雅。况且，领导很胖，穿着衣服都能看出一身的赘肉，脱了衣服，那一身的赘肉肯定更难看。为此，领导在水边犹豫不决不敢下去。又有农民走了来，也穿围布，到领导跟前时，围布一扯，光着身子下水了。这人下水后看看领导，然后说："站那儿干吗，下水呀？"

　　领导不动。

　　这人又说："难得有这么好的水，下来洗洗嘛。"

　　领导还犹豫着。

　　在水里洗澡的一个人看看领导，问着说："你是领导吧？"

　　领导点点头。

　　那人说："难怪你不敢下来，原来你跟我们不一样。"

　　一个人说："有什么不一样，脱光了都一样，再说也不是没有领导来洗澡，你还是下来吧。"

这人说着时，又有人走了来，这是个像领导一样胖甚至比领导还胖的人。这人没穿围布，穿着衣服，看样子不是当地农民。这胖子在水边脱起来，先脱衣服，再脱裤子，脱光后，露一身难看的肉。但胖子并不在意，乐呵呵下水了。下水后胖子看见领导还站着，就说："站着干吗，下水呀。"

有人接嘴："人家是领导，有架子。"

胖子说："领导怎么啦，难道当了领导连澡也不要洗了？"

领导觉得胖子说得有理，点点头。

把头点过，领导也开始脱衣服了，先脱衬衫，再脱长裤。脱了衬衫和长裤，里面就是一件背心和短裤了。领导没再脱，就穿着背心和短裤下水。一个人见了，就说："脱光呀？"

一个说："别不好意思。"

又一个说："都是男人，怕什么？"

再一个人说："穿着衣服怎么洗澡？"

领导没脱，但笑了笑。

在水里，领导想脱，但水太清了，脱了还是会赤条条裸在别人跟前，领导真的不想裸在别人跟前，为此，领导在水里还是没脱。别人见他这样，又开口说："脱光呀，脱光洗澡舒服。"

领导说："一样的。"

一个人说："才不一样哩，穿着衣服洗澡哪有脱光了洗舒服。"

领导不作声。

几个人见领导不作声，也不再说话了。

陆续有人上岸，赤裸着身子上去，然后拧干围布，揩一揩身子，揩干，重新用围布把下面围着，然后走人。

领导洗了一会儿，也要上岸，在领导往岸上走时，一个人忽然说："你这样穿着衣服洗澡，怎么洗得干净。"

领导依然没作声，但脸有些红。

（原载《中国纪检监察报》2016 年 1 月 12 日）

冬　祭

刘建超

　　我和杨晓敏是朋友，杨晓敏写小小说。体格魁梧，剑眉睿眼的杨晓敏在西北雪域高原戍边十五年。他的小说散文几乎都与喜马拉雅有着不解的情缘。

　　杨晓敏讲过这样一个经历：在西藏有个最偏远的地方叫"雪域孤岛"，驻扎着海拔最高的哨卡，哨卡周围被皑皑林立的雪峰困住毫无生气。连续几天落雪，一只在哨卡周围时隐时现的红狐狸，终于耐不住饥寒，钻出来觅食。哨兵一声呐喊，大伙出动逮住了这只红狐狸。它的眼睛是幽怨的，蠕动的姿态是娇嗔的，红艳艳的毛皮光亮柔软，仿佛一团火焰正在燃烧……

　　杨晓敏说，你知道吗，传说雪域高原的狐狸油可以治疗冻疮，用狐狸皮做的围脖可以抵住风雪的严寒。几个新兵脸上早冻得裂开了花，嘴唇的血渍使他们不敢大声说话。杀掉狐狸，做条围巾什么的，让站岗的哨兵轮流戴它，或许对漫长而凛冽的冬季是一种有效的抗御。

　　哨长摸出一把刀，狐狸本能地痉挛起来，恐惧中闭上那美丽绝伦的双眼，悠长地哀鸣一声。士兵们似乎同一时刻，全扑上来，七八双粗糙的大手伸出来：别……脸上裂开花的新兵呜咽着说，还是放走它吧，有它来这儿和我们做伴，哨卡不是少些寂寞、单调、枯燥，多些色彩吗？我情愿每晚多站一班岗，也不要狐狸围脖……狐狸蜷曲雪地，试探着抖抖身子，腾跃着向雪野掠去……

　　杨晓敏说到这里时，刚硬的汉子眼里布满了柔情，吐出一口烟，仿佛那团跳动的火焰还在眼前闪动。

　　我被这个故事感染了，羡慕地说，我有机会一定也要去雪域高原看看，去找找红狐狸。

　　杨晓敏说，红狐狸是雪域高原的精灵，哪能你想见就见得着。

　　这个故事缠绕了我十几年。去年，我和几个朋友组成自驾游，首选的路线就是西北雪域高原，我还给朋友们讲了红狐狸的故事，挑逗得几个哥们儿心里痒痒的，开着两辆越野车，向着喜马拉雅出发。出发前，我给晓敏发了短信：我去拜访你的雪域高原了。

自驾游的乐趣就是随心所欲，几个哥们儿如挣脱了橛子的野马，自由狂野地消失在冰天雪地之中。晶莹剔透湛蓝如镜的羊湖，冰挂如柱天地相接的珠峰口，穿越无人区的荒凉美丽，把哥儿几个大老爷们儿激动得泪流满面。昆仑山口遇见的奔腾野驴，公路边旷地上悠然自乐的野兔，峭壁上优雅挺立的藏羚羊统统收入相机中。还就是没有见到红狐狸。

夜晚我们来到了世界上海拔最高的寺庙绒布寺，问寺中僧人，附近可能见到红狐狸？僧人指着雪山说，以前有，经常可以看到，白雪间，一团火在跳动。现在已经见不到了。我对着空旷的雪山，高喊着：红狐狸，我来看你了——只喊了两声就觉得头晕气短，几个哥们儿连忙扶我坐下。明天就该返程了，我真怀疑，杨晓敏给我讲的故事是不是杜撰的。晚上睡梦中，我真的见到了那只红狐狸，它就站在我的眼前看着我，可我伸手怎么也摸不到它，慢慢地，我看到了它在流泪，它的泪是红颜色的。

离开了雪域高原，几个哥们儿说，只顾着看美景品美食了，也没有带点土特产。好在途中有许多卖旅游品的摊点，大家下车自行选购了。

我没有购物的任务，独自一人站在路边，望着渐渐变远的雪山。

要皮子不？雪山狐狸皮，好东西。一个小贩悄声问我。

他的手中拿着一张红红的狐狸皮。

我接过来细看，泛着光泽柔软的绒毛没有一根杂色，捧在手里如同捧着一团火焰。这可是国家保护动物啊。

小贩说，只要给钱，藏羚羊的皮也有。

小贩要的价钱很高，我没有迟疑，把狐狸皮放入了行囊。

回到老街，我邀请杨晓敏来喝茶，品墨脱咖啡。我兴致勃勃地讲了一路所见，晓敏只是微微笑着，品茶，听我叨叨，也不插话。我知道，在我眼中的那些风景，早已是他心中的永久珍藏了。

我说，我见到红狐狸了，你说的那种红狐狸。

晓敏浓眉挑了一下，笑笑，继续品茶。

你不信？你等着。

我小心翼翼展开了那张红红的狐狸皮。

杨晓敏吃了一惊，他粗壮的大手，轻轻地抚摸着皮毛，仿佛它还是那种睡着了的小精灵，我看到晓敏眼中有晶莹的泪珠在闪。

晓敏静静地品着茶，直到告辞离开，再也没有看那张皮子一眼。

我把皮子包好，埋在院子里的榕树下。

妻子裹着一身雪花进来，说，院里的榕树下干吗点了两根香啊，祭奠谁啊？

我说，你，我，他，人类自己。

窗外，寒雪纷飞。

（原载《广西文学》2016 年第 2 期）

回　县　城

袁炳发

　　翔哥的司机驾车，我和翔哥在车内聊着。

　　我们是回老家县城，参加同学聚会。老家县城位于省城东部平原上，车程距省城三个多小时，不算太远。

　　走出高中校门，同学们各奔东西，一别就是十几年呀！这次要相见了，想想我都兴奋！

　　翔哥也兴奋，话就更多起来。翔哥看着我说，老炳，你说高美丽现在还能那么漂亮吗？

　　翔哥说的这个高美丽，人很漂亮，当年我们同学都说她像电影演员王丹凤。高中时，翔哥追高美丽追得那个疯呀！几乎是天天一封信。

　　我回答翔哥，应该还算漂亮，再怎么说，人家底版好！

　　翔哥放下一侧车窗，燃着一支烟，吸着，久久无语。

　　我说，翔哥，以你现在的实力，什么样的女人找不到，还在乎一个高美丽吗？

　　翔哥笑了笑说，老炳，你不懂，高美丽毕竟是我高中时代的一个梦呀！

　　我问，那你想旧梦重圆？

　　翔哥说，你真说对了，不过你要配合我。

　　怎么配合？

　　当然是要在高美丽面前，挑好听的话夸我呀！

　　放心吧，我明白。

　　翔哥又告诉我，你一会儿给县城的同学大壮打个电话，告诉他，一定要把高美丽咱三个安排到一桌上吃饭。这次回老家，一定和同学们好好叙叙情谊，不管什么重要的事情都要推掉，在老家住两个晚上，咱俩周一上午回省城。

我想了下，自己周一上午恰好没课，便同意在老家住两个晚上。

我给大壮打了一个电话，把翔哥的意思告诉了大壮。

大壮电话里说，好的，我明白。

大壮又说，用不用把高美丽和翔哥安排到一个房间呀？

然后，我们都哈哈大笑。

我和翔哥反复听了几次老狼的《同桌的你》，内心颇有感慨。不知不觉中车便到了老家县城。车直接开到我们同学聚会下榻的酒店，酒店门口早已出来一些同学迎接我们。

下车后，翔哥和我们几个同学一一握手。

这时，高美丽走过来，与翔哥握手。当年同学们都知道翔哥追高美丽的那点事，便起哄他俩抱一下。

高美丽没有矜持，展开双臂拥抱了翔哥。

大壮凑上前说，翔哥还是那么帅气。

我说，美丽依旧那么美丽。

翔哥从衣袋里掏出一盒软中华烟，很洒脱地用中指从烟盒里弹出一支烟，朝掌心顿了顿，然后才放在嘴上燃着，然后用深情的目光看着高美丽。

回到房间洗漱一下，就到了晚饭的时间。我和翔哥下楼走到一楼餐厅，厅内有四张桌，都是我们同学。

我和翔哥走到有我们名字的桌签前坐下，扫了一眼，见高美丽果真和我们一桌。

大壮在另一桌和我挤眉弄眼，一脸坏笑。

昔日的班长王小凤走到餐厅的前台，一阵煽情的发言之后，让我们起立，为已故的班主任老师默哀。

默哀过后，大家坐下，我发现有几个女同学在抹眼泪。

酒过三巡之后，同学们的情绪才开始上来，各桌之间流动着敬酒。

同学们谈着，笑着，喝着。

我们轮流着谈走出校园分别以后的一些事情。高美丽远嫁外县，丈夫和我一样，也是个教书匠。

高美丽介绍完自己后，似乎很伤感地说，早知今日，不如嫁给翔哥了。说完，高美丽自己竟咯咯地笑起来。

翔哥立马追问一句，你的话当真？

高美丽说，真亦假时假亦真。

翔哥说，美丽这话有高度，鼓掌！

酒喝得晕晕乎乎，不知谁提议让每个同学都谈一下自己的家庭幸福不幸福。

　　我抢先说，各位同学，如果谈论幸福，我认为谁也比不上翔哥，他的家庭幸福美满，翔嫂是省城商界的女强人，人家两口子多年来互敬互爱，连年被市妇联评为五好家庭。翔哥还会疼老婆，还会……

　　刚说到这儿，翔哥的酒杯在桌上猛顿一下，说，你这是编故事呢？

　　我紧绷着脸，说，事实如此嘛。

　　高美丽挥了下胳膊，说，完了，翔哥这么疼老婆，我是没戏了！

　　翔哥冷着脸，狠狠盯了我几眼，说，各位同学，不好意思，我今晚要赶回去，明天上午有会。说完，走出餐厅，回到他车上，司机载着他远去。

　　大约半个小时后，翔哥给我的手机发来一条短信：老炳，你给我下了一个大绊子！

　　不下绊子又能怎么办？因为我一直暗恋着高美丽。

　　不一会儿，翔哥又给我发来一条微信：这个世界让我能相信谁？

　　看罢，我苦笑一下，不耐烦地关掉了手机。

（原载《时代文学》2016 年第 9 期）

烧 豆 子

王　往

烧豆子是火焰中的诗。

在我们平原上，没有哪个孩子没有烧过豆子。

豆子还没到收获时候，我们已经偷偷烧了。在远离村庄的田块边，挑叶子发黄的豆棵，拔一捆，抱到河坡或者田埂上，架到捡来的柴火上，火柴一划，柴火便呼呼而燃。小伙伴们看看远处，担心有人跑来过问。袅袅青烟早就暴露了目标，可是极少遇到干涉，在缺吃少穿的日子里，人们对孩子的小偷小摸总是多一分宽容。

等到收割豆子的日子，大人小孩就都烧豆子了。豆子是金贵的，是粮食中的黄金。即便此时，也不能从大堆的豆子里拿，人们在厚厚的豆叶里找，到靠田埂的地方找，总有一些太矮和被踩倒的豆棵遗落。

到处都是笑声，到处都是火光。这是秋天的褒奖，土地的恩赐，这是贫穷的宴会，是富足的欢乐。

火光收敛后，人们用烧残的豆秆拨开灰烬，让它稍凉，然后一粒一粒放到嘴里。人们的手是黑的，嘴唇是黑的，互相取笑不小心沾到脸上的黑灰。笑声里，豆子的芳香在飘散，劳作的疲倦在消隐。收获与享受，辛苦与报酬，因为一堆烧豆子让人体会土地与生命的息息相关。秋风吹来，豆叶翻滚，庄稼人的衣衫飘动，田野更加开阔，仿佛向着远处延伸，天空更加明朗，仿佛因人们的欢乐而欣慰。

小孩子总是贪得无厌的，好像总也吃不饱，这堆豆子刚吃了，又四处寻找豆棵，四处抱草，好像要把整个秋天装到胃里。

我们还准备了小铁盒，将烧熟的豆子装进去，带回家享受。

一晃数年。每至秋天，便有袅袅青烟飘入我的视线，烧豆子，这火焰中的诗让我回味，在魂魄里升腾。

终于，有了一个机会，在明丽秋日带着嘉豫回到老家。

我说我要带她去烧豆子，我的作家老婆顿时兴奋。

黄豆已经大部分收割，豆茬无比整齐，一看就是收割机的杰作，但是在田块拐角处它显出劣势，比镰刀收割时留下了更多的豆棵。

我们找了一堆豆棵，收集了一堆豆叶，打火机的一个煽情，让豆叶如虎添翼，得意忘形，火苗狂舞，青烟上扬。豆荚纷纷炸裂，有的跳出了火焰。香味儿弥漫开来，黄豆呈现了它芬芳的品质。

你的童年很有意思。嘉豫品着豆子，嘴唇黑了，脸上也印着黑灰，难怪你总有写不完的平原故事。

也不全是因为这个吧。我说。

那还有什么原因？

我摇摇头，我也说不上。

她说，现在写农村题材的作品不容易红哦，宫廷的、官场的、婚姻家庭的和爱情的受人捧呢。

我说，我才不管红不红呢，想这些没用，你的那些职场小说我写不来。

她笑了。

我突然想起了儿时的一件事。我说，嘉豫，有一年秋天，我们也是在这块田里烧豆子吃，有大人有小孩，我们正吃着呢，就见小秧姐拿了装豆子的铁盒向远处跑。

她要干什么呢？嘉豫很好奇。

她送我大哥吃的。我大哥是个痴子，除了知道吃饭睡觉，就是整天傻笑，有时也搞些恶作剧。别人烧豆子吃，他往跟前凑，人家就撵他走。我那时还小，嫌他，也不理他。

这个女孩心好。嘉豫说。

我说，为这件事，小秧姐被他父亲打了一顿。

为什么啊？

因为我那个痴子大哥见了女人有时会突然脱了裤子。小秧姐的父亲骂她不知好歹。

哦。

小秧姐跟她父亲顶嘴说：痴子也是人嘛，也晓得吃东西的嘛，不就是给他几颗豆子嘛。她父亲说，你还敢跟老子犟，说着就甩了她一耳光，脸上烙了几道手印。

唉！嘉豫叹息着，后来呢？

后来她出去打工，有一年秋收回家，收了自家的豆子，又帮人家收，忙到月亮升起才回去，被拖拉机撞倒了。

死了？

我朝着南边的含沙河大堤指去，就葬在那里了，十多年了。

沉默了一会儿，嘉豫说，你应该把她的故事写下来。

我点点头。我的目光仍朝着含沙河大堤，我看到一个女孩拿着铁盒子飞跑，烧豆子的青烟在她的四周升起，飘散……

（原载《小小说选刊》2016 年 18 期）

上 海 故 事

红 酒

　　我突然想闪婚,这种很强烈的想法是我又见到枝枝以后。

　　一年前,我和枝枝都在这家公司上班,我做总经理助理,她做营销,每个月都有不俗的业绩。枝枝高挑身材,长发飘飘,五官长得很开,尤其从侧面看,特像美术馆陈列的石膏像古希腊女神。

　　当我一百零一次对着镜子仔细地端详了自己毫无特点的鼻子眼睛后,越发认定了枝枝的美丽。不过,我对枝枝绝对不是嫉妒,而是羡慕,实实在在地羡慕。一个女孩,有美丽的面孔,傲人的身材,不俗的装束,在这栋写字楼里,理所当然是大家的宠儿。

　　可是,问题出在枝枝结婚有了宝宝以后。

　　以前我和枝枝都觉得女孩子早早结婚不好,自己还没充分享受单身一族的快乐就被人死死管着,太悲摧了。

　　我俩给自己设计的幸福生活是从三十岁开始,二十九岁先盯死一个意中人,然后闪电结婚,婚了就快速生宝宝,过上几年相夫教子的日子再接着做自己想做的事情。枝枝说她想开个不大的咖啡屋,自己亲手煮咖啡,还说她有个小秘方,能让炭烧咖啡的味道盖过城内所有的咖啡厅。

　　我说:你开你的咖啡屋,我得有个小酒吧,精心调制出"爆炸""红粉佳人"这样令人听起来就震撼的酒品来。盘算得蛮好,可让枝枝给打乱了。

　　枝枝在总公司组织的一次野战培训拓展中认识了个高高大大的男孩,她认为这是上帝送给她的最奢侈的礼物,深感相见恨晚,于是双双坠入爱河,紧接着就闪婚闪孕闪生。在枝枝经历了一连串的闪后,就变成了另外一个人,我们都觉得她很陌生很奇怪。

　　每天公司打卡,已身为人母的枝枝一点也不从容,历来都是以百米冲刺的劲头冲过来却还是排在最后一名。长长的头发在脑后随便一绾,显然是粗枝大叶压根儿谈不上精细。素面朝天不施脂粉，却没有清水芙蓉的清丽。不化妆也就算了，关键是枝枝对自己的装束也不负责任起来，扣子居然会系得差三落四。

保安黑子经常指着枝枝说：瞧你，起五更了吧？可悲的是枝枝还不解其意，她不晓得起五更是啥意思。黑子说：俺以前在老家割麦子时，都是起五更踏着露水听着布谷鸟叫到地里去的，睡眼蒙眬，往往会把衣服扣子对不齐。枝枝听了大笑，一点儿也不介意。

那天，总经理刚从香港回来，一进写字楼就先盯上枝枝了，面无表情地说，枝枝呀，来一下。

说起来真是好笑，枝枝从我身边飘过的时候，我正低头忙着整理资料，记得她还说了句：亲爱的，总经理不是要给我加薪吧？我随口说：别美了，指不定炒你呢。

事后，我很想抽自己，怎么像个先知先觉的巫婆？乌鸦嘴一枚呀。

枝枝进去后，总经理只顾着打电话，好像是个国际长话，足足说了十五分钟。枝枝就那么站着，因为总经理根本没有示意让她坐下。好容易放下电话，总经理边转动着椅子边说：枝枝呀，搞营销经常会跟客户打交道，当你准备见你的客户时，一定记着要先照照镜子，看自己的衣服穿得对不对，扣子系好没，尤其是脸，别让人一见，说枝枝你早餐吃的是鸡蛋。枝枝的脸"腾"一下红了，枝枝的早餐正是一口咬下去能淌汁子的单面煎蛋。

记得以前总经理也说：枝枝怎么变成这模样了？水样的女孩结了婚就变成了泥巴。你告诉她，公司还是要有形象的，她这个样子，怎么出去做营销？再这么不修边幅让她走人。我还以为是玩笑话呢，其实这些小事情真不需要总经理亲自对枝枝说，不晓得他为啥要事必躬亲。

枝枝脸上早就挂不住了，她开始抹眼泪。总经理一点怜香惜玉之心都没，火力依然不弱：你以为出去仅仅代表的是你枝枝本人？会丢公司的脸你知道吗？营销部近段业务没有起色你枝枝要负主要责任。

枝枝从总经理室出来后红肿着眼睛找我算账，咬牙切齿地说：还加薪？加你个鬼吧。让你说着了，他恨不得赶我走呢。我内疚之极，想劝她，又想不起来合适的话。

不久，枝枝就离开了。公司又来了个新潮女孩叫莫晓丽，她接替的正是枝枝的那份工作。记得莫晓丽还向我问起过她，我如实说了。

枝枝走后好久没跟我联系，我以为她把我忘了。

可就在今天，枝枝有电话过来，她说她如愿以偿地开了家名叫"上海故事"的咖啡屋，就数用那个秘方的咖啡煮得最绝。我喜出望外，拉上莫晓丽就去了。

枝枝穿了条犹如音符般灵动飘逸的碎花长裙，复古红唇，棕色的长发松松结成根麻花辫随意搭在胸前，很靓却不显嚣张和浮躁，一对儿绿松石耳环晃晃悠悠风情万种，就像一杯波尔多红酒，神秘，优雅，撩人遐想。

新潮女孩莫晓丽眼儿都直了，我被震得愣了半晌，一句话都说不出。

枝枝回到了从前，不，枝枝比从前更迷人了。当然，得把衣着不整，洗尽铅华，脸上存有鸡蛋汁那段日子给灭掉。

可能每人都有一段难忘的经历，这段经历会是财富。我决定，赶快找个我爱他他更爱我的人闪婚，为了他，闪孕闪生都可以，然后离开公司，像枝枝那样，做自己想做的事。履行我以前的计划，开个小酒吧，酒单上赫然写着"爆炸"和"红粉佳人"两款酒。当然，不止两款……

（原载《大观》2016 年第 10 期）

与马原论疯子

夏　阳

一切都和一个叫马原的家伙有关。

马原是个写小说的，著书立说，偶尔会在报纸上混几个小钱买酒喝。一天，马原在晚报副刊上发表了一篇文章，里面引了一个故事：

一个疯子以要饭为生，常有人围观他。一个围观的人满怀幽默地说："疯子，你行个礼，我给你一块钱。"

疯子想也不想回答一句："我再行个礼，你还给我一块钱吗？"

就这么一句貌似绕口令的傻话，马原下笔万言，从古代礼仪到西方哲学，谈古论今，剖析出五个层次，最后还溯源到中国哲学和禅宗的精髓。一言概之，这是为疯子写的一封表扬信，或一首赞美诗。

一个有钱人读了此文很不高兴，心里愤愤不平地骂道：从牛粪里分析出茅台酒的酱香，这不扯淡吗？现实生活中，怎么会有这种机智幽默的疯子？疯子有这等深沉，就不是疯子了，更不可能去要饭，去大学里教书都是大炮打蚊子。牛粪永远是牛粪，再他妈的香，也不可能是茅台酒飘的那个味儿。

有钱人骂完，觉得不解气，随手给马原发了个邮件，陈述了自己的质疑。有钱人当时很无聊，洋洋洒洒千言，最后还反问马原：面对疯子的一句屁话大力褒扬，难道你也疯了吗？

很快，马原回复：你说呢？

有钱人更不高兴了，老子给你写了一千多个字，你才回复了一句话，连标点符号加一块儿才四个字，你不就是一破作家，有什么了不起的？马原的矜持，激怒了有钱人。有钱人决定去现实生活中寻找证据，以此证明马原的荒唐。有钱人平日没什么事儿干，的确很无聊。

有钱人兜里揣了一捆钱，开着车出去寻要饭的。有钱人较真儿了。

在十字路口等红灯时，一个老头儿，衣衫褴褛，挨个儿在讨钱。有钱人摇下车窗，热情地招呼老头儿："疯子，你行个礼，我给你一块钱。"

老头儿看着有钱人，目瞪口呆，一会儿缓过神来，弃下手里的盘子，拔腿逃之夭夭。有钱人微微一笑，自言自语道："马原同志，你说呢？"

有钱人把车停在商场门口，刚下车，就有老婆子上前来讨钱。老婆子一手拄根竹竿，一手端着个龇牙咧嘴的铁盘子，几枚硬币在里面咣当作响。有钱人笑呵呵地说："疯子，你行个礼，我给你一块钱。"

老婆子一怔，扭头便走，一边走，一边不时偷眼瞅有钱人。有钱人微微一笑，自言自语道："马大作家，你说呢？"

有钱人经过地铁隧道，看见一个卖唱的小姑娘。小姑娘盘腿坐在地上，弹着吉他，看着眼前的人来人往，歌声悲切。小姑娘脚前搁置了一个打开的吉他盒，里面有一些零散的纸钞和硬币。有钱人蹲下身，和蔼地对小姑娘说："疯子，你行个礼，我给你一块钱。"

小姑娘手里的吉他停了，剜了一眼有钱人，继续弹唱起来。有钱人怕她没听清楚，又重复了一遍。小姑娘毫不理会，闭上眼睛，一脸厌恶的表情。有钱人微微一笑，自言自语道："马疯子，你说呢？"

读过马原这首"疯子赞美诗"的人，除了这个有钱人不高兴外，还有一个疯子也很生气。

疯子跳起脚来骂道："这个书生，胡编乱造。世界如此冷漠，生活如此操蛋，怎么会有这么仁慈的上帝？"

疯子骂完，也像有钱人一样给马原发了个邮件，也反问马原：你本身就是一个疯子，对吧？

很快，马原也回复：你说呢？

疯子更生气了，换了一身破烂衣衫，往脸上抹了些灶灰，端着一个破碗出门了。疯子的家境其实挺不错，完全不用去要饭。疯子也较真儿了。

疯子每遇到一个人，都是一脸虔诚地问道："我给你行个礼，你给我一块钱，好吗？"

一个少妇闻言，花容失色，疾步离开。

一个胳膊上文了青龙的壮汉皱了皱眉，呵斥："欠揍是吧？滚！"

一个正在跳街舞的90后听了，对疯子一鞠躬，嬉皮笑脸地说："还是我给你行个礼，你给我一块钱好了。"反而把疯子吓坏了。

疯子一边孜孜不倦地询问路人，一边在心里有一下没一下地骂马原：马屁精……马蜂窝……马疯子！

就像天宇间的两颗流星，只要是相向而行，无论距离多远，都有会师的那一天。城市不大，因为干着同一件事儿，三天后，有钱人和疯子在市民广场相遇了。

相遇时，疯子坐在喷泉池边，神情沮丧。他手里的破碗，空空如也。疯子听见有钱人问他："疯子，你行个礼，我给你一块钱。"

疯子啪地站了起来，激动地抢答："我再行个礼，你还给我一块钱吗？"

有钱人和疯子禁不住同时心花怒放，暗叹：娘哎，原来世界上真有这么回事啊！马原啊马原，你这家伙太伟大了！

有钱人抑制住内心的狂喜，掏出一张一百块的，握着疯子的手说："疯子，你行一百个礼，我给你一百块钱。"

疯子想也不想回答一句："我再行一百个礼，你还给我一百块钱吗？"

有钱人很爽快地答应："你再行一百个礼，我再给你一百块钱。"有钱人得意扬扬地想：马原，老子才不是你笔下的那种笨人。我这是以逸待劳，疯子行一百个礼，我才问一句话，爽！

疯子接过一百块钱，鸡啄米一样对有钱人深鞠躬，还扯着嗓门吼数："一、二、三、四……"疯子两眼冒光，兴奋异常，声音春雷一般在广场上空飘荡。

围观的人越聚越多，直至人山人海。大家不明白是怎么回事，一边瞧新鲜儿，一边相互打听："他们怎么啦？"

"不知道，你说呢？"

"俩疯子呗！"

（原载《天津文学》2016 年第 3 期）

戒　赌

于德北

　　说起爷爷好赌，至今回故乡也常有人提及。好赌的人对待生活是怎样的一个态度呢？恐怕没有此癖的人是无法完全理解和体会的。

　　据说爷爷当年，赌博赌得也有豪气，赢的时候用钱褡裢前后装钱，用马车往回拉粮食；输的时候亦是如此，输赢都没个表情，只是吆喝着伙计们动作麻利点，快点搬搬扛扛。

　　我父亲年轻的时候在北京工作，他和母亲一直是两地分居。我记事那会儿，和母亲还有妹妹住在爷爷那栋平房里，所感觉的家庭气氛有点压抑。

　　母亲对爷爷是孝顺的，但是，爷爷对待母亲，却总是冷脸相向。

　　多年后，我从母亲那里得知了一个重要的原因。

　　政府是严令禁赌的，但是爷爷是有赌必上的。那时，在农村都有黑赌窝，即所谓的"放局"。"放局"的人家供场地，供吃喝，然后从中"抽红"。

　　母亲在大队教书，因为此事常被书记叫去谈话。书记是爷爷的一个晚辈，每每爷爷犯赌，他都非常为难，抓也不是，放也不是，打也不是，罚也不是。爷爷大概抓住了他的这个弱点，所以，总是"得寸进尺"。

　　——当然，"得寸进尺"的话不应该由我口中说出，实在有些大不敬。

　　大队书记说："嫂子，你得劝劝二叔。你有文化，他没文化，你要求进步，他却落后，拖你后腿，你让人家怎么说，怎么看呀？"

　　母亲的脸上挂不住。

　　挂不住，拐弯抹角地和爷爷说，爷爷不哼不哈。

　　母亲被书记批评的次数多了，同事也对她指指点点，母亲有一个好赌博的公公，这类的讥言讽语像一个秤砣，压着母亲的心。

　　有一天晚饭后，收拾好碗筷，母亲站到了爷爷的面前，谁知还没开口，爷爷便一磕烟袋，穿鞋下地，摔门就走。

留了一句话："我愿意赌，谁也管不着，有本事，抓我进笆篓子去。"

这话没法劝了。

母亲便给父亲写信，让父亲劝劝爷爷。父亲是个孝子，平时在爷爷面前大气儿都不敢出，哪敢劝爷爷呀。无奈他也深爱着母亲，就写了一封信寄了回来。信写得很长，千般好，万般愿地说了一堆废话，最后，才提了赌博的事儿。

爷爷当时脸色就变了。

一句话，分家！

爷爷平时不骂人，可那次骂人了："妈了个巴子的，这日子没法过了，分家！"

说分就分，一刻不容。

就在这当口，天空忽降大雨，两三天不停，农民下不了地，学校也停课了。爷爷却得了"放局"那家人的口信，让他去要钱。爷爷二话没说，冒雨就走了。

是第三天的傍晚，本来就被阴云抹黑了的天更黑了。我小叔一头撞进来，没头没脑地说："二嫂，快给我二大爷找套衣服，有人看见他在村头谷子地蹲着，说是连裤子都输了。"

小叔拿了裤褂就走，走到门口被母亲叫住了。小叔只比我大两岁，说什么也还是个孩子。母亲不放心，便一手扯着我，一手扯着小叔，一头扎到雨地里。

风雨中，母亲像担了一条扁担，摇摇晃晃的。

好不容易到了谷子地，三个人放声地大喊，隐约听到答应，也恍惚见了半个身影——只是，那一声应是戛然而止，身影也瞬间就不见了。

我和小叔把裤褂放在地头，又扯着母亲，扁担一样地回来。

回来后，我和母亲带着妹妹就暂时回舅舅家住了。

属于我们的东西，是等天大放晴后，由舅舅家的哥哥姐姐们搬回来。

这以后，和爷爷朝夕相处的日子没有了，但我知道，从那时，爷爷戒赌了。

多少年过去了，掐指一算，爷爷过世也有四十余年了，他晚年的大部分时光是在我们家度过的，尤其是患了肺癌之后。有一件事情我一直也弄不明白，他临终前为什么一定要回故乡独居几天呢？之前准备了大米和挂面，托来探亲的表哥给捎回去。

他终归还是破戒又赌了一次，和那些他熟悉的或者不熟悉的人。

爷爷说："我得把我的裤子赢回来。"

他赢回来了吗？

母亲说："不管咋说，你爷爷还是一个好脸的人。"

（原载《小小说选刊》2016 年第 11 期）

窗　外

邓洪卫

　　最初，我们厂没有专职的打字员。那时候，很多单位都没有专职打字员。有材料要打，就要到街上打印社去。所以，那时候街上冒出了许多打印社。

　　跑来跑去，觉得烦了。办公室主任老姜就向领导建议，干脆咱也招一个打字员吧。

　　领导说，有必要吗？

　　老姜说，很有必要。我们每年到打印社结的账就有好几千，成本太贵，不如自己招一个，用起来方便。

　　领导说，好吧，那就招吧。

　　没几天，打字员就入驻办公室。打字员一般都是女的。我们厂招的打字员当然也是女的。

　　这个女的叫李兰花。本来就在老姜经常去的打字社上班，现在被老姜引进人才了。

　　那时候，李兰花也才二十岁。正是青春好年华，浑身散发着青春气息。但是这个女孩不像别的女孩那样活泼热情。她长得漂亮，眉毛、眼睛都往上扬，嘴角也往上翘，给人的感觉，艳而冷，孤且傲，拒人千里。

　　但她对老姜不拒。她见到老姜，总是褪去冷艳，放下孤傲，笑脸相迎，笑脸相送。

　　她还没见到老姜的时候，就知道老姜的名字。这名字是从报纸副刊上知道的。老姜喜欢写点儿风花雪月的文字，发在晚报副刊上。李兰花高中没毕业的时候，就喜欢读老姜的文章。李兰花的父亲是村里干部，总喜欢把村委会的报纸往家里带。李兰花喜欢看报，确切地说，喜欢看副刊。

　　她在打字社的时候，老姜找她打字，不仅打班上的材料，也拿自己的散文请她打。她一看到姜瑞生的名字，就愣住了。

她问，您叫姜瑞生？

老姜说，是啊。

您是经常在报刊上发表文章的姜瑞生？

老姜笑了，也不经常，偶尔写写，发发。

她从抽屉里拿出一个大本子来，递给老姜。老姜打开一看，也愣住了。本子里贴满了他在晚报上发表的文章。这姑娘可真用心啊。

老姜喜欢上了这姑娘。不过这种喜欢是纯洁的，是没有其他想法的。

他为有这样美丽忠诚的读者而欣慰，甚至幸福。

老姜把李兰花招进厂里后，安排在自己的办公室。

老姜是办公室主任，也是厂里的笔杆子。厂里的领导讲话、材料、宣传稿件，都是老姜亲自写。以前，老姜用笔在纸上全写好了，才拿到打印社，给李兰花打。现在写一页，让李兰花打一页。听着李兰花噼噼啪啪敲打键盘快乐的声音，老姜激情高涨，写起稿子来也文思泉涌，笔下生风。有时，有个别字认不清楚了，李兰花会回过头来，把纸举起来问，姜主任，这是什么字？老姜就站起来，弯下腰，把头伸过去，仔细地瞅。他写的字，应该立即认出来的，可他偏要认了半天，才说出那个字。他在看字的同时，也跳过纸张，看李兰花，看李兰花白净净的脸，细细的睫毛，黑黑的眼眸。也在闻，闻李兰花头发上的香波味儿。老姜的心跳加速，血几乎要凝住。

有一回，白天的材料没写完，晚上就加班。老姜说，你回去吧，我写好，你明天帮着打就行了。李兰花说，我回去也没事，陪你加加班吧。

加班的时候，李兰花又回头问老姜，这是什么字啊？老姜头往前抻了抻，说，看不清呢。就站起来，绕过桌子，来到李兰花的旁边，伏下身，看李兰花手里的稿纸。那纸上是自己写的字，老姜却看得一片模糊。他不由自主地抱住了李兰花，嘴里呜咽一声，花儿哎。

李兰花不吱声，任由他抱着。

当天晚上，两人就钻了林子。那是个秋夜，月亮如银如水，晚风徐徐拂拭，林子里传来沙沙树叶摆动的声音。

当他们走出密林的时候，已是午夜。先是李兰花走出，骑着自行车回家了，然后老姜走出，也骑着自行车回家了。

李兰花在办公室里养了不少花，有君子兰，有吊兰，有紫罗兰，还有绿萝、茶花，红的绿的紫的白的，布满了窗台桌头墙角。办公室里弥漫着淡淡的芳香。老姜和李兰花就置身于花海当中。老姜在劳案之余，抬起头来，深深地吸了一口，满心的清爽。他说，李兰花，你就是最香最美的花啊。

李兰花回过头来，妩媚一笑。

李兰花是这样一种女人，冷艳，不苟言笑。尤其是看到跟她同年龄段的女子，总是不冷不热，有时连招呼都不打。厂里的很多女同事都不喜欢她，都在背地里说，切，有什么了不起，跟办公室主任睡觉，就是靠着大树啦？

有人阴阴地说，什么样的大树都会倒的，迟早会倒的！

李兰花跟厂里一个男同事谈恋爱，只谈了两个月，就崩了。不仅崩了，还受了惊吓。有一回，她跟老姜在办公室加班，忽听得哗啦一声，后窗的玻璃碎了。一块石头飞进窗内，落在老姜的身后。两个人同时站起来。老姜推开窗户，窗外空无一人。

李兰花捡起石头，递给老姜。原来，石头上还绑着一张纸条。老姜打开一看，上面写着：姜瑞生，你不得好死！！！

三个感叹号，像三把匕首，直刺老姜。

两个人互相对视着，半天没说出话。

老姜果然就没得好死；得了肝病，没几年死了。

起初，他的肝病并不重，调理调理，完全不会走得那么早。但是，老姜却不知道节制。

李兰花知道老姜得了肝病，就请父亲在乡下花大价钱买来一只野生乌龟，送给老姜。乌龟下了蛋，老姜煮着吃。吃了乌龟蛋的老姜，脸上有了红润之色，精神也足了。精神足了，就又去喝酒。喝完了酒，又跟李兰花钻林子。

很快，老姜的身子就虚了，吐血而亡。

老姜死了，下一任办公室主任叫老孙。老孙没有搬进老姜的办公室，而是在隔壁腾了一间。遇到有什么稿子要打的时候，总是站在门口扯开嗓子喊一声，小李！

李兰花就过来，从他手里接过稿子。她打着打着稿子，有时会不自觉地回过头来，看身后，她想说，姜主任，这是个什么字？

可是，身后没有人，也没有声音。她站起来，站在窗边，轻轻地翻动着一个本子。正是当年在打字社剪贴老姜文章的本子。她翻着翻着，深深地吸了一口气。看着窗台上的花草，看着窗外的树林。树冠随风摆动，像老姜在向她挥手。

李兰花哭了。

（原载《小说月刊》2016年第5期）

老于和张老师

安石榴

老于是个修自行车的。

老于个头很小，精瘦，是个节俭型的人。眉毛淡到干脆让了给眉骨，五官小小的，轻描淡写地混在黝黑的肤色里，辨识率极低。邻居们倒也并不上心记他的模样，他油脂麻花的工作服就是他的标志。

老于挺随和，自行车打气五毛钱，他从来不收邻居的。老于住三楼，楼下住着一位鳏夫，姓张，是一位退休的高三物理老师。算是老帅哥吧，身上有一股劲儿，和别人不一样。张老师不喜欢说话，喜欢骑自行车远行。老于有个女儿，长相清秀，在一家私人医院当小护士，找了一个厨师当男朋友，结婚的时候，张老师随了份子却没有参加婚礼。

张老师随了份子，但并没有参加婚礼。他也没有出门。他在自己的家里。

傍晚，老于包了喜糖和喜烟来敲张老师的门。房间里，张老师的电视是打开模式，也有声音，但他一眼没看，也没听。他躺在长沙发上看一本关于骑行的书。他知道敲门的是老于，可是他没有给他开门的打算。

老于知道张老师在家里。他可能把事实当成一种信念来加以坚持，那就是一直敲下去。不过手法轻柔，听起来一腔子诚挚，或者还有迟迟疑疑的羞怯，一点都不烦人。两个人彼此心知肚明，他们中间缺少点儿什么。至于缺少的那点儿到底是什么，老于没想，或许也想不出来。如果他要猜，也会偏向物质的方面。那自然是一个可靠的行事标准，可是不一定四海皆准。同样的问题，张老师呢？纯粹就是一个选一的答案：他不想应门。

敲门声响了很久的一阵子，终于消失了。又在极短的时间里，也就是一个男人狠命地吸完一支烟的时间吧，那个声音又从阳台方向传来了。

张老师从沙发上起身，向阳台走去。他去阳台要经过一个小小的由客厅改装的书房，再经过厨房。客厅所有的墙壁都摆有书柜，至顶棚。光线晦暗，但书们似乎隐约反射一种不易表述的明暗对比，奇妙地延伸了上下的空间，并在顶端聚合成如大教堂穹顶似的感觉。而厨房却是明亮的。

张老师穿过书房，穿过厨房，站在阳台上，眼睛忽地一亮。他的阳台安装了铁艺护栏，钢窗下面是掺了珍珠岩的粉色墙裙，老于双手抓着铁艺护栏，脚蹬墙裙，蜘蛛人那样伏在二楼的阳台窗子上。刚刚，张老师投向他的那一眼还在脑子里闪亮，很漂亮地闪亮。那正是个微风荡漾的五月天，一扇钢窗向里敞开。敞开的窗子下面有一把竹子躺椅，椅子上放着一本卷了皮子的书和一只银色打火机。老于松开右手，从小格子短袖衫的胸兜里将一个红色小纱袋掏出来递给张老师，说：

张老师你咋没去呢？

张老师说，嗯，没去。

张老师打开袋子，取出香烟，撕开包装弹出两支，一支给老于，一支给自己。他从椅子上拿起打火机，弓着身子，将手臂小心翼翼地送到老于的嘴边，先给老于点上，再给自己点燃。

两个人面对面深深地吸了一口各自的烟，都微微偏了头将烟吐出去。两团烟气起初非常明显地向相反方向滚动，慢慢地四处扩散，最后融合在一起了。

他们就这样聊了起来，竟然聊得还挺多。

（原载《大观》2016 年第 5 期）

一家人的斗争

刘 公

　　一家人是朱家湾的一家人，有老子、儿子、孙子，本应该是和和睦睦的，但他们一直在斗争。虽不是年年讲、月月讲、天天讲。

　　儿子把孙子告到了村委会，说孙子不孝顺，不叫他爸，不给钱用，过年过节从来不看他。

　　村主任问孙子：是这样吗？

　　孙子说：是这样。

　　那就是你的不对了，尊老爱幼是中华民族的传统美德，你爸生你养你，你有赡养的义务。村主任说。

　　主任，在这方面，我比他好多了。孙子指了指他父亲。

　　这话怎么讲？村主任一脸迷惑。

　　我对他够好了，比他对我爷好多了。他几十年前就对我爷不尊重。记得我上小学时，我爷看到农民不种地，看到他成天带着造反派东打西抓的，就劝他多做善事，不要做伤天害理的事，最后小声说了一句造反是胡整。没想到，他一巴掌扇到我爷的脸上，连夜跑到公社革委会告状。可怜我爷，半夜就被公社里抓走了，我奶哭了一宿。第二天，全公社里开批斗大会，舞台上写着巨幅标语，批斗陈苦根大会，陈苦根是我爷的名字。

　　你们说说现在，过去的事就别提了。村主任说。

　　不行，你要是不让我说，我就走了。

　　好，你说吧。村主任依了孙子。

　　那个批我爷的大会，我一辈子都忘不掉。我们小学生坐在会场的前面，我清楚地看到我爷被五花大绑地带上舞台，头上戴着两尺多的高帽子，胸前挂着现行反革命的大牌子，高音喇叭里宣读着我爷的反革命罪行，当主持人让我爸发言时，他上去带头高喊打倒陈苦根，然后一边大骂你个反革命，一边照着我爷的脸上就是一巴掌，我爷的鼻子嘴巴，马上鲜血直流。就那，他觉得还不解恨，跳起来照着我爷的胸部踹了一脚，我爷当时就倒在了地上。我哭着叫了一声爷，就站了起来，老师赶紧把我摁了下去。他骂我爷装死狗，又踢了几脚。我爷被捆着，根本站不起来，两个红卫兵把我爷拽了起来，我爷摇摇晃晃站不住，一个造反派头子端着一盆凉水泼到我爷的身上，过了一会儿，我爷才能勉强站着……

主任，他胡说！当爸的急了。

我一句都没有胡说，我现在就叫我爷去，让他当场做证。孙子叫来了一走一瘸的爷。爷的腿，是那次被抓后挨打致残的。

孙子把刚才的话重复了一遍，村主任问陈苦根：这是真的吗？陈苦根说：是真的，不过我算幸运，还保住了一条命，比整死的人强多了。唉——事情过去了就算了，孙子，这不能都怪你爸。

爷真是善良。后来，爸还有更过分的，他为了跟我爷划清界限，不跟我爷吃一锅饭，把我爷赶到猪圈里睡。每次游街批斗我爷时，他都要打我爷。孙子指了指他爸。

孙子，别说了，那道疮疤已经长好了，现在再揭开它，我不仅腿疼，心里也疼啊！有些事不是你爸情愿做的，是公社革委会主任叫他做的。

爷啊，刚才他还不承认哩。当着村主任的面，我要问我爸几句话。孙子问他爸：你打过我爷没有？

打过。

你骂过我爷没有？

骂过。

我打过你没有？

没有。

我骂过你没有？

没有。

我赶你睡猪圈没有？

没有。

相比之下，我比你孝顺多了。你说是不是？

是的。他爸低着头，一脸的惭愧。

这还算诚实，我就叫你一声爸吧。爸，我不是不想孝顺你，我心里有一股子气，一直难以咽下。爷是八十多岁的人了，我从来没有听到一句，你对过去的丑行，向爷道一句歉，主动认个错。我心里为我爷鸣不平呀！孙子的眼泪滂沱而下。

他爸的眼泪也情不自禁地流了下来。他扑通跪在爷的面前，哭着说：爸，您老原谅我吧，我一直都在心里忏悔，我从来没有像有的人，对那时的造反行为自豪过。我希望您老的孙子，也就是我的儿子，能谅解我的不孝……

孩子，起来吧，那不是你一个人的错，错了改了，就没事了。孙子，你不要老记住你爸的过错，要记住你爸的好处，该尽的义务得尽。

都是一家人，不要再斗了，好好过日子吧。村主任规劝了一会儿，见三人不再争斗了，意味深长地目送他们走出了村委会。

（原载《小说月刊》2016 年第 8 期）

送　书

王培静

　　每年一次的高中同学聚会办了十多年了，除第一次是当时还在文化馆工作的我组织的外，以后的聚会都是我们同学中的财神——时大龙安排人召集的。他的企业做得越来越大，据说他开的车在本市仅此一辆，价值一百多万。是最有能力和资格做这事的。

　　每次聚会，我都被时大龙安排在主桌上，坐在他的身边，他每次的开场白几乎也都是从我说起：新年又到了，首先感谢咱们的大作家培静先生早些年费心把大家联系到了一起，我们的岁数越来越大，希望我们老同学们之间的情谊会越来越深。一年难得一次醉，同学们，咱们今天不醉不休。然后是大家鼓掌，共同举杯。

　　同学们坐在一起，聊聊过去，说说现在，再展望一下未来。大家都感叹时光过得太快。

　　我这些年每年都能出版一本小说，所以每次聚会，我都带上几本，大龙的那本都是提前签上名的。每到这时候，大龙就高声喊道：大作家又给我们送书来了。培静又上电视又上报的，他的名气越来越大，这也是我们全体同学的光荣。

　　前些天接到同学的聚会电话，之前我因在外地还是脱不开身，已经两年没有参加同学聚会了。我心里想，今年一定参加。

　　聚会这天，我赶到了玉龙大酒店，现场已是人声鼎沸，好不热闹。原先的聚会只有五六桌人，今天好像得有十几桌吧。我向主桌上扫了一眼，时大龙还没到场。我索性找了个靠边的角落坐了下来。

　　我扫了下全桌，奇怪的是一个熟脸也没有，我真怀疑进错了地方，悄声问坐在身边的人，他们说，是时大龙组织的场。再一问都在哪方高就，有说是检察院的，有说是工商联的。天哪，时大龙是不是把小学同学都发展进来了？我又一想，他是不是在这儿还一起招待另外的朋友，我正想起身出去看看，这是时大龙进来了。

他大摇大摆径直走到主桌空位上，咳了两声，又咳了两声。有人大声喊道：诸位，静一静，下面请时董事长说话。稀稀拉拉一阵掌声后，时大龙站了起来：各位同学、各位朋友，大家新年好！今天到这儿来的没有外人。说到这儿，他环视了一下全场继续说：我给大家讲个事吧，不瞒大家说，公司头几年有些不景气，我找了个大师给算了算，他说让我在公司楼顶上的北侧放两个水缸，里边放上水，西边竖上十根桃木，这样一是防小人，再一个是可以辟邪。我让手下人这样做了，结果还是不好。我又从大地方请了个大仙来，他说，我身边有人妨事。我思来想去没有别人呀，头几天我终于想到了一个人，过去新年聚会，他每次都给我送书。送书送输，让我把生意都给输出去了。

大家交头接耳，窃窃私语，议论纷纷。

几年前，曾有人建议让他给我当代言人，幸亏我没答应。我要答应了，你想想他那名字，我的企业早倒闭了。这两年聚会他没来，我的生意又渐渐好了起来……

天哪，他虽然没有点名道姓，这说的肯定是我。我的脸发烫、手发抖。见没人注意，我低头起身逃出了门。

我的步子有些踉跄，进电梯时差一点跌倒。我心里对自己说，培静啊，你这破名字起的，妨人呀。你妨人就算了，每年还给人家送什么书。你不显摆了吧，人家喊你大作家，你就以为自己真是作家了。你呀，狗屁不是。

我想改名，把名字倒过来叫，培静，静培？有什么两样。我心里狠狠地对自己说：得了，你就这命，躲起来写你的破小说去吧，今后可再别出来妨人了。

（原载《东方剑》2016 年第 8 期）

慈　善

陈　敏

有一个关于慈善家的故事。Hillery 的故事总以这样的方式开头。

Hillery 是来我们学校支教的非洲籍教师，他每周上二十节口语课。除了上课，他还有两大嗜好：足球和讲故事。

Hillery 每天给我们讲一个故事。不过，他的故事不会白讲。他有严格要求，听完故事的人必须向他提出两个问题。仅这一点就难倒了很多听者。

故事是这样的。

从前，非洲某部落里发生了一场战争。有个村庄被敌人占领，驻扎在村里的所有将士全部被占领者投入监狱。

村子里有四位慈善家。他们明白自己的同胞将要在狱中经受磨难，于是，第一个慈善家来到监狱，向狱吏们请求："我知道我的兄弟们在狱中没有干净的水喝，为避免他们生病，我想拿出我全部的财富来净化水质，让他们喝上干净的水。"狱吏们同意了，并批准他来做这件事。慈善家离开了，他因能为兄弟们展示自己的善行而高兴。

第二个慈善家来到监狱，走到狱吏跟前，说："我知道我的兄弟们正睡在石头上。我想拿出我的全部财富为他们置办床铺，好让他们在狱中睡得舒服些。"狱吏们同意了。慈善家离开，为自己能帮助兄弟们摆脱困境实现自己的愿望而高兴。

第三个慈善家也去了监狱，对狱吏们说："我听说我的兄弟们没有像样的食物，只有面包和水。我有一个大农场，我想把我收获的所有粮食供给他们，让他们在狱中吃得好一点儿。"狱吏们也同意了。慈善家欣慰地离开，以为自己为狱中的兄弟们做了件好事。

第四个慈善家虽然被前三个慈善家的慷慨行为所打动，但却为兄弟们所遭遇的不公平囚禁而愤愤不平。于是，他设法弄到了监狱的钥匙，在一个深夜，悄悄溜了进去，释放了关押在里面的所有兄弟。

四个慈善家向我们展示了仁慈和正义的区别。

前三个慈善家履行的是仁慈的行为。他们的慷慨解囊肯定能缓解将士们的困境，让他们在狱中过得更舒服些，但并没有改变兄弟们不公平的处境；而第四个慈善家不仅改变了他们的环境，更改变了他们不公平的处境。他的行为不仅仅是善举，更是正义。

听了这个故事，你能给 Hillery 提出两个问题吗？

（原载《小小说选刊》2016 年第 15 期）

夕阳里的冠军

茨　园

　　菜二包了十亩地，其中有一长条儿，是茨园山庄西边那条砂石土路。这条路，坑坑洼洼，平时用处不大，就是农忙时节，庄人去地里干活儿走走。

　　半月光景，路两边围起了栅栏。栅栏的一头，是养猪场，另一头，是屠宰场。"哟，这货，杀头猪还要赶到两三里外，明显不科学嘛！"有人说。大家都笑，"就是就是"地附和，还有人说："还没养猪，这货就成了猪脑子！"不过，不管别人咋说，菜二还是养了群猪仔，而且养法奇特：每天傍晚，他把群猪从养猪场撵进栅栏，自己掎一把铁锨，高举着，吼吼地叫着轰着猪群，从这头跑到那头，再从那头跑到这头，并用黑笔在跑得快的那些猪身上标上1、2、3……

　　看着看着，庄人都笑了："这货瞎折腾啥啊？"由是，庄里每天都有不少人围着栅栏看，还有人说："菜二啊，你可真二，把这些猪撵得满身大汗，你不也满身大汗么？你到底啥意思啊？该不是想培养个猪界的长跑健将吧？"他这话，倒是启发了庄里一个聪明人，一拍大腿："我知道了！"眼瞅众人目光纷纷投来，他更是得意，"肯定是菜二想参加国际长跑比赛得金牌拿奖金，先练腿儿呢！"他说得得意，但立马有更聪明的人反驳："瞎扯！菜二再二，也不能跟群猪练腿儿啊！他若真想当冠军，该跟驴了狗了什么的一起跑嘛！"大家一想，也是，便又把目光齐刷刷投向菜二，还有人说："说说看菜二，到底为啥啊？"

　　嘿嘿，嘿嘿。菜二笑，敷衍："等这些猪出栏了，你们就知道了！"

　　半年后，二百斤以上的猪越来越多。二百斤，是猪出栏的标准。那一天，菜二请了俩杀猪师傅进了屠宰场，就开始撵着猪群从这头往那头去。眼瞅群猪争先恐后从养猪场向屠宰场跑去，随后掎着铁锨跑着的菜二大声喊道："杀杀杀！"嘈杂间，屠宰场里那俩师傅忽然窜出，一人一把大铡刀迎着猪群飞奔过去，左右挥舞，咔嚓一头，咔嚓一头，砍翻七八头时，余下的众猪扭头惊叫着往回窜去。

菜二并不阻拦，气喘吁吁跑到屠宰场时，两边观看的众人仍目瞪口呆。

杀猪，有这杀法？

哎呀妈呀，太血腥了吧？

这样的想法在众人心头浮起疑惑时，菜四也揭开了隐匿半年的"谜底"："知道我为啥这样养猪么？知道我为啥这样杀猪么？现在告诉你们啊，这可是当年慈禧太后御用养猪大师的祖传绝技呢！这样养出的猪，肉瓷实、鲜美！嗯，今天在场的，人人有份，都砍块儿回家尝尝鲜啊！"

是晚，满庄猪肉飘香。但第二天后半晌，村主任却领了俩自称是"县里来的"人找到菜二。打头的那人说："菜二啊，要说你这养猪法挺新奇，不过呢，你让杀猪的天天舞着大铡刀左劈右砍，万一他们砍出了瘾，跑到县里用这法儿把领导砍了，这责任你负得起吗？"

菜二一想，也是。于是，经过三天苦思冥想，他在县里找了家科技公司，研发了个"激光杀猪器"，在临着屠宰场的栅栏上安了。这"器"，其实就是用激光照着，并通过电脑设定每次杀几头，只要猪一跑过来，就会有箭嗖嗖射出，将猪射翻在地。

再一日傍晚，一群猪荡着烟尘飞奔而来，嗖嗖几声响亮，跑在前面的几头猪连哼哼都不带哼哼地纷纷倒地，不仅庄人惊奇，据说那家公司还由此申报了专利。

然而，猪傻么？傻，但也不是都傻。这样过了一段日子，剩下的群猪尽管仍顺着栅栏"拼了命"向前奔跑，可快接近屠宰场时，便会麻利转身回奔，急得菜二用铁锨左拍右拍，拍得一些猪头都出了血，却挡不住往回窜的滚滚猪流。

"妈的，你们还有没上进心啊？得个冠军不好吗？"那天傍晚，菜二喝了些酒，醉醺醺眼瞅着猪群拥拥挤挤又要往回窜时，返身回到养殖场，顺手操起铡刀，舞动着，怒吼："冲冲冲，得第一者免死！"群猪惊惧，也不知是否看多了血腥，从而像人一样开悟了左右都是个死的道理，返身，再次向屠宰场奔去。

夕阳下，烟尘滚起，菜二侧侧歪歪拖着铡刀大踏步随着猪群也向屠宰场奔去。

涌动的猪流越来越缓，拥挤中，不时有猪擦着菜二的身子向养殖场奔回；不知不觉中，菜二大踏步奔到了离屠宰场几步之遥的地方，"妈的，你们都不敢，老子先跑个第一让你们看……"菜二骂骂咧咧话音未落，只听嗖嗖两声响亮，两支利箭穿透了菜二两条大腿，"哎呀妈呀"，菜二惊叫一声，酒醒了大半儿，可怎么也控制不住自己的身子向前倒去……

嗖——嗖——

（原载《大观》2016 年第 10 期）

孝　心

江　岸

　　义阳师范学院文学院吴文圣教授近来好事连连：他的论文在全国核心期刊不断发表，他被学校任命为文学院院长；最让他露脸的一件事，是他刚刚被评为全省道德模范。他的事迹和大幅照片在全省各大媒体不胫而走，铺天盖地。这就是传说中的又红又专、德艺双馨啊！

　　作为吴教授的弟子，我们几个现代文学专业的研究生没有理由不兴高采烈。我们联络了文学院其他专业选修吴教授课程的几个研究生，涌入他的办公室，将他团团围定，一齐起哄，让他请客。

　　吴教授双手一摊，笑着说，请客没问题，可是你们师母出差了，我还得照顾你们师奶的饮食起居，不能在外面酒店吃饭。要不周六中午，请诸位赏光去寒舍小聚？

　　周六中午，我们如约敲响了吴教授的家门。吴教授打开门，高兴地说，都来了？吴教授把我们引到客厅，让我们坐，给我们泡了茶。稍微坐了一会儿，寒暄几句，我们解下了吴教授腰间的围裙，嘻嘻哈哈地挤进了厨房。不待有人分工，大家便各显其能，洗菜的洗菜，炒菜的炒菜。不大一会儿，七八个菜就火热出锅，摆满了餐桌。

　　吴教授走到阳台上，缓步搀过来一位满头银丝的老太太，扶到餐桌边一把靠椅上坐下。吴教授对老人说，娘，这几个孩子都是我的学生。又转脸对我们说，这是你们师奶，叫奶奶吧。

　　我们纷纷喊着奶奶，问奶奶好。师奶微笑着，慢慢转动着脑袋，逐一看了看我们，轻轻点点头。

　　吴教授招呼大家围着餐桌坐好，然后打开一瓶白酒，摆好酒杯，让我们自便。吴教授坐在师奶旁边，一直忙于照顾她，不时给她夹菜、舀汤、盛饭，或者伸手抢掉她嘴角上的饭粒，或者用纸巾给她擦擦下巴上的汤水。师奶毕竟老迈了，精力不济，吃得比较慢。整个进餐过程中，他自己很少吃喝。这样一来，气氛便有些沉闷，我们都比较拘谨。大家每人倒了一杯酒，却没有合适的机会举杯，祝贺吴教授的满腔话语都搁在腹中。

师奶吃饱了，吴教授用纸巾给她擦擦嘴之后，自己添满一碗饭，狼吞虎咽地吃起来。他放下筷子的时候，大家一拥而上，动手收拾餐桌，把狼藉的杯盘碗筷清理到厨房去。有两名女同学挽起了袖子，准备洗碗。吴教授却走进厨房，制止了她们，并把她们赶了出来。吴教授轻轻走到师奶旁边，俯在她耳边，笑着说，娘，您该洗碗了。

两名女同学急忙又往厨房走，边走边说，老师，您别让奶奶洗碗了，我们洗。

吴教授再度摆摆手，制止了她们。

我们相互间交换着质疑的眼神。吴教授不是道德模范吗，怎能忍心让如此垂暮的老母亲去洗碗呢？

师奶却突然来了精神。师奶的动作虽然依旧缓慢，但再也不是吃饭时的无精打采了，甚至可以说有一点儿神采飞扬。她努力昂着头，尽量挺着胸膛，从我们中间穿过去。

师奶独自在厨房洗碗的时候，吴教授招呼我们到客厅喝茶。我仍然一头雾水，还在为吴教授让师奶洗碗的事情郁闷，感到脸皮发烫，不敢正视他的眼睛。其他几位同学大概也有同感，纷纷低着头，躲避着他的视线。

吴教授给我们每个人的茶杯续上水，在我们中间落座。他慢悠悠地说，人上了岁数啊，最害怕在别人眼里变成无用的人。我的老家在大别山黄泥湾，你们师奶在农村劳碌一生，现在老了，依然闲不住。要是每天不让她干点儿什么，她总是郁郁寡欢的，只有替我们干点儿什么，她的情绪才会好一些。她路都走不稳了，还能干什么呢？我和你们师母商量好几次，只能让她每天洗洗碗。我们明知道她洗不干净，也只能由着她，大不了等她洗过了，我们悄悄再去洗一遍。

我们不约而同地点点头，脸上露出赞许的笑容。

一名女同学说，吴老师，等奶奶洗过了，我们再去清理一遍吧。

吴教授笑着说，好啊。

我庆幸，我是吴教授的弟子。

（原载《信阳周刊》2016 年 2 月 25 日）

圣诞老人的袜子

朱雅娟

天还没黑透，小全已经躺到床上了。床是钢丝床，能折叠的那种。每天早上，小全都会帮妈妈把床收起来，连同那台蜜蜂牌的缝纫机，放到三轮车上，骑到街头的一个小巷子里支好摊子。钢丝床上铺满的是妈妈做好的鞋垫，有机纫的，也有手工的。手工做的基本都是绣花鞋垫，有时也做婴孩穿的老虎头布鞋、布枕、布帽。

小全真是个懂事的孩子，一放学就到巷子里替换妈妈，妈妈赶紧一路小跑回去做饭。这时钢丝床就是小全的书桌，他会挪一丁点地方，跪在小木凳上做作业。跟着妈妈，小全学会了做模子、打面浆、打褙子、描图、镶边和绣花。学校的展览室里有一双绣花鞋垫就是小全亲手做的，得了全校手工制作的三等奖。评奖的老师说，论工艺之美，评一等奖也是应该的。但只是传承，没有新意，不像其他小朋友做的，电动汽车可以跑，航天模具可以飞。

小全心里有点不服气，电动汽车航天模具他也会做，但妈妈是不会让他浪费钱的。爷爷奶奶在乡下种地，爸爸到省城去打工，妈妈要陪他在城里读书，负担重着呢。

妈妈做好饭，几口刨完，就急忙忙换小全回家吃饭。小全吃完了，会认真把锅碗刷干净，再去上学。出租屋虽然很小，但没了钢丝床，就有几米见方的空地。小全会打几个原地空翻，吼两句秦腔。

在小全的家乡，人人都会唱戏。爸爸就是有名的花脸，拿手的戏是《铡美案》。乡戏没什么讲究，爸爸扮的包公可以翻着跟头出场，引来阵阵叫好声。有一次爸爸扮包公忘记戴髯口，几个跟头后一亮相，大家都笑了。爸爸倒是挺从容，唱道："陈州放粮起得早，老爷把胡子忘戴了。"然后喊上一声，"王朝，马汉，把老爷的胡子拿来！"一通锣鼓声中，台上的人赶紧就去取回髯口，爸爸戴上后继续演他的包公。

可惜的是现在务工的人太多，还没等到初八开锣唱大戏，个个都离乡打工去了。

城里自然有城里的好处。爸爸在外打工，见多识广，打电话时不时冒出几句普通话。小全想爸爸了，也会打电话给爸爸。有一次接电话的是个女的，爸爸说是跟他们一起打工的。妈妈不相信，把小全托付给城里打工的姐妹好几天，去了趟省城，回来时眼睛肿得像桃核。

妈妈的姐妹劝她："想开点吧，远水解不了近渴。将来一起过日子的，还是你们一家人。"

明天就是圣诞节了。去年的今天爸爸打电话来，让小全把袜子挂到床头，说可以收到节日礼物。小全将信将疑，第二天眼一睁就发现床头的袜子鼓鼓囊囊的，里面全是精美的糖果，有巧克力味的，草莓味的，柠檬味的。

小全兴奋极了，捧着糖果让妈妈看。妈妈一脸潮红，半是埋怨半是欢喜地说："太浪费钱了。"小全高兴地说："这是圣诞老人从烟囱里爬进来送给我的，爸爸没骗我。"出得门来，口里的糖还没化完，邻居就拉着脸跟妈妈说："你们两口子真能折腾，夜里来，明里去，吵得我们整宿没睡着觉。"嘿嘿，原来爸爸偷偷来过。

妈妈见小全早早躺下了，床边挂着袜子，微微叹口气。夜半时，小全醒了，摸了摸床头的袜子，又是鼓鼓囊囊的，乐得差点笑出了声。隔着一张布帘，是急促的喘气声。妈妈压低声音："小声点，别吵到孩子。"小全偷偷笑了，圣诞老人的袜子真是神通广大，既能带来糖果，还能送来爸爸。

天亮时，爸爸打电话过来，略带歉意。

"小全，对不起，爸爸在工地打桩，整夜都没合眼，忘记送你圣诞礼物了。过年的时候，爸爸送你一个航天模型，好不好？"

小全手一松，晶晶亮的糖果撒了一地。

（原载《大观》2016年第10期）

你 接 着 说

田洪波

我坐在领导对面，等着向他汇报。领导正忙着接一个电话。

天气很热。领导的办公室没安装清凉设备，因此，刺眼的阳光肆无忌惮地照射进来。领导额头上已经见了汗，我也感觉浑身湿漉漉的。从领导办公室门下晃动的阴影可知，外面排队等着见领导的人在增多。这是没有办法的事，我也等了很长时间。当领导真是不容易，几乎每天都身不由己，甚至时刻都身不由己。

说吧。领导终于放下了电话，顺手拿起一张报纸扇风。

我马上调整好情绪，防汛方案已经制订，正在做防洪排涝基础设施的调查……领导严肃着一张脸，听得入神，手机突然发出震动的"嗡嗡"声，吓了领导一跳，急忙用手抓过手机。

领导看着手机屏幕，好像犹豫要不要接，半天才抬头看我一眼，你接着说。

我从嗓子眼里咳了一下，顺着思路接着往下说，各水文测站的实时水情和雨情信息……不想手机嗡嗡声不绝于耳，领导苦笑，下意识按了接听键。哪位？有什么事快点儿说。然后就是一阵阵的"嗯"声。

我只好停下来，等着领导接完电话。燥热的感觉依然挥之不去。

电话里的事情似乎有些复杂，领导又陷于纠缠之中。

我把目光挪到领导漂亮的书柜上，看着那些装帧精美的书，脑子里突然冒出一个念头：这些书，领导有时间浏览吗？

领导额头上的汗越聚越多，稀少的头发几乎成绺了。我犹豫要不要有什么举动，帮他减轻一点儿负担，又怕太露骨。

我只能老老实实地坐着。

你接着说。领导总算摆平了电话里的事，重回旧轨。于是我又捡回思绪，气象信息和水情信息按要求会及时上报……我的话音还没落，又响起急促的敲门声，还没等领导表态，敲门人已经闪身进来了。来人是领导秘书。在这样的时刻，这样的处境下，也只有他，才能这么破门而入。

秘书拿着一份文件请领导签字，解释说是个急件，同时抱歉地向我点下头。

我耐心地等领导签字，可他分明看着看着，锁起了眉头。不用问，文件涉及的问题一定棘手。领导就几个核心问题向秘书提出疑问，秘书小心翼翼地做了回答，领导依然不肯痛快地签字。

我的炽热有恃无恐，干脆也顺手抓过一本杂志扇风。我甚至想走到墙角那处阴凉之地，但我按捺住了冲动。我只能感叹来得不是时候。

早几天，领导问起防汛准备情况，我简单说了一下，领导态度认真，改天我听你汇报。其实，这么大的事，即使他不提要求，我也要向他汇报的。

领导咬了咬下嘴唇，终于拿起笔，将自己的大名签在文件上。

你接着说。领导又回过神来，同时为了表示歉意，给我拿出一盒烟，我摆手表示不吸。

微微喘口气，我又讲起防汛准备。这次没什么意外，领导听得也认真。可是，仅仅一两分钟，领导的座机就响了。领导下意识看了下号码，没接，示意我接着说。

然而，电话那端的人似乎很执着。铃声吵得我实在说不下去。

领导感觉到了我的尴尬，干脆拔下了电话线。

你接着说。领导很干脆。

我刚刚说了没几句，领导的手机又震动起来，同时外面传来敲门声。显然外面的人嫌等的时间长了，或者是真有什么急事，等不得了，完全不按套路出牌了。

领导不接手机，用手示意我接着说，也不理敲门声。可是，我的思路分明有些紊乱，竟前言不搭后语了。这期间，领导又忙里偷闲用手机回了一个短信。我的炽热感很强烈，想着无论怎么样，今天只能草草收场了，否则领导也会着急。于是我深呼吸，思谋一下，几句话把要说的概括了，然后等着领导指示。

领导显然也没料到我会这么做，他沉思一下说，好吧，今天就到这儿。防汛是大事，你我马虎不得。改天，我找时间，再好好听你汇报！嗯……就这几天吧，你等我的信儿。

从领导办公室出来，外面候客室呼啦站起一拨儿人，瞅我的眼神暧昧难测。我不由揣摩，他们汇报时，也会被什么事切割得七零八落吗？

我的步履竟有些沉重。

（原载《荷风》2016年夏季刊）

犯 病

侯发山

　　老王退休不到两年，患上了阿尔茨海默病，说白了就是老年痴呆，智商很低。他跟其他痴呆患者的状况差个八九不离十，记忆力消减，行动不便，譬如水杯明明拿在手里，却满屋子转悠着找水杯；本来要到厕所小便，到了卫生间却忘记自己要干什么，转回来时已经把裤子尿湿了；走起路来磕磕绊绊的，随时要跌倒的样子，等等。有时老伴儿叫他："老王，该吃饭了。"他却一脸茫然，等到老伴儿连叫数声，走到他面前大声呼唤，他才像个犯错的小学生："老大娘，你是叫我吗?"有时把老伴儿当作"姐姐"。弄得老伴儿哭笑不得，心里却如针扎一般难受。老王干了一辈子革命工作，退休后本该含饴弄孙，颐养天年，想不到得了这种病。

　　有人建议说，让老王常去他熟悉的地方，或许能恢复他的记忆。这种说法像是有点道理，老伴儿就带着老王来到他工作了一辈子的地方，这里转转，那里逛逛。可是，去了几趟后，一点效果也没有。老王常常把张三当成李四，王五当成陈六，把比他年龄小的局长当成"哥哥"。有一次，老王来到办公室，向比他年龄小三十多岁的小姑娘叫"大娘"，人家小姑娘初来乍到，不明就里，"哇"地哭着跑了出去。

　　局长是个好局长，心里也很难过，毕竟是自己的兵啊，不能撒手不管，就对老王的老伴儿讲，大娘，还是去医院吧。老王的医疗费单位都给报销，钱不是问题。

　　老王的老伴儿感激得直点头。

　　就这样，老王又被老伴儿领着往医院跑开了。每次去，都要提溜回一大包药。反正是只要沾点边的药，医生都给开了。这年头，医院最不缺的就是药。

　　两个多月过去，秘方、偏方都用了，中药、西药都吃了，没见什么效果。老王的老伴儿有点泄气。医生蛮有信心地说："病来如山倒，病去如抽丝。不要急嘛，干什么都要有个过程。上次他来管我叫叔叔，这次叫我弟弟，不就是有点进步吗？"

老王的老伴儿无言以对，就又默许医生开了一大堆药。

老伴儿搀扶着老王刚走出医生办公室，只见一个小伙子旋风似的跑了过来，后面一个中年妇女撕破嗓子似的叫喊："抢劫啦，抢劫啦。"老伴儿忙拉着老王，打算往后闪一闪，让那个小伙子跑过去。毕竟是亡命之徒，他们老两口如何对付得了？若不识时务，还不是拿鸡蛋往石头上碰，能有个好？

谁知道，老王愣怔了一下，一反常态，挣脱老伴儿的胳膊，箭步冲上前去，一抬腿把那个小伙子绊倒在地。没等小伙子爬起来，老王就扑上去，把小伙子死死摁倒在地。老王到底上了年纪，小伙子挣脱老王，爬起来刚要跑，被随后赶来的保安和行人给制伏了。

老伴儿好半天才迷瞪过来，上前抱着老王，泪如雨下。

说来奇怪，这件事过后，老王还原到过去的样子，傻呆呆的。甚至被问起制伏歹徒这件事时，一问三不知，想不起来了。

类似的事情后来又发生了一次。那天，老王和老伴儿在看病返回的途中，公交车行驶到偏僻路段时，一名中年男子猥亵一名小姑娘。小姑娘呼救，车上的乘客都佯装瞌睡，成了缩头乌龟。中年男子更加有恃无恐，动作更加放肆。小姑娘大叫："救命啊，救命啊。"

老王腾地站起来："住手！"老伴儿见状，知道老王又"犯病"了，忙偷偷拨打了110。车上的其他乘客，也纷纷站起来帮腔，声讨那个中年男子。

司机刚把车停稳，中年男子急慌慌、灰溜溜下车了。

跟上次一样，待到一切都平息下来，老王恢复了先前的状态，又痴呆起来。

司机上前感谢老王。老王茫然不知所措，不知道发生了什么事，吓得躲到老伴儿后面，像个做了错事的小孩子。

司机和乘客们都不理解。

老王的老伴儿忙给大伙解释，老头子有病，阿尔茨海默病。

这话让大伙更加糊涂了，老年痴呆怎么在关键时刻能站出来呢？这不胡扯吗？难道这个老大娘是个精神病患者？

老王的老伴儿一边抹眼泪一边说，老头子退休前，是公安局的一名刑警。

顿时，车厢里掌声一片。看到众人都稀里哗啦地拍着巴掌，老王也咧开嘴乐了，跟着大伙儿一起拍巴掌，一边摇头晃脑地唱着："你拍一，我拍一，一个小孩坐飞机……"

（原载《芒种》2016 年第 6 期）

你 的 朋 友

远　山

　　我从繁华的北部到达这个叫约克的小镇时，行驶了一整天，迎着最柔美的朝霞出发，在最柔美的晚霞中抵达。

　　从门外信箱里取来房东留的钥匙，打开门，就见玄关边摆放着一盆花，确切地说是在一个有缺口的花缸里挤着五颜六色的野花，花的中间插着一张绿色卡片"Your friend"（你的朋友）。我想，这是房东的意思，鲜花总是被赋予一种情怀和仪式。我从车里拿来一个空纸箱，把这堆野花和绿色的卡片扔进了纸箱，走出了家门。

　　约克小镇古老而萧瑟，一幢幢灰色的砖瓦平房掩映在茂密的大树下，窗口透出星星点点的亮光，有犬声、猫声和乌鸦声，晚霞大块大块地覆盖下来，开始是红色的，慢慢地变成了紫色，再后来就成了灰色，和灰色的砖瓦房拥吻在一起，街上稀有闲逛的人影，人们日出而作日落而息。这些，是我来约克小镇前了解的。现在，果然不假。

　　街道没有人影，灰色的砖瓦房里却灯影绰绰，一条人行道曲曲折折，我知道人行道的终点是一眼望不到边的平原，这对现在的我来说太重要了，我急需摘下墨镜，袒露双臂，在一个空阔荒芜的地方放纵自己。一种久违的无所顾忌让我加快了步伐，却在不远的拐角处被一堆野花挡住了去路，我蹲下来，那是几束用彩带绑起来的鲜花，红黄蓝白紫，各种颜色都有的小花，花束中间有一块绿色的长方形木条，木条上写着"Your friend"，你的朋友？又是你的朋友，这是一个什么样的朋友？看着像是一个小小的纪念碑，这里也许发生过什么意外，这些野花下面也许埋有一只救过主人的忠心小狗？或者是……或者是……我想象不出，也无暇多想，我的生活是远离想象和鲜花的。

　　晚霞渐渐地成了紫色，我在这片空旷的平原上撒野。拥有或失去有时候就在一念之间，我如哲人一样告诫着自己，浑然不知一个高个子老女人已经走到了我身边。直到现在我仍觉得有点诡异，明明这一目了然的平原上就我一个人，她是怎么冒出来的？她用英文对我说话，语速相当快，我大概能听懂，尤其是她说"I'm your friend"（我是你的朋友）。这真是一个奇妙的小镇，短短的时间里看到听到的都是"你的朋友"，她递给我一张绿色的卡片，这次我看清了，除了正面的"Your friend"，背面密密麻麻地写着一段话，高个子老女人快速地背诵着这段话，大概的故事：很久很久以前一个晚霞满天的日子，约克小镇的苏珊小姑娘在街上碰到了一个疤痕满脸的流浪汉，他盘坐在地上，看起来疲惫不堪像是病了，苏珊拉着流浪汉的手要他跟着自己回家去吃饭，街上的人们对苏珊说不可以带陌生人回家，但苏珊不理，快到家门口时，绸布似的晚霞淹没在天边了，周围漆黑，他们被一块大石头绊倒了。苏珊临终前对妈妈说，他是我的朋友，一个陌生的丑陋的流浪汉，苏珊说是她的朋友。妈妈为了纪念善良的苏珊，在她跌倒的地方竖了一块绿色的写着"Your friend"的牌子，每当朝霞升起时妈妈总会把苏珊喜欢的漂亮野花放在牌子边；每当夜幕降临，妈妈总是把灯开亮，使那段路不再黑暗。渐渐地，小镇的人们都自觉地加入了这个行动，于是，一天天一年年地过去，小镇的路边一个个的鲜花堆越来越多，透出光亮的房子也越来越多，没有路灯的小镇在夜幕下却是星星点点，很是亮堂，直到太阳升起，直到朝霞满天。

故事挺凄美，我不去想是真是假，心底也无波澜。绕过一堆堆的"Your friend"，借着一家家从窗户透出来的灯光，我到了自己家，才发觉自己的房子在黑暗中如此阴晦——晚霞映照时我出门了，却没有开灯。

房东老爷爷和孙女等在家门口，小姑娘手里捧着一束野花，她踮起脚后跟把那束野花递到我的胸前，然后拉过我的右手低下头亲吻了我的手背，我也用西方的礼节亲吻了她的额头。房东老爷爷和孙女走了。我开门开灯，空荡荡的房子突然被一个个镜头占据：平原上讲故事的高个子女人，故事里满脸疤痕的流浪汉和美丽的苏珊，路边一个个的"Your friend"，还有房东老爷爷和小孙女的等待，以及北部的那场熊熊烈火，撕心裂肺的叫喊……

我从纸箱里捧出那些野花，细心地一枝枝整理，用彩带一束束地绑起来，在明天朝霞满天时，我要第一个把野花献给苏珊，在这当中，我想到了平原上的高个子女人讲故事时一直温柔地看着我，告别时还拥抱了我；小孙女居然亲吻了我的手背，还接受了我的回礼；我意识到自己今天很长时间没有盯着这疤痕累累的双手了，很长时间没有去触摸这疤痕累累的脸了。

（原载《浙江小小说》创刊号）

河套的阴谋

范子平

　　叫河套痛心的事每年总要发生几起，这不，刚过来年，他家电路坏了，电灯也不明，电视机也不唱。他往电工黑头家跑了三四趟，最后还是把孩子二舅拎来的一兜洋葱都孝敬了去，黑头才嘟嘟囔囔地来他家修。还没修好，听得村长一声吆喝，黑头抓起工具包慌慌张张走了，怕是他亲爹有事也跑不了这么快吧。

　　一直到晌午头儿黑头也没再来。河套到街上一打听，人们挤眉弄眼，原来不是村长家的电路坏，而是寡妇白玫瑰家的电路坏了。村长跟白玫瑰不清白，可是跟白玫瑰不清白的绝不是村长一人，传说还有村会计，还有村治保主任。河套扳起指头一算，又算出了新问题。可不是，跟白玫瑰有关系的还都是村里的"光"人，"光"人都是村里的人上人。河套想，我在村里只能算是"眼儿"人，是村里的人下人。要是我跟白玫瑰也有那么一腿，那我不就也成了村里人上人了？可白玫瑰会跟我么？河套又想，不在乎真有假有，那村长、会计就一定与白玫瑰有？只要村里人说有就是有，村里人说我有就会看得我高，就会把我当"光"人了。可这事咋操作呢？河套几宿没睡好，想得脑瓜疼才想出办法。

　　河套找到白玫瑰，说想跟她厮跟着从她家出来一趟。他想白玫瑰可能会看出自己的阴谋，可能会恼火，甚至会捆他一耳光。没想到，白玫瑰咯咯咯笑弯了腰，还说："你这人真有意思。"然后说："你得先给我拉三十车土。"河套知道她正要拉土垫地，村长给她划了一片新宅基地。河套说："二十车吧？"白玫瑰不容商量："三十车。"河套一咬牙："那中，就三十车，拉完土我得跟你厮跟出你家门。"

　　三十车土拉了三天，拉得河套腿肚抽筋，拉完后他对老婆说今夜打牌不回家，然后趁傍晚到白玫瑰家。河套问："我在哪里歇？"白玫瑰一指院墙角。

河套说："叫我睡猪圈？"白玫瑰说："你想！叫吓着我的老母猪？那边！院墙角。猪圈外不是有一床被子，是我那死鬼二定在世时的。"说完白玫瑰就去屋里上住了门。

偏这一夜又起了东北风，贼溜溜吹过来浑身像小刀刮似的。河套实在受不了，只好不顾害怕把二定脏兮兮的被子裹在身上，就这还是上牙下牙直打战。

第二天白玫瑰起得晚。河套得意地笑出了声，一边还心里替白玫瑰惋惜：恁精明的一个人，咋就看不透我河套的阴谋呢？嘿！三十车土换你白玫瑰丢场人，这下有轰动新闻了。到日上三竿吃早饭时，白玫瑰果然出了门，去开院门时河套紧紧跟着她，从院里跟到大街上。正好村长嘴里叼着一根香烟从胡同里出来，河套想他会不会嫉妒我甚至打我一顿呢？要是打我一顿可就热闹了！河套心里甜蜜蜜地做好了挨打的准备。可是村长朝白玫瑰亲切地看了又看，就是不看他。河套心神不定慌慌张张说："村长，我昨夜吃白玫瑰的荷包蛋。"村长眼光好像粘在白玫瑰身上，不在意地"嗯、嗯"两声就过去了。河套觉得非常泄气：村长咋不管呢，这事他能不在心？难道……河套想了想，认定是自己说话声音小，村长说不定就不知道自己说的是啥。

正在想着，会计又从村那头朝这边走来，河套这一次可接受教训了。拦住会计，恨不得趴到他耳朵上："会计呀！昨夜在她家，刚跟白玫瑰一起出来！"

会计厌恶地推开他，手指捣着他的额头说："你咋恁不懂事呢？不知道要工钱不兴早晨上门吗？才拉几天土就等不及了。人家白玫瑰会欠你不给么？"河套一时愣住了，一拍脑瓜才想起自己昨天拉土时碰上过会计。会计以为自己一大早来要工钱的。河套正想做些解释，一看会计已经走远了。

这时又有一些人从这里路过，但没人理河套。河套气得叫街大喊："我刚从白玫瑰家出来！"二诸葛说："河套还很有一套呢，人家要救济款，都是向村长要，河套到村长的相好家来求情了！"人们说说笑笑走远了。河套气得心口疼：村里老少爷们咋都是光打岔，咋就是不往我跟白玫瑰的奸情上想呢？

门口已经没人了，就连几个孩子也蹦蹦跳跳走开了。河套只得带一身疲倦，带一身失意蹒跚珊珊走回家，刚进院门就听得老婆在嘤嘤地哭。河套心中一喜，老婆知道了，老婆吃醋了。还是老婆，知音呀知音！不管怎样，老婆是相信自己跟白玫瑰不清白了。弄一圈弄到自己老婆身上。不管怎样，自己在家里的地位是要大大提高了，总算没有白受一场罪。河套劝老婆："真的，我跟白玫瑰就这一次。"可是老婆站起来，气呼呼地高声嚷嚷开了："一次也不中！我知道你当年爱偷东西的毛病改不了，可是都是偷村里集体的，再不然偷个富户，再没成色也犯不上偷到白玫瑰家呀，看看啥也没偷来是不是？"

河套一下子秃噜到地上了。

（原载《大观》2016 年第 10 期）

开花的步枪

周海亮

他知道这样不好，可是他喜欢这样。

他喜欢将一朵淡蓝色的小花，插在他的枪口。

他们一直驻扎在战壕。真正的驻扎——整整半年，吃在那里，睡在那里，警戒在那里，思乡在那里。战壕又深又宽，兵们横七竖八地睡着，如同古墓里复活的全副武装的干尸。战壕前方，空旷的原野一览无余。草绿得失真，花开得灿烂，土拨鼠从洞穴里探出憨厚的脑袋，野兔红色或者灰色的眼睛机警地闪动着。一切那般宁静美好，看不出任何战争的迹象。可是他们不敢离开战壕半步。长官说，对方的狙击手藏在岩石的缝隙里，藏在土拨鼠的洞穴里，藏在草尖上，藏在花粉间，藏在尘埃中，藏在阳光里。狙击手无处不在，他们是死神的使者。

他不相信。他不敢不相信。每一天他们都高度紧张，然而战争却迟迟不肯打响。

战壕的边缘，开满蓝色的小花，五瓣，半透明，花瓣淡蓝，花蕊淡黄，花蒂淡绿。小花晶莹剔透，如同巧匠精雕细琢而成。他探出脑袋，向小花吹一口气，花儿轻轻摇摆，淡黄色的花粉飘飘洒洒。蜜蜂飞过来了，嗡嗡叫着，捋动着细小的长满绒毛的腿。他笑了。他不知道小花的名字，他想起了故乡。

故乡开满这种不知名的小花，初夏时，整个草原和整个河畔，全都是蓝的。有时候，他和她手拉手在花间奔跑，笑着，闹着。黄昏，他坐在木屋前，看她款款走来。她的头发高高挽起，两手在阳光下闪出微蓝的光芒。她提着长裙，赤着脚，脖子优雅地探着，长裙上落满淡蓝色的小花。她朝他走来，走来，越来越近，越来越近。天空掠过浮云，炊烟升起，一头牛在远方唱起低沉而深情的曲子。

一切都那般美好，看不到任何战事的迹象。可是战事还是来了，他应征入伍。他迷恋草原，迷恋木屋和那些淡蓝的花儿，迷恋她美丽的下巴和半透明的淡蓝的手。可是他必须入伍，从一个草原抵达另一个草原。潮湿的战壕里，他盯住那些小花，如同盯住她湿润的眼睛。

他将小花小心地摘下，小心地插进枪口。小花在枪口上盛开，蜜蜂嗡嗡飞来，绕着花儿盘旋。他笑，他冲小花吹一口气。小花轻轻抖动，淡黄色的花粉，纷纷扬扬。

长官不喜欢他这样做。长官说枪不是花瓶，枪的唯一作用，是杀人。他知道。可是他喜欢那些小花，更喜欢小花将枪口装扮，将战壕装扮。他从战壕里探出脑袋，他看到海洋般的小花把草原覆盖。狙击手，他看不到。

长官说，再这样做的话，把你送回家。

家乡有温和的奶牛、笔直的炊烟、淡蓝色的小花和小花般芬芳的她。他想回家，可是他不能回家。

每一天，趁长官不注意，他仍然将小花插进枪口。夜里他抱着开花的步枪睡觉，梦里花儿开满全身，他幸福得不想醒来。

他必须醒来。他们终于发现了敌人。十几个人趁着夜色，爬行在淡蓝色的花丛之间。他们拖着长长的步枪，头盔涂抹成花朵的蓝色，眼神充满恐惧和令人恐惧的杀气。长官冲他摆摆手，他起身。长官再冲他摆摆手，他将枪口捅进射击孔。长官又冲他摆摆手，他的枪口，便瞄准了离他最近的头盔。这动作他和长官演练过很多次，只要他扣动扳机，对方的头盔就会多出一个圆圆的小洞。死去之前对方甚至连轻哼一声的机会都没有。他百发百中。

他在等待最后的命令。

他看到枪口的小花。他愣了一下。

刚才他将小花忘记。因为紧张，因为恐惧，更因为兴奋。他该将小花摘下，轻轻插进口袋，然后，端起枪，向敌人瞄准。

那么美丽的小花，半透明，花瓣淡蓝，花蕊淡黄，花蒂淡绿；那么美丽的小花，如同娇嫩的姑娘。小花将会被射出枪膛的子弹击得粉碎，或者烧成灰烬，这太过残忍。

他的嘴角轻轻抽动。

长官的手向下劈去。他扣动了扳机。可是他迟疑了一下。或许一秒钟，或许半秒钟，或许四分之一秒钟、八分之一秒钟……他迟疑，然后，扣动扳机。可是晚了——他听到一声极轻的闷响，他的眉心，多出一个散着淡蓝色青烟的小洞。

他念一声，小花。那是故乡的名字，也是那个姑娘的名字。

（原载《小小说选刊》2016 年第 3 期）

请你等一下

刘立勤

"请你等一下。"

临出门的时候，老婆喊了一声，王局长禁不住一哆嗦，手里的水杯掉在了地上，摔得稀烂。

"咋了？"老婆迟疑地问。

"你会不会说话？那会吓死人的。"王局长嘟囔了一句。

那真是会吓死人的。那一天县政府开大会，会议难得地开得简洁明了，与会的局长、镇长、主任们高兴地把巴掌拍得哗哗响。可不待掌声停歇，主持会议的李县长急忙喊了一声——

"某某局的庞局长，请你等一下。"

谁想到庞局长这么一等，立马被市纪委带走了，还没有进问讯室，他就交代了一千多万元赃款。庞局长再也出不来了。

庞局长出不来了，弄得好多人竟然得了一个心病：害怕开会了。要是主持会议的李县长再喊一声"请你等一下"，该谁倒霉？

可是，绳子偏从细处断，越是怕鬼越是有鬼来敲门。那一天他们又去开会，会议依然开得简洁明了，与会的局长、镇长、主任们高兴地把巴掌拍得哗哗响。这时，主持会议的李县长又喊了一声——

"某某局的柴局长，请你等一下。"

谁想到柴局长这么一等，立即被反贪局带走了，据说一进反贪局又交代了十几套房子。柴局长永远都不会出来了。

柴局长出不来了，弄得好多的人心病更重了，不但害怕主持会议的李县长喊一声"请你等一下"，就连生活中也害怕听见这句话。

听说，李局长最近和他最铁的哥们儿翻脸了。原因是那哥儿们找他有急事，在大街上喊叫李局长"请你等一下"，吓得他出了一身的冷汗，三十年的铁哥们儿就掰了。

据说，张镇长的儿子最近失踪了。原因是他儿子没了生活费，在张镇长一早出门时喊了一声"请你等一下"，吓得张镇长差一点儿尿了裤子，气得张镇长顺手给了儿子一巴掌，儿子就跑了。

传说，唐主任最近把最喜欢的女秘书赶到了乡下。原因是唐主任拿着档案袋急急忙忙要回家，女秘书因紧急公务喊了一声唐主任"请你等一下"，吓得唐主任手里的档案袋掉在了地上，露出一扎扎红红绿绿的票子，女秘书立马就滚蛋了。

王局长真的是害怕呀。况且今天是省委巡视组来开会，老婆早上来这么一句话，真的是要人命呀。王局长觉得不吉利，想不去开会，又怕有人说闲话，只好壮着胆子去开会。

会议开得很严肃，一个接着一个讲，振振有词。讲了一些什么，王局长正襟危坐，可一句也没有听明白。他焦急地等待着会议结束，看这次李县长会让谁等一下。只要不是自己，那就是阿弥陀佛了。

会议很短，王局长觉得好长好长呀，长得头发胡子似乎都要白了。

好容易，会议终于结束了。

好容易，热烈的掌声也停了。

好容易，李县长没有喊叫"谁谁谁，请你等一下"。

王局长终于松了一口气，耐心等待主席台上巡视组的领导离开。

王局长看见领导慢慢地收拾好东西，慢慢地走下主席台，慢慢地走在了他们的面前。他们立马都屏了一口气，期盼着巡视组的领导快快地走过去，快快地走出会议室的大门。

眼看巡视组就要走出大门，谁想到，谁想到王局长莫名其妙地喊了一声巡视组的领导："请你等一下。"

这一喊，王局长长长地舒了一口气。

这一声后，王局长再也不怕谁喊"请你等一下"了。

（原载《小小说选刊》2016 年第 6 期）

王大妮的夜晚

许 锋

　　王小妮是王大妮的父母收养的一个女孩儿，说是收养也不对，是买的。本来买的是男孩，回到家发现那个小东西是一截子香肠，粘上去的，掉了。

　　孩子不是东西，不能扔，买卖孩子也非法，父母咬咬牙，苦水咽到肚子里，养着。

　　一个月大的孩子，养起来可费劲。孩子明显营养不良，巴掌大一点。浑身的皮皱巴巴的，像只猴崽子。男孩像猴崽子不难听，女孩得像鸡娃子，鸡娃子也不好听，像什么呢？两口子想了半天，管她像啥，这是老天爷给的任务，一条命，认了。

　　那时王大妮刚上高中，她对这个妹妹没有什么好感，也没有什么恶感。从心底里来说，王大妮是个十分善良的女孩子，她知道自己将来要是考上大学，嫁了人，嫁到外地、外国，父母就孤单了。

　　一晃王大妮就大学毕业了，这时父亲死了，接着母亲也死了。大人的命不好，孩子们的命也不好。

　　留下了王大妮和王小妮。

　　王小妮才上小学一年级。从悲痛中挣脱的王大妮拉着王小妮的手，在父母坟前磕了几个头，义无反顾地拉着妹妹去了省城。

　　王大妮不知道带着一个孩子在城里生活有多麻烦。王大妮是单身，大学一毕业，找到一个好工作，顺带就落了户，是单位的集体户。但王小妮的户口落不到王大妮的集体户上。王大妮了解政策后也知道，就算自己将来有了房子，单独立了户，王小妮的户口也迁不到自己的户上。不管从法律上说还是从血缘上说，两人没任何关系，是茫茫人海的两片叶子，随波逐流，若不是因为王大妮的父母，根本就漂不到一块去。

　　王大妮想办个收养证，收养王小妮。了解政策的人说，你要是收养了王小妮，你就是王小妮的妈，那你以后就不能要自己的孩子。

以后的事以后办，关键是王大妮没资格收养孩子。

有人提醒王大妮，你这带个孩子将来怎么嫁人？王大妮纠正，她不是我的孩子，是我妹妹。

不管是孩子还是妹妹，有男人愿意才行啊。

王大妮结婚时，王小妮刚上初中。两个人站在一起，真像姐妹，都非常漂亮，像两朵花。王小妮不光是送王大妮出嫁，也得把自己"嫁"过去，她就像王大妮的跟屁虫，这么多年过来，感情已经水乳交融，像真姐妹。不明就里的人也都以为两人是亲姐妹。

姐夫姐姐的新婚之夜，王小妮很知趣，姐夫姐姐给了红包，不少，她自作主张到一家连锁酒店登记入住，然后给姐姐发了条短信。王大妮被幸福冲昏头，觉得王小妮很懂事，飞速地回了个"鬼脸"。

好日子就算开了头。

王大妮嫁的是大学同学，家境说得过去，王大妮自身条件不错，但是无父无母，又拖着个"油瓶子"，她不敢在人堆里乱挑。刚结婚时男方买的是二手房，两室两厅。一间两人住，一间王小妮住。抬头不见低头见，早上大家都上卫生间，有时会憋得咬牙切齿，脸色酱紫，也只能等着。空间确实紧紧巴巴。

夜里，两口子说悄悄话。王大妮伸出莲藕般的胳膊在半空划圈，歪着脑袋看阳台，你说，要是能听见月光多好。

中文系的才女，月光怎么听？

月光如水，水能流，那月光咋就听不见？

我想要一个很大很大的阳台，养很多很多树，月上柳梢头。

房子再大，多个人就不大了。

王大妮一下子不说话了，生气了，气鼓鼓的，像一只青蛙。她侧身望着黑魆魆的阳台。阳台外面是黑压压的楼，阳台小得放不下一把椅子。

生气归生气，要等到王小妮嫁人搬出去，还得好多年。

王大妮撒娇地等了一会儿，等男人哄她，好一阵过去却没什么动静，没一会儿，男人已经响起鼾声。

城里的男人都很辛苦。

王大妮轻轻地下床，蹑手蹑脚地看了一眼睡梦中的王小妮。王小妮学累了，眼镜都没摘，胳膊耷拉在床下面。

头些年在单身宿舍过，有一次王大妮问王小妮将来有什么打算，王小妮说，我跟姐姐过一辈子，姐姐结婚生了孩子，我给你们当保姆。你们老了，我伺候你们。

王小妮是认真的。

可王小妮大学一毕业，便神速地嫁了人。嫁的是一个有钱人，比她大十几岁。有钱人不但给王小妮安了个舒适宽绰的家，也给了王大妮两口子一把钥匙。

专门给你们买的。

王大妮愣了愣，硬是没推脱掉。

晚上，王小妮陪姐姐去看房。

进了门，王小妮没有开灯。

王大妮看见了如水的月光，她站在客厅中央，还看见了圆圆的月亮。

姐姐，右边是你们的卧室，卧室外面有个大阳台，你看——

王大妮看见阳台上树影婆娑的树，长得很茂盛，把阳台都遮住了，月光顺着缝隙钻了进来。

王小妮把头埋在王大妮怀里，孩子般说，姐姐，这些年，谢谢你们。

泪水像月光似的流过。

王大妮问，你爱他吗？

王小妮说，爱，我不贪心，有一点点爱，我就够了。

王大妮紧紧抱着王小妮，王小妮喃喃地说，姐姐，你得原谅我。

原谅你什么？

我说话不算数，不能伺候你一辈子了。

王大妮破涕为笑，那不行，不许耍赖！

（原载《小小说选刊》2016 年第 15 期）

寐 语 三 则

张鲜明

一、卖命

那人把我带进一个大厅。他在为我介绍工作。

这里不是大厅，而是一个像大厅一样宽敞的走廊。无边无际。深不可测。这是什么地方？我知道，这是不能随便问的。我是一个懂规矩的人。

灯，依次亮起来，我看见两边的墙壁上钉着一个一个人体。那些被钉在墙上的人依旧生龙活虎，他们像模特那样摆出各种好看的姿势。天花板上，挂着一个一个人体器官，一颗巨大的心脏在呼哧呼哧跳动，像鸣叫的蟾蜍，一鼓一鼓的，很夸张。我知道，这是广告。

那人带我继续前行。

一个大胖子迎面走来，他顺手在墙上一个人的胸口处抓了一把，是一块血。他捧着颤动的血块，像吃巧克力那样吃起来。一个小男孩悄悄靠近他的屁股，掏他的肠子，看样子，是要吃。

大胖子对小孩的举动浑然不觉，对我们客气地笑着，用商量的语气问我："那货卖腿，这人卖头，你卖什么，是心还是肺？"妈呀，这是个人体公司！

我不知道如何答复。

"傻子，傻子，来了个傻子，不知道要卖啥子……"从墙壁的方向传来一片歌吟，夹杂着尖利的笑声。

带我来的那个人很害臊，急忙拉拉我的手，小声说："你就说卖命，卖命！"

这是黑话或是暗语吧，我跟着重复了一句。

灯灭了，四周鸦雀无声。

随即，远处出现一个亮点，一道光芒像蛇一样弯弯曲曲地朝我游过来。我知道，我的回答正确。开——门——大——吉——！

哈哈，我对上暗号了，我成功了！

二、生活在《红楼梦》里

好像有一个人——其实，我没有看到那个人，我知道那不是一个人，而是一个意念——在前头引着我，让我沿着一条像管道一样的黑暗走廊往前去。走了很远很远。眼前是一种从未体验过的黑。这黑，有些黏稠，像深深的泥浆，使我的脚步颇感费力。

隐约看到眼前有一排牙齿，又感到这是一排白色门窗。在那一排牙齿或门窗前，那个引领着我的意念，告诉我："这是《红楼梦》，你要在这里生活七天。"

那个意念接着说："这《红楼梦》，其实是一座城；这城是由七个器官构成的，分别是头颅、心、肝、脾、肺、肾、胃，而肠子就是街道。你要在每一个器官里生活一天，一共七天。"

还没有明白过来，我已经来到一个地方。只见满天都是星星，星星相互交织，构成一个巨大的、闪光的网。这些星星沿着一个中心旋转，形成一个光的旋涡。我突然意识到，我是一个细菌，被这网粘着，在跟它一起旋转。我不想这样。我只是想来这里看看，怎么就被粘住了呢？

天黑了，我的身体开始延展，变得大而稀薄。那个意念告诉我："夜晚，你要和这里的东西融为一体；天亮的时候，你可以变回你自己。"我不知道为什么要这样，既好奇又恐惧。没等我回过神来，我已经变成一片黏膜，向上飘起来。

我飘飘荡荡落在一个地方，一看，是一个院子。我突然明白：原来，每一个器官就是一个小区。我不知道这个小区的名字，只见这里的房子样式很奇怪，就像是一个一个气泡。这些气泡忽大忽小，蠕动着，让我站立不稳。我看见一扇一扇屋门上悬着一种匾额样的东西，上头有字，是某种象形字，我不认识。我想，这大概是《红楼梦》的另一个版本。

在这里，我是可以飞的，这大概就是细菌的好处。我从墙头向上一跳，就飞到另外一个院子的房顶上。从这里，可以看到整座城。一条又一条街道，连着一片又一片房子。房子都是暗红色的，像蠕动的珊瑚。城里不见一个人，却可以听见"喊喊喳喳"的声音，像念诵，像低语，又像是雨声。

不知道这是第几天了，我走在一条小路上。我当然知道，这路就是肠子，它弯弯曲曲地通向一个青灰色的圆形门洞。这是我小时候上学的那个学校的月门。过了这个门，天色突然大亮，前方是一片白茫茫的虚空。

　　这是出城了吧，接下来我该往哪里去？

　　对了，我得写篇读后感。可是，我不知道自己现在是什么样子，如果我还没有变回来，如果我依然是细菌，怎么写东西呢？

　　听见浪涛的声音。我明白了：这城其实是一个孤岛，四周都是海水。

三、向　上

　　看着，看着，书柜里的一本书突然动起来。

　　明明是书本，它怎么会自己动起来了呢？我觉得好奇，就站在书柜前观看。真的是书本在动。这说明，有奇怪的事情要发生了。

　　过了一会儿，那本书啪一声掉到地上。掉到地上之后，那个书本开始爬行。原来，是一只背着书本的甲壳虫在走动。那虫子背着书本，看上去既像是一台翻斗车，又像是一幅房地产老板身负楼盘的漫画。

　　我跟着这虫子，想看它下一步去往何处、要干什么。

　　它到楼下的院子里去了。不知道是飞下去的，还是爬下去的，反正等我再次见到它的时候，它已经在院子里的一棵树下抬头往上看。在院子的地上，有一串像是虫子爪痕的东西，细看，是歪歪扭扭的一行文字。我知道，这是从书本中流出来的。莫非，那本书有一个洞，字从那洞里漏出来了？

　　地上的文字蹦跳着，瞬间变成了蛐蛐，在那里叫起来。它们发出的不是蛐蛐的叫声，而是各自的读音。这些字音尖细而混乱，但细听，可以辨出一个大意：我们……要……向上……去。当然，具体的声音比这要复杂得多，中间夹杂着关于为什么要向上去之类的论述，乱哄哄，就像一大群学生在课堂上背书。

　　在文字的喧嚣中，那个背负书本的虫子已经爬到了一棵樟树最高的枝头。虫子咳嗽了一声，地上的文字们立即安静下来；虫子又咳嗽了一声，院子里一片寂静。接着，虫子站在平躺着的书本背后，一些爪子放在书的封面上，另一些爪子在空中比画着，开始了它的演讲。

　　虫子不是用语音演讲，而是在空中比画出一些字来。一串一串文字，像一缕一缕烟雾从书本中冒出来，随着那虫子的爪子在空中飘舞。地上的蛐蛐们，应该就是从这烟雾中读到了虫子的观点。蛐蛐们很激动，有的已经情不自禁地开始爬树，不知道是想把演讲内容搞得更清楚一些，还是已经急不可待地想要开始实习。

　　大概是受到蛐蛐们的鼓舞，那虫子把树上最高的那片树叶当作黑板，在上头书写起来。一时间，那棵树上烟雾缭绕。

　　就在那虫子比画得最为忘情的时候，樟树的树顶一动，只听啪嗒一声，虫子和书本不见了——它们掉到了地上。

　　蛐蛐们轰的一声飞起来、跳起来，院子里一片混乱。再看那书本，已经千疮百孔。而那只虫子，早已不见踪影……

（原载《大家》2016 年第 4 期）

走 样 儿

赵 新

那条省道开通之前，县政府给了石牛镇一个指标，让他们在全镇范围内选拔一名护路人员，五天以后到交通局报到，接受培训，安置工作。条件是二十岁到二十五岁的男性公民，高中以上文化程度，身体健康，作风正派，能够吃苦耐劳，热爱护路工作。

镇政府在研究这件事情时，马镇长非常严肃地发表了一席讲话。

马镇长说：同志们，我们镇政府管辖着十二个村委会，管辖着两万多口人，指标只有一个！我们很为难，我们让谁去不让谁去？一个很明显的事实是，这个指标给了哪个村哪个村高兴，不给哪个村哪个村会有意见；高兴的只有一个，不高兴的却有十一个！为了一个高兴而惹得另外十一个不高兴，为了个别人高兴而惹得大家不高兴。如果我这样做了，我这个镇长就是没头脑，就是傻小子！

马镇长说：不就是要个养路工吗？能干活儿就行了，还什么什么文化，什么什么岁数，什么什么作风正派，什么什么热爱这个热爱那个，把很简单的事情搞得很复杂！我的意见是镇政府不拿意见，干脆让十二个村委会主任到我们这里抓阄；谁抓着谁算，抓不着怨他手臭，只能自认倒霉，他敢抱怨我们镇政府的哪一个？

马镇长说：我再补充一句话，不管张三李四白毛淘气是谁抓着这个阄儿，他必须到镇上的"醉仙楼"请我们喝几盅，我们白替他们张罗啊？

马镇长的讲话引来一片经久不息的掌声，有人大声呼喊好，就这么着！

结果西河村的村委会主任秦二猛抓到了这个画了一个小人儿修路的纸团团。

结果秦二猛在"醉仙楼"设了宴席，答谢马镇长和镇政府的同志们。

可是秦二猛并不高兴。他俏皮地说：马镇长，我去当这个养路员行不行？

马镇长盯住他的脸问：你什么意思？把话说清！

秦二猛说：你这是给我出了一道难题呀！咱们镇十二个村委会，数我们西河村村庄最小，人口少，我们村有文化的年轻人都在城市里打工，远得电话上也喊不答应；家里守着的都是老弱病残孤儿寡母，哪还有人家要求的那样的人？

马镇长微微一笑，拍拍秦二猛的肩头说：你小子是一块木头呀还是一块石头呀，怎么那么保守，那么僵硬？又不是叫你去当大学教授，又不是让你去搞人造卫星，就是出个养路员嘛，条件差一点点……怎么能说你们村没人？

秦二猛说：马镇长，是？

马镇长说：你说是不是？

秦二猛从镇上回到西河村以后，马上召开各村民小组长联席会议。他在会上说：父老乡亲们，爷爷奶奶们，大伯叔叔们，婶子姑姑们，哥哥嫂子们，上级看得起我们西河村，特地给了我们村一个指标，要我们选拔一名养路人员，五天以后去县里培训。人家要求的条件是，第一，是个男人；第二，是个二十岁到四十岁的男人；第三，是个不跑小道子、不拈花惹草、忠诚老实、勤谨干活儿的男人；第四，是个认字的男人；第五，是个硬硬棒棒、腿脚没有毛病的男人。为了公正公平，大家抓阄；哪个组长抓着，哪个组里出人；当然他不能白抓着，这么好的事情，他得请我到饭馆里吃两顿！

大家都笑了，老茂大伯喊道：请你吃一顿就行啦，你还要吃两顿！

秦二猛说：一顿可不行！这个指标是我从镇上抓阄抓来的，我早请了人家一顿，怎么我也得赚一顿！

不偏不倚，老茂大伯抓到了这个画着一个小人儿修路的阄儿。

老茂把那个阄儿拿在手里把玩半天，又把它退给了秦二猛。老茂说：猛子，对不起，我们这个村民小组没有合乎条件的人，抓着了也是白抓！

秦二猛又把那个纸团团放到了老茂的手里。秦二猛悄悄地说：大伯，你别比着葫芦画瓢了，我说的那些条件都是高标准，严要求，反正他们也是要个养路的，差一点点……明白了吧？

老茂说：是？

秦二猛学着马镇长的话回答：你说是不是？

老茂大伯明白了。老茂在第二天中午召开了本小组全体村民会。老茂也让大家抓阄儿，谁抓着谁就去当养路员。老茂特别强调说，这个指标是二猛抓阄抓到咱们西河村、我又抓到我们这个村民小组的，不管你们谁抓着，你们都要有个意思，有个良心！

老茂说声开抓，有人就抓到了那个画着一个小人儿修路的阄儿。

老茂给秦二猛汇报了结果。

秦二猛拨通了马镇长的电话，给马镇长汇报结果。他说他认真贯彻执行马镇长的重要指示，一丝不苟地组织大家学习讨论，公正公平公开地进行选拔工作，选拔结果是……

马镇长正在酒席桌上喝酒，态度很不耐烦。马镇长说：秦二猛，你少啰唆，这个养路员叫什么名字？

秦二猛回答：高胜男！

马镇长说：好，听这名字就挺响亮，一定是个高大魁梧的男子汉！什么文化程度？

秦二猛回答：认识自己的名字！

马镇长说：好，给他报个高中毕业！

马镇长说了两声好，就把电话挂了。秦二猛心里却很不踏实：也不知道老茂大伯是怎么"差一点点"的，这个高胜男是位女性，而且已经六十六岁；论起辈分来，他还得叫她奶奶！

（原载《小小说选刊》2016 年第 6 期）

像 飞 一 样

立 夏

岛上有汽车吗？说这话的时候，我和阿龙正坐在一艘晃晃悠悠的小木船上。去蜈蚣岛的客船每周仅一班，我等不及，让阿龙花钱雇了一条小船。

哪有！阿龙哈哈笑了，说，本来就没有，现在更不会有了。

毕业这些年，我第一次来到从学生时代就无比向往的海岛。公司欲开发大型荒岛求生项目，需要联系一个岛，我一下子就想到了老同学阿龙。

阿龙来自舟山群岛，是班里唯一来自海边的同学。在他的描述中，大大小小的岛屿像玉米粒似的随意撒在海中，而他从小居住的蜈蚣岛，海里那些奇形怪状的鱼，固定在礁石上吐着舌头的贝类，沙滩上爬得飞快的狡猾的螃蟹，滩涂的泥洞里探头探脑的跳跳鱼，还有岛上高高低低的石屋，出海的渔民，织网的渔姑，渔船拢洋时码头上遍地白花花的鱼和喜气洋洋的人们。这些场景从善于讲故事的阿龙口中吐出来，在我们脑中构筑了一个如梦境一般神奇的世界。

阿龙毕业后走上了仕途，现在在市里做着一个不大不小的官。他还像学生时代那么热情，从接到我电话开始，一直马不停蹄帮我物色岛屿。最后他一拍脑袋说，我怎么没想到呢，你们可以去蜈蚣岛啊。我说拜托，我找的是荒岛，你的蜈蚣岛人丁兴旺，放百八十个人进去活一百年都不成问题，还搞什么求生训练啊。

阿龙说，唉，如今的蜈蚣岛，就一荒岛，你去了就知道了。

船一靠岸，果然看到一片错落有致的石屋建在山上，却不见人烟。阿龙说，岛上的人基本上都迁到大岛上去了，现在只剩下几个老人不愿离开，还住在老屋里，他们的家人每周用客船送些吃的用的过来。

环岛一周，我欣喜异常，这正是我想要的岛。蜈蚣岛岛形狭长，码头是现成的，废弃的房屋集中在东面，正好改造成工作人员的营地。西面有小树林、海滩、礁石、滩涂，可以规划出一片绝佳的荒岛求生场地。说白了，所谓的荒岛求生，无非是那些或有闲或有钱、既不安于现状又不想改变现状的人想在日常生活之外寻找些刺激，真正的蛮荒之地并不适合他们，而像蜈蚣岛这样曾经有人居住如今荒芜的岛屿倒能为他们提供一个安全的冒险乐园。

在岛上走了三个小时，我快虚脱了。阿龙说，我带你找个地方喝口茶坐一会儿。就这样，我见到了阿优婆。老人七十多岁，头发梳得一丝不乱。我夸她屋子里的那些旧家具、院子里的大瓦缸、木头的水勺饭勺，竹壳的热水瓶……我确实从内心喜欢这些老东西，怀旧又精致。她很健谈。阿龙给我们当翻译，在方言和普通话之间转来转去，一只小黑狗乖巧地伏在她脚边打瞌睡。阿龙告诉我，阿优婆的儿子在大岛上买了房子，但她死活不肯搬。阿龙指了指脑袋，说阿婆一辈子没出过岛，有点儿固执，是个老脑筋。儿子带来的新玩意儿全被她扔在一边。儿媳妇有一次烫了头发来看她，被她狠狠骂了一顿。所以现在儿子儿媳也不大愿意来了。我很惊讶，一辈子没出过岛，我无法想象这样的生活。是的，虽然阿优婆颇为热情，但我感觉得到，她不喜欢我的时装、我的卷发、我的眼影、我的口红。我也不喜欢她，不喜欢她的封闭，以及言语中对外部世界的抵触。

紧张的汇报、考察后，老板最后拍了板，然后阿龙帮着我奔波数月，办了一大堆手续之后，我们的荒岛求生营地终于可以规划建设了。我做的第一件事，是联系登陆艇运了一辆越野车和一辆卡车到岛上。几次上岛，我的腿都快走瘸了。

我驾驶越野车在海边疾驰。放下车窗，打开音乐，海风扑面而来。我发现前面有个蹒跚的背影，是阿优婆。我下车，冲着阿优婆连说话加比画，让她坐上我的车，我送她回家。然而她并不搭理我，漠然地转头便走。我开车继续前行，突然有个小黑点从路边冲出来，我一个急刹，吓出了一身冷汗。是阿优婆的小黑狗，冲着汽车吠叫。

我醒了。我躺在宾馆的床上，远处传来几声狗叫。我想，若我带着一大帮时尚的男男女女，打破这个岛的平静，对于阿优婆这样的老人，会意味着什么？

第二天，我和阿龙来到阿优婆家。我让阿龙当翻译，尽量用简单的语言，把我们在这个岛上想做的事，说给阿优婆听。我想，即使阿优婆不能理解，让她狠狠地骂我一顿，我的心里也会好受一些。

然而，阿优婆对我们说的似乎挺有兴趣。她说，这个活动好啊，海里全是宝，以前最苦的时候，我们岛上也没饿死过人，海里可以钓鱼，海边可以捡海螺，滩涂里有跳跳鱼、小螃蟹。人是饿不死的，就怕你们城里人吃不起苦。我得寸进尺，邀请阿优婆坐车去参观我们的求生基地。阿龙在一旁摇着头说，阿优婆从来没出过岛，也没见过汽车，她不敢坐吧。但是阿优婆竟然同意了。她走到汽车前，小心地伸出手，轻轻地抚摸着车身，脸上带着孩童般的好奇。

　　放下车窗，打开音乐，海风扑面而来。副驾驶座坐着阿优婆，满脸的皱纹笑成了一朵花，她说：真的很快啊，像飞一样。

（原载《小小说选刊》2016 年第 15 期）

鸳 鸯 劫

梁晓声

冯先生是我的一位画家朋友，善画鸳鸯，颇有名气。近三五年，他的画作与拍卖市场结合得很好，变得阔绰，在京郊置了一幢别墅，营造了几亩地的庭院。庭院里，蓄了一塘水。塘中养着些水鸟，无非野鸭什么的，还有一对天鹅。自然，鸳鸯也是少不了一对的。

有一次，我们坐在庭院里的葡萄架下，一边观赏塘中水鸟们优哉游哉地游动，一边东一句西一句地闲聊。

我问："它们不会飞走吗？"

冯先生说："不会的。从动物园托人买来的，买来之前，已被养熟。没有人迹的地方，它们反而不愿去了。"

又问："天鹅与鸳鸯，你更喜欢哪一种？"

答曰："都喜欢。天鹅有贵族气，鸳鸯则属小家碧玉，各有其美。"

我虚心求教："听别人讲，鸳鸯鸳鸯，雄者为鸳，雌者为鸯；鸳不离鸯，鸯不离鸳。一旦分离，岂叫鸳鸯？不知道其中有没有什么传说故事？"

冯先生说，他只对线条、色彩以及构图技巧感兴趣，至于什么故事不故事，从来不想多知道。

三个月以后，季节已是炎夏。某日，我睡午觉，突然被电话铃扰醒，抓起一听，是冯先生。

他说："惊心动魄呀，我刚刚目睹一场惊心动魄的事件。这会儿，我的心还在怦怦乱跳。"

我问："光天化日，难道你那高档别墅区里发生喋血凶案不成？"

他说："我的庭院里，刚刚发生一场生死存亡的大搏斗。"

于是，冯先生语调激动地讲述起来。

冯先生午睡前有一个习惯，总要坐在别墅二层的落地窗前，俯视庭院里的花花草草，静静地吸一锅烟。那天，他磕尽烟斗，正要起身的时候，忽见一道暗影自天而降。定睛细看，竟是一只苍鹰，企图从水塘里捉一只水鸟。水鸟们受此惊吓，四面游逃。两只天鹅猝临险况，反应迅疾，扇着翅膀，跃到岸上。苍鹰一袭未成，不肯善罢甘休，旋身飞上天空，第二次俯冲下来，目标盯准的是那只雌鸳鸯。水塘里，除了生长几株荷，再没什么可供水鸟藏身的地方。偏偏那些水鸟，包括鸳鸯，久不起飞，飞的本能已经大大退化。

正在那雌鸳鸯命悬一发之际，雄鸳鸯不再逃窜，它一下子游到雌鸳鸯前面，张开双翅，勇敢地扇打俯冲下来的苍鹰。结果，苍鹰的第二次袭击也没成功。

那苍鹰似乎饿急了，又飞上空中，进行第三次俯冲。而雄鸳鸯，那除了被人观赏几乎毫无可取之处的水鸟，又一次飞离水面，用双翅扇打苍鹰的利爪，拼死保卫它的雌鸳鸯。

力量悬殊的战斗，接二连三地展开了。

塘岸上的一对天鹅，仿佛产生正义的冲动。它们一齐伸展开双翅，扑入塘中，同时加入保卫战。在它们的带动之下，那些野鸭呀鹭鸶呀，不再恐惧，先后参战。一时间，水塘里大乱。

待冯先生冲出别墅，战斗已经结束。苍鹰一无所获，不知去向。水面上羽毛零落一片，有鹰的，也有那些水鸟的。

待冯先生讲完，我关心地问："那只雄鸳鸯怎么样了？"

他说："差不多可以用遍体鳞伤来形容，两只眼睛也瞎了。"他说，他已请来一位宠物医生，为那只雄鸳鸯处理过伤口。医生认为，如果侥幸的话，它还能活下去。

到了秋季，我带着几位朋友到冯先生那里玩，发现他的水塘里增添一道令人好奇的风景：一只雌鸳鸯，将它的一只翅膀，轻轻搭在雄鸳鸯的身上，在塘中缓缓地游来游去，使人联想到一对臂挽着臂在散步的恋人。

那只雄鸳鸯，往日的漂亮不再。它的背上、翅根，有几处地方裸着褐色的呈现伤疤的皮。那几处地方，永远也不会长出鲜丽的羽毛。

令人怦然心动的是，塘中的其他水鸟，包括那两只气质高贵的天鹅，自觉地给那对鸳鸯让路。当它们让路时，每每曲颈，将它们的头低低俯下，一副恭敬的姿态。

我悄悄对冯先生说："在我看来，每一只都是高贵的。"

冯先生点了一下头。

前不久，忽又接到冯先生电话，寒暄几句，随即便道："它们死了。"

我一愣："谁？"

答："我那一对鸳鸯。"

于是，我才想到与冯先生中断往来已有两年之久。先是他婚变，后妻是一年轻女郎，比冯先生小三十五岁。新婚正燕尔，祸事突然来。他某次驾车，撞在水泥电线杆上，脑震荡严重，落下手臂痉挛之症，无法作画。后妻便闹离婚，并将其画暗中转移。给我打电话时，冯先生除了大别墅和早年间积攒的一笔存款，再没别的什么。坐吃山空，前景堪忧。

我不知该说什么好。冯先生呜呜咽咽地告诉我，塘中的其他水鸟，因为无人喂，都飞光了。

我说："不都是养熟的吗？"

又是一阵呜咽。冯先生没有回答我的疑问，他把电话挂了。我陷入沉思，猛然想到一句话："万物互为师学，天道也。"可怎么也回忆不起是哪一位古人说的。

（原载《小小说选刊》2016 年第 11 期）

贱　票

李永生

　　花匠涂三，专替东家睡觉。

　　东家叫胡四，家大业大，自然是土匪打劫绑票的目标。因为土匪主要在晚上活动，东家就在夜晚的防范上更加下功夫。为保证万无一失，决定找个人替自己在正房睡觉。如果绑匪来了，顺利地绑到"自己"，真正的自己就脱离危险了。

　　涂三就被选为睡觉替身。

　　涂三是个大胖子，肥头大耳，肚子大得似揣了对双胞胎。这长相怎么看都是富贵命，可实际上只是东家的一个穷花匠。东家让涂三替自己在正房睡觉，一个很大的原因就是涂三长得富态，能唬人。

　　涂三就在正房里替东家睡觉。

　　涂三那晚迈进主人大房子的时候，浑身上下既激动又紧张。"咣当"，房门一关，涂三就融进了另一个世界。他借着朦胧的月光把房间认认真真观瞧了个遍。过完眼瘾，就一件一件地摸那些过去一直想摸但不敢摸的摆设（花盆除外）。接下来他开始慢慢地把自己变成真正的主人，挑起门帘，涂三踱着步子缓缓走向大床，躺下，把绸缎被子盖在身上，闭上眼，打个哈欠，再悠悠坐起来，慢慢下床，再把两臂抬成水平状，身子左晃一下，右晃一下——那是在配合"丫鬟"给他穿衣服。接着伸手接过"丫鬟"递给他的"茶"，喝一口，一仰脖子，嘴巴蛤蟆吹气般鼓几鼓，一歪头再把那口"水"吐到痰盂里。涂三慢慢踱出卧室，到客厅里，端起桌上茶盅慢慢喝茶……一直到子夜，涂三陆续完成了吃饭、喂鸟、逗狗、擤鼻涕、挖耳朵眼、打太极拳、会客、拉屎、撒尿、洗澡、打麻将、抽大烟，包括吹胡子瞪眼发脾气、眉飞色舞咧嘴笑。待把"这一天"过完了，涂三开始进行最重要的一项内容，也是他真正的任务——睡觉。

没几天，涂三还果真被绑了票。

绑票的是胡秃子一伙儿。土匪们没见过东家，自然不能识破涂三的真实身份。胡秃子很有心计，为了捞到赎金，对"票"往往是软硬兼施。他先礼后兵，先是给"东家"松了绑，接着忙看座。涂三落座，不卑不亢。胡秃子一竖大拇指："胡爷沉稳。"涂三不紧不慢地说："好说，只是我受不得半点儿委屈。伺候好了，多少钱都行。"胡秃子压根儿没想到这个"票"如此爽快，大喜，忙命人安排酒菜。涂三也不客气，大大咧咧坐了，斜起眼皮问："打算要多少？"

胡秃子伸出巴掌晃了晃："五千大洋。"

"期限几天？"

胡秃子又伸出三根手指头。

涂三夹口菜："我最近手头有点儿紧，十天如何？"

胡秃子慢慢站起来："胡爷莫不是在拖延时间？"

涂三"啪嗒"放下筷子，也斜着眼说："我又不白吃白喝你的，多出那七天，我每天加你一百块大洋。"

胡秃子将信将疑，摸摸脑袋，使劲点点头："信你的。"

"不过，我说过，我受不了委屈，别亏待我。"

涂三就在山寨享受大富大贵，一日三餐鸡鸭鱼肉，只是到了晚上将就些，虽然给他睡最好的房子，盖最好的被子，但跟"东家"的卧房比，天壤之别。

谁知没过三天，一个小喽啰下山打听到一消息：胡四压根儿就没被绑票，绑来的只是他的替身。胡秃子暴跳如雷，找来涂三一问，涂三并不抵赖，照实说了。胡四气得掏出"老烧鸡"顶在了涂三脑门上："你只是个替身，东家不会花钱赎你的，你是个一钱不值的贱票。如果你实话实说，我也许会放了你，可为何瞒我到现在？"

涂三不紧不慢地说："我若照实说了，大王也许会放了我，回去后我还当我的穷花匠，我家老爷找替身睡觉的把戏被识破，恐怕我今后连替睡的机会都没有了，我只能穷一辈子。但我实在是想享受富贵，能多坚持一天就多享受一天，我想'富贵'到底，'富'死在你枪下，再转生，就会成为财主。"涂三说罢，面带微笑闭上眼。

匪首胡秃子惊诧如痴，他压根儿没想到这个胖胖的穷替身竟能讲出如此高深的理论。他咬牙切齿地说："算你小子能耐，你越这样想，我越不成全你，就让你小子回去接着受罪。"一脚踢在胖花匠的屁股上喊声："滚！"

胖花匠失望地摇摇头，难舍难分地离开了。他垂头丧气地走了会儿，回头见后边没人，朝远处的匪巢抱拳喊声"得罪"，撒丫子就跑。这时匪首胡秃子似乎悟出了什么，一拍脑门儿，起身去追。登高一望，那胖票早没了影儿。

（原载《小小说选刊》2016 年第 9 期）

一 只 蚊 子

孙道荣

　　妻子在省城大医院学习了一周，回家。

　　丈夫热烈地拥抱了妻子，然后，殷勤地围起围裙，进入厨房，准备晚餐。

　　妻子放下行李，环视了一下家。家，还像她走时一样干净、整洁、温馨。

　　妻子走进卫生间，一切看起来都没什么变化。洗漱柜上，她的洗漱、化妆用品，整齐地摆列着，看到她，这些用品就像看到了久别的亲人，向她列队致敬。这让她感到欣慰。她一个个地抚摸过去。最后，她小心翼翼地拿起了那瓶她最喜爱的兰蔻面霜，这是一个闺蜜从法国带回来的，很贵。她轻轻地旋转盖子，一圈半，正好一圈半，盖子打开了。如果拧紧了，需要两圈才能打开。她看了看瓶里的面霜，只剩下三分之一了，平整，绵软，像绸缎，散发着高贵的淡香。

　　洗衣机上，搭着一件他的外套，看样子，是准备洗还没来得及洗。她拎起来，掏了掏口袋，没有东西。她嗅了嗅，有一点烟味，还有一点点汗馊味，没有别的味道了。她皱了皱鼻子。她又将衣服的前后左右，都认真仔细地检查了一遍，特别将后领翻开，除了几粒头屑，没有别的东西。她将衣服随手丢进了洗衣机。

　　她蹲下来，将卫生间的地面都逡巡了一遍，从干净的地砖上，她找到了两根头发。她将头发捡起来，看了看，头发短而粗，是他的。他知道她有洁癖，平常梳过了头，他都会主动弯腰看看地面有没有掉下头发。看样子，这几天她不在家，他有点放松啊。她将两根头发丢进马桶里，放水，冲走。

　　她走进了卧室。床铺收拾得整整齐齐，被子叠得方方正正，与她平时在家时一样。她满意地点点头。她绕着床检查了一遍木地板，干净，泛着蜡光，像镜子一样。除了一两粒细微到几乎看不见的灰尘外，没有发现别的东西。她又扫视了一遍卧室，没有异常，床头的墙上，他和她的合影，显得无比幸福。

这还是自己的家，她在心里嘀咕了一句，笑了。

她一头躺在了床上。一路的舟车劳顿，她太累了。她嗅到了枕头的清香，这是她最喜爱的味道。她又深嗅了几口，确定除了熟悉的他和她自己的头油味道外，没有掺杂一丝别的味道。她突然抬起身子，翻开枕头，又掀起床单。什么也没有，连他的短头发丝都没有。她终于放心了。

晚饭还早着呢，她想，还是先休息一会儿吧。她闭上了眼睛。

突然，一阵"嗡嗡"声向她飞来。

她一骨碌跳了起来。有一只蚊子！

她最害怕，也最痛恨蚊子了。蚊子吸血，传播疾病，还在身上特别是脸上，留下难看的小红点。为了防备蚊子，她让他将家里的门窗，都特地做了两层窗纱，不让蚊子有任何可乘之机。开门的时候，都是快速打开，快速关上，因而，他们家平时绝没有蚊子。可是，现在，卧室里竟然闯进了一只蚊子！

她想让他赶紧过来把这只可恶的蚊子打死。可是，她忽然忍住了，没喊。她有了别的主意，她要亲自活捉这只蚊子。

她睁大了眼睛，竖起了耳朵，在卧室里搜寻蚊子的踪迹。她又蹦又跳，东扑西逮。她终于亲手活捉了那只蚊子。好大的蚊子，肚子鼓鼓囊囊的，全是吸饱的血。

她得意地笑了，她已经想好了怎么处置它……

饭桌上。他烧了几道她喜爱的菜。

她却放下了筷子。她板着脸问他，这几天你打开过窗户？

没有啊。他有点茫然地答。怎么了？

那你是不是开门时，忘了及时关门？

他连连摇头，我都是快速开门，快速关门的啊。

那我们家怎么会有一只蚊子？她厉声问。

家里有蚊子？我们家绝不可能有蚊子啊。在哪儿，我马上去灭了它。

在卧室里。她冷笑一声，但不用你操心了，我已经活捉了它。

这样啊，那就好了。饭菜都凉了，我们赶紧吃饭吧。他说。

吃饭？她的鼻子哼了一声。我不在家的时候，你是不是也是这样殷勤地烧饭，与什么人一起甜蜜地共进晚餐啊？

他愣了，你瞎想什么呢。

我瞎想？我告诉你，那只蚊子可是喝饱了血的。

那肯定是我的血吧。我一个大男人，被蚊子喝点血，也没什么大不了。

问题是，我刚刚化验过了，蚊子肚子里的血，根本就不是你的！

紧接着，一阵锅碗瓢盆落地的声音，斥骂声，痛哭声，厮打声，哀号声，祈求声……

风刮着虚掩的门，哐当哐当地响，没有人在意它。

（原载《故事会》2016 年第 10 期）

雅　　号

刘怀远

　　小丁从小最忌讳的，是同学们喊他丁麻子。小丁眉清目秀面光皮滑，别说麻子，连个痣都没有。原因出在他爸爸那里，他爸爸人称"丁麻子"，而他爸爸也是面白皮光的。据说这个雅号源自他爸爸的爸爸，小丁爷爷是个浅皮麻子。

　　走在街上，鲜艳的红领巾映衬笑脸，俊朗的小丁很是出众。不认识的就问，这俊小子是谁家的？丁麻子家的。问的就哑哑舌，麻子英俊，儿子更好！小丁的同学多是知根知底的邻居，都童言无忌地喊他丁小麻子，小丁可不像他爸那样心甘情愿。别人来买烧饼喊他爸爸"麻子"时，他爸都清脆而响亮地答应着。为摘掉这个世袭的绰号，他骂过娘，打过架，后来还是老师出面制止，才没谁当面喊他丁麻子。不让喊麻子，调皮捣蛋的同学就别出心裁地叫他"石榴皮"。叫了几天，嫌不精准，又改成"外翻石榴皮"。

　　多烦人啊，多伤害一个孩子的自尊啊。从小到大，"麻子"二字对小丁来说，就是扎在脸上的芒刺。

　　但他的叫"丁麻子"的父亲有一手好手艺，会做烧饼，做的烧饼外酥里嫩，饼上的芝麻看着生，吃起来却焦香，是得了小丁爷爷真传的。丁麻子烧饼香出街巷，誉遍全城，有时赶上来买烧饼的人多，宁愿等上半小时。后来，丁麻子英年遇祸，年轻的小丁在悲痛之余，也长吁一口气，父亲走了，自己终于摆脱"麻子"二字了。

　　小丁的工作单位离家远，没人知道他的老底儿，再没谁人前背后麻子麻子地刺激他。远离"麻子"二字的小丁娶妻生子，美满幸福。以为生活就这样一帆风顺下去了，单位却仿佛一夜之间就垮了。小丁回到了家，雄心勃勃地捣腾了几年服装、家电，都是拿出去的钱多，收回来的钱少，单位算断给的几个钱就折腾光了。小丁又去找工作，当过两个月保安，做不到一年的仓库保管，终因各种原因作罢。饱受伤害的小丁灰头土脸地蜗居家中，头发花白的母亲见他愁眉不展坐吃山空，说，现在这个社会连瞎眼的雀儿都饿不死，还能饿了你七尺男儿？小丁说，妈呀，做生意没本钱，去应聘没特长，你说我能不饿着吗？母亲说，实在不行，重新拾起你爸爸的烧饼铺，既不用投什么资，还没有赊欠。小丁说，可我不会做烧饼啊。母亲说，我没白跟你爸这么多年，我会。

经过母亲多天的培训，小丁的烧饼店开张了，小丁是精心准备的：特级精白面粉，桶装的一级食用油，上好的白芝麻，加之严格按照母亲亲授的操作工艺，他做的烧饼也基本做到了外酥里嫩，芝麻焦香。生意却不好。小丁叹了气，给出的理由是，毕竟不是爷爷和父亲卖烧饼的那个年代了，现在小吃品种多，连洋早点都漂洋过海地来凑热闹。

这天，小丁边做烧饼，边盘算下一步自己再改行干什么。走来位留着山羊胡子的老者，买了两个烧饼，咬完一口就一愣，等把一个烧饼三口两口吃完，才说，烧饼做得不错啊。小丁说，那就多吃几个。老者说，是家传的手艺？小丁摇摇头，又点点头，因为他想起了母亲的手艺源自父亲，父亲的手艺源自爷爷，极不情愿地想起麻子的雅号带给他的童年伤害。老者说，味道很像多年前的麻子烧饼呢。小丁脸红了，说，我是他儿子。老者打量下小丁和他的铺子说，多好的老味道啊，做梦我都在回味，还以为失传了呢，原来你叫个什么飘香烧饼，这让我们怎么能找到啊？老人这么一嚷嚷，立马起了广告效应，上百个烧饼一下被抢光，小丁立刻如梦初醒。

"丁麻子烧饼"几个大字从容醒目地上了招牌，小丁的生意一下火起来，店前有时也要排队了。这个年头，除了买经济适用房，哪还有排队的事情呀？买小丁的烧饼就要排队！没半年，小丁又分别在城东和城西开了两家分店，同时也发现有人悄悄地挂起了"麻子烧饼"的招牌。小丁气坏了，他才是丁麻子唯一血统纯正的传人，怎能容忍别人分享"麻子"红利？他没见过爷爷，就请画家按照他父亲的照片画了像，脸上任意而夸张地点上几颗大黑点儿，然后去注册了"丁麻子"商标，请了律师，经过维权，小丁赢了。小丁还上了电视，面对千家万户，小丁字字铿锵句句煽情地大声说，老街旧邻们，您还记得有着近百年历史的麻子烧饼吗？还记得四十年前卖烧饼的丁大麻子吗？相信您一定还留着舌尖上的记忆。我是他老人家唯一的儿子，也就是丁麻子烧饼唯一的正宗第三代传人，记住丁麻子，记住麻子烧饼，记住我，我就是新时代的丁麻子！

现在，谁都知道，已经不亲手做烧饼的烧饼店老板，那个脸白面光的中年人，叫丁麻子。

（原载《廊坊日报》2016 年 7 月 11 日）

风　微　凉

张玉玲

书吧很小，开在一间旧的木屋里，木屋藏在老街的拐角处。

叶子尘捧一杯卡布奇诺，面前摊开着一本旧书。她一边读书，一边喝咖啡，偶尔，抬头看一眼周围。书吧里的客人不多也不少。在叶子尘的预想中，这一切都刚刚好。

把生活过得慢一点，安静一点，有什么不好的。

有人按呼叫器。叶子尘拿起咖啡单走过去。抬头，整个人却僵了一下。随即，展开笑颜："莫总，你怎么会有时间，来消磨时光……"

莫北微笑，轻声说："坐下说好吗？"

叶子尘扫一眼他对面的软沙发，斑驳的阳光轻盈灵动，这里的每一个位置都是适合下午的。但却不适合她与面前的这个男人。他们的故事早就过去了。

"不了莫总，我在工作。"

一杯摩卡送过来，叶子尘重新坐回吧台后，翻开了那本旧书。

此后，每天下午，莫北都会坐在那个位置。喝咖啡，看书。更多的时候，是带着电脑处理公务。

这样的状态持续了二十天，莫北突然消失了。叶子尘看着那个空位置，轻轻吸了一口气，眼角却泛起了泪花。她对自己很满意，把盔甲铸得足够坚硬，把疼痛藏得足够深。叶子尘清楚地记得莫北半年前说过的那句话。

半年前，莫北手机里的一段暧昧信息，让叶子尘泪流满面地对着莫北说，我一定是上辈子欠你的，这辈子，才会在你的不在乎里，死心塌地地做你的N分之一。

莫北却心疼地开导子尘：人世艰难，谁都不欠谁，活好，活精彩，别乱想。对自己，对父母，对家庭，多关心，其他都是路边的凉亭，可供歇脚，但不会久留。所以子尘，开心，放下，随风。

子尘愕然。莫北接起一个电话转身离开。

子尘后来问过自己，她的生命里，如果从来没有出现过莫北，是不是会生活得更好？答案很纠结，子尘忘不了与莫北在一起的美好时光，却坚决不做莫北精彩生活里的凉亭。

几天后莫北再次出现时，叶子尘的心里已经平静许多。

依然是一杯摩卡送过去。

"子尘，坐下，我们聊聊，可以吗？"莫北小心翼翼地，声音里透着乞求。子尘心里一疼，莫北，他什么时候会求人了。当年的莫北，如果能对她多在乎那么一点，她又怎么会离开得那么决绝。子尘再次想起莫北关于凉亭的那段话，嗓子里又是一阵堵。

"对不起，莫总，我正在工作。"

莫北的眼睛里是无尽的失望。可是子尘已经转身离开。

子尘以为莫北很快又会消失，所以，那些日子，他来，或者不来，她都很平静。

当所有的一切都结束的时候，你还有资格酝酿其他的情绪吗？

只是，莫北没有消失。老街的另一端有几栋美式洋房，莫北买下了临街的一栋。很快，那里开始动工装修。再过一些日子，一家名叫 BLUE 的咖啡屋开业。莫北把一纸合同拿到子尘的面前谈合作。子尘不懂，拒绝。莫北却拿出另一份文件，文件上用红笔画出的内容显示，子尘书吧所在的位置，半年后就会拆迁。

子尘不禁再次感叹，莫北不愧是商界翘楚，这样的信息，总是能够在第一时间知道。也算给她争取了时间，书吧要如何处置，她至少可以从容不迫。

咖啡屋的合作很快谈妥。子尘入百分之五的股份，全权打理一切事务，剩下的百分之九十五由莫北承担，五五分成。子尘拒绝，说分成不公，给她的太多。最后，两人经过几番争执，盈利按莫北六，叶子尘四的分配方式。

莫北继续为各处的生意忙碌，闲的时候就来咖啡屋坐坐。

子尘对生意尽心尽力，咖啡屋经营得红红火火。可是一年一年过去，子尘和莫北的关系依然像两条平行线。好友易拉问子尘，难道就准备这样一直单下去？

子尘看向莫北常坐的那个位置，现在，它空在柔软灵动的下午阳光里。

子尘说："有一种男人，你遇到了，爱情就再也不会将就了，可是，让人无奈的是，他，最终也成了你的将就。"

易拉蹙眉，不解地看向莫北常常坐的那个位置。打开的窗外，是依然郁郁葱葱的九月，叶动，风微凉。

叶子尘却已经埋头于电脑屏幕，进入了工作状态。

（原载《小说月刊》2016 年 9 期）

危　难

宋以柱

1934 年 9 月 28 日黄昏。国民党赣北第四行署司令部。

行署专员兼保安司令莫雄戎装在身，一脸疲惫。勤务兵送来水，请他洗漱，然后参加司令部为他举行的洗尘晚宴。他挥挥手，长久地站在一棵兰竹前发呆。竹枝高直，竹叶青翠，生机无限。刚刚从庐山会议回来的莫雄，知道自己正面临重大抉择。他侧头看了一眼墙上的领袖像，几步跨到办公桌前，拨通了机要秘书项与年的电话。

莫雄相信，只有这个人才能完成这项任务。

莫雄爱惜地看着眼前的项与年，虽已近中年，但依然身姿挺拔，动作干净利索；多年的地下工作，更让他成熟老练，仿佛周身有一个自信、光明的气场，也深深感染着别人。莫雄深深地感到，只有与他们接触，自己才不会死气沉沉，才能对未来充满信心。从眼前的项与年，莫雄想到了曾接触过的周恩来、李克农等共产党人，光明坚强，无所畏惧，他们才是希望所在啊。莫雄坚信了自己的决定。

"国民党准备集结 150 万大军、270 架飞机和 200 门大炮，以瑞金为目标，实施铁壁合围，一旦形成一个包围圈，共产党将命悬一线。"

项与年敬礼，向前紧紧抓住了莫雄的双手。

莫雄感受到了他手上的力量，只有共产党人的手才如此有力啊。

他叹息了一下，转身拿起一个厚厚的文件袋，上面加盖大印：绝密。

"这就是'围歼计划'兵力部署方案，明天一早务必送回来，去吧。"莫雄神态自若。

项与年敬礼，转身欲走，背后响起莫雄司令冷峻的声音："兄弟，你只有十天时间。"片刻，莫雄长出一口气，换下军装，看了一眼墙上的领袖像，轻轻关上门，向宴会厅走去。他想起了庐山会议上的训话："毕其功于一役，势必要将红军消灭在瑞金。"莫雄冷冷一笑，抬腿跨进了宴会厅。掌声和圆舞曲响起来。

黎明时分，项与年装扮成一位教书先生，肩背褡裢，放几本课本，四本字典，独自出发了。当坐上由南昌到吉安的车时，他再次想起了莫雄司令的话：你只有十天时间。

10月2日项与年到达泰和山区，他才发现，国民党部队已经进驻了每个村子，所有进入苏区的道路被封锁，他只能改变计划，在深山密林中穿行，以野果山泉充饥。

到达兴国时，已是他离开南昌的第七天，项与年胡子拉碴，面容消瘦，衣衫褴褛。这里形势更为严峻，每个村子已经建起了碉堡，村口、山头岗哨密布，青壮年一律被当作"探子"抓起来，想蒙混过关，已无可能。项与年躲在山洞里忧心如焚。夜色如银，虫鸣不断。项与年只有一个念头，那就是把"围歼计划"送到瑞金。突然，他摸起一块带棱角的青石，咧开嘴，朝自己的牙齿狠狠砸去，一连两下，四颗门牙应声落地，尖锐的疼痛让他颓然倒地，昏厥过去。当他醒来时，天已微明。他的双腮严重肿胀，面部变得狰狞可怕，头发杂乱，被鲜血黏成几绺，长衫碎成了布条条，上面血迹斑斑，完全成了一个让人厌恶的叫花子。他包好课本和字典，放到褡裢底层，把发臭变馊的剩饭，倒在上面，踉踉跄跄地径直走向关卡。

离关卡几米，被几个士兵围住。疼痛、紧张，身体的虚弱，让他有些恍惚。挺住！他告诫自己，此时的生命不是自己的。

项与年"呜呜"地笑着，含混不清地解释："我是一个教书的，被土匪抢了。"他使劲咬了一下牙，咧开嘴，淌出一股血。

一个士兵推了他一下，他虚弱地倒在地上，不住哆嗦。一个布袋被士兵挑破，漏出几本书。士兵捡起来递给一个军官。军官翻了翻，扔到一边。另一个袋子滚出几个臭烘烘的窝头、几块地瓜。士兵捏着鼻子跳到一边。

"滚，快滚！"枪托砸在背上。

项与年爬起来，站稳身子，假装走了几步，又折回来，蹲到褡裢前，先抓起一块窝头，摁进嘴里，拼命嚼着，一边抓起褡裢，向周围的士兵连连哈腰，一边踉跄着向关卡外走去。

……

10月7日，项与年到达瑞金，将密写着"围歼计划"的四本字典，送到了红军领导人的手中。

不久，万里长征拉开了帷幕。

1956年10月1日，北京天安门城楼，项与年与莫雄紧紧拥抱在一起，他们是应邀从广东和辽宁赶来，参加国庆大典的。

（原载《小小说选刊》2016年第19期）

戏痴李老三

韦 名

　　锅城人好戏，由来已久。城志载曰："梨园婆娑，无日无之……举国喧阗，昼夜无间。"早年，举凡城里庙会、祭祀或富人家红白喜事，无不搭台唱戏，热热闹闹。可自锅城人热衷于办企业挣大钱，过上快节奏的生活，锅城演戏几近销声匿迹，慢节奏的戏也几乎无人问津。

　　城南李老三却是热衷依旧，不仅爱听，更爱唱。

　　李老三，原名李阿山，独喜潮剧《柴房会》，因钦敬戏里正直、善良、诙谐、幽默的李老三而改名。

　　《柴房会》是一出经典潮剧，讲的是和锅城一样的小城一小商人李老三夜宿客栈柴房，半夜遇鬼魂莫二娘，正直善良的李老三怜莫二娘的悲惨遭遇，毅然助其复仇的故事。

　　戏痴李老三足足等了三十年，找了一个同样是戏痴的女人。低矮的泥砖房里，常常传出《柴房会》精彩片段。

　　女声：奴本是太平县莫家庄人氏，莫二娘是妾的名字。

　　男声：在富家为奴不如牛和马，我也曾尝过这辛酸苦涩味。

　　……

　　清汤寡水的日子里，女人和李老三夫唱妇随，常引来邻居驻足听戏。夫妻俩纵使生活艰辛，生活却因戏而精彩。

　　即便到后来，锅城人不再爱戏，李老三和女人却如故，在低矮的泥砖房里一唱一和。

　　日子就在这一唱一和中悄悄流逝。

　　一日，农闲在家的李老三夫妇又在家拉开架势。

　　女声：不怕，奴自藏于大哥伞下，便能去得。

　　男声：天地不公，世道崎岖，恶人自在，屈死无事，我老三越思越想，就是身无盘缠，一路上我求爹爹拜奶奶……

女声：大哥仗义恩德难忘，等候来生大马报还。

……

夫妻二人边走边唱。走着，唱着，女人忽然软绵绵地靠在了李老三的肩臂上。

女人走了。

李老三右手持着一把红伞，一直为女人撑着。

送走了女人，李老三收藏了红伞和黑戏包。伞是女人先前买的道具，戏包是李老三和女人手牵手逛街时一起看中买的。李老三相信，女人自藏于伞下。李老三也自此只听戏不唱戏。

在锅城，李老三靠着录音机，一个人孤零零地听了几年戏后，经不住儿子劝说，进城了——那是一个锅城根本无法比拟的真正的城。

一日，李老三在报上看到城里大戏院请了一著名潮剧团，连演三天，戏目有《陈三五娘》《苏六娘》《柴房会》……

看到《柴房会》三个字时，李老三的眼直了。

《柴房会》开演那晚，李老三收拾齐整，带着收藏多年的红伞和黑戏包，一人持两票早早到大戏院。

"还有一位呢?"李老三进场时，服务员问。

李老三看了看年轻的服务员，笑笑没吭声，径直入场往戏院中间走。

偌大的戏院，李老三第一个进场，显得空空旷旷的。

走到8排正中1、2号位置——那是看戏的最佳位置，李老三在1号位坐下，把红伞和黑戏包小心翼翼地放在2号位置。

红伞和黑包在空无一人的大戏院里格外显眼。

戏开演了。

"为生计，走四方……"

戏里，李老三朗朗上口的开场白震慑了满满一戏院的"潮粉"。

李老三在座位上身体微微前倾，聚精会神，竖耳聆听，右手却不忘抚着2号座位的红伞黑包。

莫二娘：尊一声，我的我的……大恩人!

李老三：叫一句，我的我的……冤鬼魂。

……

台上，李老三和莫二娘边走边唱。

台下，李老三听着看着身子忽然一软，斜靠在了2号位上。

戏痴李老三走了。李老三是伴着他带来的红伞和黑包里自己画的一张工笔老妇人像安详走的。

戏还在唱。

（原载《汕头日报》2016年8月5日）

忽有故人心上过

梁小萍

孙多多是他的小名，据说孙家孩子多而得名。

什么话都不禁说，一说往往就应了，孙多多名副其实地多事。

我和他是发小，一直喊他孙多多，他特别不乐意，他说他叫孙胜利。

小学课间操，最烦林校长的冗长训话。林校长有一天训的是孙多多：孙胜利啊孙胜利，你年年留级，倒是一打架就胜利。原来孙多多和同学打架，拉扯中一拳击中了前来阻止的林校长，林校长的大鼻子肿了，从此同学们私下都喊林校长为林大鼻子。走过没心没肺的年龄还能记住老师，不感谢绰号感谢谁。

自那以后，我开始喊他孙胜利，不知道为什么就改了口。

孙胜利上学留了多少级不清楚，他大我好几岁，我们却做了同桌。

孙爸爸是部队大院的军医，周末早晨例行到各位首长家巡诊，假期里会看到孙胜利跟在孙爸爸的身后，孙爸爸进首长家问诊，孙胜利就在门口路边等着。即便来到我们家，妈妈一再招呼他进门，他看着孙爸爸的笑脸还是没进来。放学一路回家，我让他来我家一起做作业，他说他要回家问问孙爸爸。长大了才意识到，部队大院的上下级关系潜移默化微妙到了小一辈儿。

离开长辈的视线，孙胜利很哥们儿。

看露天电影，大操场上半半拉拉的砖头块子就是孙胜利帮我占的位子。大海潮汐赶海，我那装满海贝的小水桶，总是拎在孙胜利的手上。暑假夏令营打靶投弹，有时还会短途拉练，行军累了，孙胜利会帮我背背包。

我们俨然成了哥们儿，"哥们儿"似乎是一种很中性的友谊，渐渐习惯了哥们儿的照顾、习惯了在哥们儿面前毫无顾忌地笑，而习惯又是一个多么可怕的习惯。

高中毕业，我上了大学，孙胜利当了兵，当的是汽车兵。偶尔放假回家碰到他，远远一股子汽油味直冲鼻子，微微皱皱眉头，都会被他觉察，尔后不痛不痒撂句话：呦，嫌哥们儿有味了。

大三那年，孙胜利带战友欧阳来见我，欧阳是他的连长。

欧阳回了连队，孙胜利还在念叨欧阳有多优秀，家世好人品好，最后居然还对我说：哥们儿，见了帅哥，不要咧着大嘴笑，女人要矜持。

他还知道我是女人呀，我以为他一直当我是哥们儿。

于是我对他妩媚一笑，我笑他也笑，他说：这笑，哥们儿还真不习惯。

不该习惯的习惯了，该习惯的反倒不习惯了。瞧他一副怪怪的模样，我讪讪收起了笑容。

欧阳确实很优秀，他和孙胜利完全是对立的两种人。有时候面对他们两个人，我会觉得自己性格的一半一半，一半像欧阳，一半像孙胜利。也许正因为如此，我们仨才成了铁哥们儿。

门当户对遇到两情相悦，一段姻缘就这么简单。

我和欧阳的婚礼上，孙胜利自居媒人一再豪饮，而后揽着我俩的肩膀，说：你俩是我最好的哥们儿，一定要幸福。眼角的余光瞟向他，他喝多了。

孙胜利的吉言印证着我和欧阳的幸福，而他却一直是我们的牵挂。孙胜利当兵提干未成，退伍后进了汽修厂，谁知没几年厂子又倒闭了。有一天他闪婚了，一究其因，他自嘲大龄青年不堪相亲苦，相亲相到吐，闪了算了。谁知两月后又闪离了，说什么相对无言，又一个闪了算了。这些年这么多事，他不叫多多，谁敢叫。

最后他还是拾起了老本行，开了一家汽配店，能干又肯吃苦，渐渐小有规模，而后财大气粗，还有了一见钟情的女朋友。每每哥们儿聚会都是他张罗，如若不去，他还絮叨：怎么还嫌哥们儿的汽油味啊。这人怎么这么记仇呢。

因为工作调动，欧阳去了千里之外的边防，不久后，我也准备随迁。

送行的孙胜利有点落寞：这回跑远了。

远了终究是远了，交通再便捷也少见了，通信再方便也少话了，只是彼此的近况略知罢了。

日子不禁过，过着过着，人就见老了。人老念旧，不定哪一天哪一会儿，故人心上过。

（原载《大观》2016 年第 10 期）

风吹不走的夏季

盐　夫

面对满地残砖碎瓦，韩庭美没有表现出绝望。

龙卷风从东南方回旋而来时，她不在屋内。前两天刚下雨，麦地松软，上水，施肥，正好可以把地插秧苗，她到硕集街去请拖拉机手。她孩子不在家，她男人也不在家。孩子在无锡读大学，男人在高架工地做钢筋工。从硕集街回来路上，韩庭美遇上龙卷风，尘土飞扬，天空昏黑，她说若不是抱住树根就被刮走了。风一过去，她急急往家里赶，从硕集街到双桥社区二组有三里多路，远远地，她发现门前的那片意杨树林消失了，没有了树从前的高耸、茂密与浓荫，出门前还是好端端的，她还特意多看一眼，只是两个小时，意杨树就变成一排排站在田野里、光秃秃、断裂的木桩，但依然坚挺直立不倒，反而是西南角电力铁塔像麻花似的，扭倒在玉米地里。她说，风太大了，还有鸡蛋大的冰雹石。正如她所担心的，她的家园也不复存在。站在银杏树边，她有些心痛，但眼里却没有半滴泪珠。老黑狗紧紧贴靠她的脚面，她能感觉到老黑狗对这场风暴的惊恐，瑟瑟颤抖。眼前，她所能看到的只有房屋的废墟、一地银杏青涩的果子、两堵开裂残存的矮墙和半间厨屋，太阳能热水器飞出去有两块田远，斜插在泥土里。

她说，救援应急反应很快，镇上领导来了，战士们来了，大风是下午三点不到的事，天擦黑，硕集小学操场就搭上临时帐篷了。她家是损失较大的住户之一，七间房都塌了，村干部上门通知她到硕集过夜，说夜里可能还有强降雨，劝说她到疏散点，那边有救援物资，吃睡都不愁。韩庭美说啥也没有去，在夜晚，无电，村庄里没有灯火，她与黑狗，就那样和衣静静枯坐着，家没了，她不想睡，也睡不着。黑狗受到的惊吓似乎不轻，像是做错事的孩子，眼神流露出对她的歉意，她摸摸狗的头，老黑狗不吃不叫一天了。

她对救援者说，她男人没有到家，估计还没有上路，孩子从无锡快到家了。第一时间，她电话告知男人与孩子家里受灾略况。说话时，她平平淡淡，语速不急不缓，似乎一切不曾发生过。电话里，她曾对他们父子俩说过，该工作的工作，该读书的读书，有她在就行，不必过多担心，也不必风急火燎往回赶，人平安就行，政府上有救援，房屋反正坍塌了，大不了重砌。她说，社区里死亡五人，受伤的倒不在少数，她命大，半点表皮也没碰破。她对她男人说，她很好，忙完手上的活儿，可以缓两天回来。有人问起她男人咋没到家，她总是淡淡地说，在工地上，他们那边高架工期特别紧张。

午饭时间，韩庭美接过志愿者送来的矿泉水与面包，她微笑着说两遍谢谢，她理理花头巾，抬腕擦去汗水。夜晚停电做不了事，天一擦亮，她就在瓦砾堆里搜寻与整理，她已经干六七个小时了。她说，除去这些，她还有许多事情要做的，她的手一刻不停。她刨挖家具、晾晒衣物、洗刷生活用品……西厢房里的粮食和油菜籽也浸上雨水，种过庄稼的人知道，粮油受潮易生霉、变质、发芽，那样就不好出售，也不能食用。天，还是阴沉沉的，时下正值苏北梅雨季节，雨，说下就下，没有巴掌大干燥的晒谷场让她揪心，最让她揪心的是补种玉米的事儿，麦收后刚播下的玉米苗，才出地面一拃多高，眼下只剩些根须了，地不能荒着，季节不等人，错过季节尾巴，玉米就歉收了。

有人叫她的名字，她没有抬头，她知道又是村干部通知她上疏散点了，她不搭理他们。到疏散点来去有三四公里，电瓶车没电，也没有地方充电，步行来去得花上个把钟头，搬到疏散点生活是方便，可回家做事就不方便了。政府虽说有救援，但也不能全指靠政府，自家的事总归依赖不了别人，得要自己动手儿。她对村干部吼叫一声，她说她不去，她肯定不会去。说罢，从杂物堆里，她提起一把铁斧头，越过泥泞的玉米地，跳过灌溉沟，搬开挡道的意杨树干。老黑狗也抖擞起精神，铆足劲，冲出来，追随她的去向。她与狗，斜刺里朝着意杨树林走去。站在残败的意杨树边，远远地，她冲着村干部说，她哪儿也不去，她要砍些意杨树，她要在门前搭帐篷，她不喜欢到疏散点来去地跑，也不喜欢在帐篷里吃了睡，睡了吃，她有很多事要做，她要住自己搭的棚子，她男人就回来了，他们要补种玉米，要耙田插秧，要砍树栽树，要晾晒稻谷，在原址上，他们更要盖上新房子……老黑狗似乎听懂她的话了，也呼应吼上三两声。

她身材单薄，她抡起铁斧头砍伐树木的力度，却超出自身最大的能量，钢铁与树干碰撞发出的撕裂声音，胜似一个强壮的男劳力，她也不知咋的，手腕间突然就有了使不完的气力——咚，哗啦啦——地面一片震响，第一棵意杨树就倒下了。

（原载《盐城交通报》2016 年第 20 期）

前　方

高沧海

　　游人如织。

　　槐花村的指示牌从很远的地方就有，无论从哪个方向来，总有一双热情洋溢的手在拐弯处指明方向，它挂在路灯杆上，不断地提示着，前方二十公里，前方十公里，前方一公里，前方二百米。

　　老爹打量一下天空，晴朗明净。

　　有个男人扛了相机，他躺下，他蹲着，他半仰着上身，他站起来，镜头中老爹家的槐花，时而如一挂瀑布飞流而下，时而在太阳的光芒里隐藏全身，只留一个花瓣镶着金边，晶莹剔透。

　　男人不尽兴，他攀上老爹家的树，树顶像一座座开满花朵的小山丘，从身边绵延而去，直到白雾缭缭绕绕的远处。男人张开胳膊，长长地喊一声：啊——

　　老爹说，你快下来，快下来，惊了花。

　　老爹张开手，像要接住落花一般，他果真就接到了几片零零碎碎飘落下来的花。老爹突然感到气愤，他对男人说，你走！

　　男人很不解，不就是掉了几瓣花嘛，这满树的花！但他还是背上相机走了。

　　眼看着男人摇摇摆摆真的走了，老爹一阵怅然。想好的呢，请这个男人拍一拍自己坐在槐树下或者站在槐树下的样子。一棵棵槐树上的花朵，像一串串小灯笼，就连树下的鸡窝鸭巢和吃饭木桌也都像开了花。现成的槐花蜜酒，现成的下酒菜，青皮鸭蛋，小葱配上嫩豆腐，槐花树下请这个男人对酌，自然而然就如槐树开花，涓涓而来。而此刻，他竟赶男人走了。

　　老爹长叹一声。

　　穿过熙熙攘攘的人流，老爹站在前方二百米的指示牌下，他似乎看到，儿子正从城里出发，前方五十公里，前方二十公里，前方一公里，前方二百米，儿子站在他面前说，爹。

老爹抹抹脸，天空暗淡了许多，有些灰色的云块浩浩荡荡地压过来，平地上旋起来一股黄风，刮得老爹眯起眼。老爹心中一阵绝望，槐花花期，风吹花，雨打花，风雨过后，花期也就到了尾声。而城里的儿子，他还没来。

灰色的云过去了，黄色的风顺着村庄的大路跑远了。也就是一袋烟的工夫，天空重现清澄，老爹长嘘一口气，还好，还好，风雨只是路过。

天一直晴着，老爹的心却总是提着，按以往，立夏之前，一定会来一场风雨，立夏的风雨正在来的路上，前方二百公里，前方一百公里，前方五十公里，老爹隐隐地焦躁。

城里的儿子终于在风雨之前来了。他带着一大家子人拥到老爹家门口时，老爹还以为又来了一拨儿游客。

亲家公亲家婆也跟着来了，他们握着老爹的手说，槐花村，好，好！亲家婆像诗人一样说，槐花村值得来一次再来一次，是个可以来很多次的地方。

老爹带领他们游览槐花村，他特意绕到田木大家，槐花村的槐树都开白花，田木大不知在哪儿淘来一棵开红花的槐树。有人悄悄捋走了大半棵树上的花瓣，田老头卡腰守在槐树下，一脸怒气，看见老爹他也不愿理了。

老爹邀请亲家用餐，亲家婆说，孩子们忙，明年再来聚。亲家公邀请老爹也要及早去城里做客一回才好，城里虽没有槐花，但城里有牡丹花园，有郁金香花展，不比乡下的槐花差。

儿子走了，儿子只是在进家时喊了他一声爸，走时又说了声，爸，别送了，回吧。

老爹心里酸溜溜的，龟儿子叫亲家公爸爸，比喊他爸顺溜多了。

谷雨两周后，立夏的风雨来临。

风雨敲窗，老爹饮下几盅去年酿的槐花蜜酒。最好的花期儿子看到了，亲家看到了，风来何妨，雨来又何妨？他数算着日子，这是五月，然后是六月、七月……前方，到明年的槐花节还将是整整一年，他叹口气，翻一个身沉沉睡去，枕上隐约一片风雨一片簌簌落花声。

（原载《大观》2016 年第 10 期）

分 手 预 言

李伶伶

　　吴正媳妇雪平很漂亮，朋友都说他俩过不长。吴正不信，对雪平格外好。雪平觉得很幸福，吴正也很幸福。

　　这天雪平出差回来，带回一条新丝巾。丝巾的包装很精美，看上去很高档。吴正说，这个丝巾多少钱？雪平说，原价两千多，赶上店庆打折促销，才花五百多块钱。吴正不信，越是名贵的东西越不会打折，打折也不会打这么多。吴正说，单位给买的？雪平说，什么呀，我自己买的，单位才不会给我们买这个。

　　雪平这么说，吴正更不信。因为雪平过日子很仔细，从来不舍得给自己买太贵的东西，况且她有好几条丝巾，买也不会买这么贵的。所以他觉得这条丝巾肯定是别人送她的。跟她一起出差的还有两个人，都是男的，肯定是其中一个给她买的。

　　雪平说，你不信？吴正没吱声。雪平说，我就知道你不信我，买时开了发票，要是别人送的，会把发票也给我吗？说着找到发票给吴正看。吴正看了发票，并没有打消疑虑。雪平知道他多疑，所以接受丝巾的同时把发票一起要过来也完全可能。吴正说，你怎么会舍得花这么多钱买丝巾？雪平说，其实我也犹豫了好半天，要不是阿丽戴条名贵丝巾嘲笑我，我才舍不得买呢！这是赶上打折了，要是不打折，我还不会买。阿丽老公有钱，所以阿丽穿的戴的都是名牌。可是雪平怎么会跟她比？要比早比了！所以吴正还是不信。雪平说，你是不是心疼钱了？吴正说，没有。

　　吴正没说真话，但他更多的是怀疑。接下来的日子，他有意观察雪平的一言一行，一举一动，发现她跟往常没多大变化。他的心这才渐渐放下，可能真是自己多心了。

　　吴正下班比雪平晚。这天晚上，吴正到家后雪平还没回来。吴正给雪平打电话，问她怎么还没回来。雪平说，单位开会超时了，马上就回去了。吴正说，要我去接你吗？雪平说，不用，一会儿搭同事的车回去。二十分钟后，吴正在他家二楼厨房的窗户看到雪平从一辆轿车上下来，开车的是鲁齐，雪平单位的。

雪平回来时，吴正刚把饭做好，菜还没炒。雪平说，我炒吧。然后洗了手，系上围裙，来厨房炒菜。吴正说，我刚才看到鲁齐送你回来的。雪平说，是，我本来想打车的，他说这个时候不好打，就送了我一趟。吴正说，就送你自己？没有别人？雪平有点儿生气，说，吴正你什么意思？吴正说，我没什么意思，就是想知道他为什么单单送你回来。雪平说，他就只跟我顺路，跟别人不顺路。吴正说，不是顺路的问题吧？他为送你，多走了很多路呢。雪平说，你在怀疑什么？吴正说，那条丝巾是不是他送给你的？雪平真生气了，说，吴正你太过分了！说完摘下围裙，菜也不炒了，饭也不吃了，回卧室去了。吴正也生气，没有事你干吗生那么大气？

第二天雪平上班时，戴上了那条名贵丝巾。本来她还舍不得戴，被吴正这么一闹，反而戴上了。吴正看到后更生气。如果雪平只是戴个一天两天的跟他赌气，他也不会多想。可是她一戴上就不摘下来了，他不得不想他之前的怀疑也许是对的。

听说鲁齐的媳妇很厉害，把鲁齐看得很严。在这样的情况下，鲁齐还敢送雪平回家，说明两个人真有私情。吴正越想越生气，想方设法找到了鲁齐媳妇的手机号，给她发了个短信：看好你老公。

吴正的本意是让鲁齐媳妇看住鲁齐，别跟雪平来往。没想到鲁齐媳妇接到短信后，马上去了鲁齐单位，径直找到雪平，骂了她一顿。她之所以骂雪平，是因为鲁齐怕媳妇误会，把送雪平回家的事跟媳妇说了。没想到几天后，他媳妇会收到那样一条短信。

雪平很难堪，回家后问吴正，那条短信是不是你发的？吴正没吱声。雪平说，咱俩过不下去了！吴正说，你跟鲁齐，到底有没有事？雪平说，现在问这些还有意义吗？

听说吴正离婚，朋友并不觉得意外，说雪平能跟他过五年，也算可以了。吴正也觉得，他跟雪平的结局，似乎只能这样。这么想着，心里反而不那么难过了。

（原载《小说月刊》2016 年第 2 期）

朋友跃子

吴富明

朋友跃子从西藏归来，送了我一盒藏菊花。

跃子说，这东西下火，特别对有烟酒瘾的人最合适。

我说，兄弟，你算是送对了。

抽烟与喝酒是我生活中的常项。每天，我可以很悠闲地坐在自家窗前或是找个角落独享香烟的味道。烟雾就像梦幻的云彩飘入脑际，我想起跃子说起的一件事来。

兄弟，我最近发现了一个女人，也和你一样烟瘾很大啊。跃子说，年纪轻轻的，怎就学会吐烟圈了？

你肯定遇上一个吸毒女了。我说，兄弟，别让你的眼也卷进那烟雾里去了。

能卷进女人的烟雾里才好呢。跃子说，人家防你都来不及。跃子说完突然很认真地看了我一眼说，我想拯救她，她还年轻啊。

你们见过面了？我说，还是互相交换了烟味儿？

哪有那样的机会哦。跃子说，女人只是从我身边经过而已，仅此。

我大笑起来，说，原来你发现的只是一个传说中的过客啊。

跃子也笑了。他说，发现女人的秘密哪有那么容易。不就抽个烟，难道你还会想，女人捏烟的纤指涂的是什么牌子的指甲油呀？

跃子的话倒真的提醒了我。

前年冬天，我买过一盒护脸霜。用过之后，我的脸变得白净多了。我还特意免费为厂家打广告，获得了一些护脸霜赠品，我有些得意，哪像跃子，从西藏回来后，真成了藏族同胞样了，有了棕色的脸皮。

有天，跃子对我说，兄弟，我确实是藏族人啦，老家在藏南呢。

我很吃惊，说，兄弟你也用用这盒护脸霜行不？

我才不用呢！跃子愠怒道，都是假的化学制剂，哪有真实的太阳光照得健康。跃子很奇怪地第一次摸了我的脸，稍后很郑重地对我说，兄弟，你真的是中毒了。

啥？中毒？我说，你说清楚吧。

你的脸偏红了。跃子说，应该是脸皮给那霜洗白了。

怪不得，最近一段时间，我总觉得自己的脸薄，见了生人脸就容易发热呢。我说，人家还以为我喝酒的缘故。

你本来酒量就大，可少见你脸红。跃子说，这回你就是不喝酒也要难逃脸红了。

我发疯似的去医院找我的发小，他是皮肤病专家。发小说，赶快扔了护脸霜就行了，其他无事。

发小果然权威。不久后，我恢复了脸色。不过，也有了西藏人的古色味了。

跃子见了我笑着说，世界上不管什么东西，只要不过瘾，只要将过瘾的东西坚决放弃了，肯定会有意想不到的好处。你那医生发小也太会唬你了，你的脸古色之状可是后遗症变的哟。

我开始每天都冲泡藏菊花。香味飘散时，我便咧嘴自个儿笑开了。

跃子说，喝茶的好处其实不在你每天定数，而在于你每天自然快乐，没有理由的生活，便是简单的生活呢。

我说，是。可是女人却不行，不管快乐与不快乐，女人出门多半是要定数的。脸是门面呢，水性的女人总得洗洗脸，扑扑粉，绘描下眉毛，涂上口红，戴上装饰物吧。

跃子说，难怪只要是女人都不会让自己简单的。我得找到那个抽烟的过客女人，看看她对简单生活过得习惯么？

女人终于被跃子找到了。女人是时装店的老板。

女人对跃子说，你有病啊，我涂的什么指甲油跟你个男人有啥关系啊？找抽是不？

跃子突然觉得自己确实是有病，人家女人跟自己是八竿子都打不在一起的，咋就跟人说风马牛不相及的事呢？于是跃子很歉意地说，对不起啊，我是来借火抽烟的。跃子还真的带了一包烟在身上。

女人接过跃子递去的一根烟，然后说，就烦先生帮点上吧。

跃子装着吸烟的样子，没想还真的猛吸进一口，一股呛味涌来，跃子剧烈咳嗽起来。

女人说，不会抽就别抽了，装个样子都不会。说完，女人笑了起来。

跃子也笑了起来，说，抽烟是不好，但偶尔玩玩还是可以的，关键看心情罢了。

说完话，跃子自己又抽了一根，他感觉烟吸起来真的很惬意。

女人说，看你样子，不久就会上瘾啦，这样不好！吸烟只是个方式而已，偶尔弄个捏烟的手势只是一种心理自我调节罢了。

跃子听后特高兴地说，看来你的烟瘾还真不大呢。不过，抽空，我会送你一盒藏菊花的，不知你喜欢喝不？

女人说，我有一个朋友叫天井的，也很喜欢喝这种茶呢，他烟瘾与酒量特大，你拿来，我转赠给他吧。

跃子听完，脑袋一嗡说，天井最近脸红，出不了门的。唉，都是护脸霜整的。不合规哦。

女人说，我们的指甲油也一样，用了不好的，就会像吸毒一样沁入身体，那就苦了。

几天后，跃子跑过来对我说，兄弟，你最近下火了么？

我说，有人又送了我一盒藏菊花，还能不下火么，嘿嘿！

跃子摸了摸我的脸，坏坏地笑道，好像有股指甲油的味道呢。

（原载《九歌》2016 年第 2 期）

倒 地 瓜

白 秋

那年头，倒地瓜是需要大智慧的，俺七叔就是这么一个能干的人。

七叔年龄不比我大，但是人家萝卜小，长在"辈"上。倒地瓜这活儿我真从他身上学了不少。

那时候，从地瓜收完，到大雪封地，人们在出工前或收工后，差不多都要到地里倒一会儿地瓜。翻来覆去地倒，地瓜当然越来越少，好多人翻了大半天，也倒不出一个完整的地瓜，倒地瓜的人也日渐稀少。可是七叔总有办法，几乎每次都能满载而归。

倒出来的地瓜，跟正常刨出来的地瓜不一样，吃着又脆又甜，特别受用。最奇怪的是还有一种"飞地瓜"，也叫"贼地瓜"。它老长的"飞根"扎到很远很深的地方长，因为地下土质坚硬，被挤得变形，曲里拐弯，是地瓜中最好吃的。七叔是找"飞地瓜"的好手，见到一条地瓜根，即便跑到七八米远的沟里也被他挖出来，有时候还能带出一窝窝新鲜的地瓜，这要不是亲眼所见，实在难以信服。

聪明人干啥也不差。上学，七叔也是一把好手，年年都被评为三好学生，敲锣打鼓送回家。与他相比，我就逊色不少。常常被父母挂在嘴边训斥：咋不跟着你小叔好好学学。久而久之，我多少也有点小怨恨，心想，怎么所有的好事都轮到他身上了呢？

高中毕业那年，他成了恢复高考以来，村里唯一一名大学生，十里八乡没有不知道的。而我，只能灰溜溜回家继续修理地球。后来，好不容易顶替父亲上班，到城里谋了一个小差事，老实本分应生活。

大学毕业，七叔回到了县物资局上班，那可是一个肥差事，村里老少爷们没少跟着他沾光。我们两家家境也越落越大，逢年过节去他家走动，他总是开导我。干事不能太老实，要有眼光。这就像是小时候倒地瓜，看见别人都在倒的地方，坚决不能过去。要找那种边角地头，别人没有发现，或人家故意留着的地方下手。干事，要赶巧，还要趁早。不知道为啥，我总是学不来。

那一年，全国上下建筑钢材奇缺，价格像水漫金山的样子，噌噌地涨。一天下午，七叔突然找到了我，叫我的小名。什么，我手头有一批上好的钢材，你抓紧借一笔钱盘下来，一个月后，保准你能翻番。我回家折腾了一个晚上，愣是没有凑齐一个数。气得他脸色铁青，从紧闭的嘴唇里蹦出了一句话，孺子不可教也！从此，再也没有跟我谈及买卖的事。

他跟七婶能在一起，也有一段故事。据说，七婶是当年的校花，百里挑一的美人，老早就被辅导员老田号下了，经常约着谈心，指导作业。人家老田，名牌大学毕业，家境好，风度翩翩，还略通音韵，可不是一般庄户人家所能比的。七叔看在眼里，记到心上。几年如一日，每逢节假日、礼拜天，不声不响对七婶早接晚送。偶尔七婶有个头疼脑热，他也不避嫌疑，嘘寒问暖，端茶送水不离左右。那年暑假，放着家里农活儿不做，他硬生生到七婶家干了四十天短工。就凭这机灵劲，把七婶的父母一举拿下，抱得美人归。

七叔的"钱途"跟仕途一样比翼齐飞，越做越大。人也从县城到市里，再到了省城。后来，除了过年回家，我想见一面都难，竟也断了联系。直到不久前，听说他被双开，就关在离县城不远的农场。七婶子捎信，说他想见我一面，就带着我来到他劳改的农场。

这又是一个深秋的季节。一路上，各种农作物大都收完，树枝光秃秃的，满目萧然。现在的农田也跟过去不一样了，全部是机器耕种收获。刚刚翻过的几块地瓜地里，一片片丰腴的地瓜兀自晾在那里，也没有人理睬。

听管理人员说，即便是在里面，七叔也是好样的。他改造态度积极，搞了几个发明创造，还组织了一个文艺社团，自己编排节目引导大伙儿弃恶从善呢。

不一会儿，七叔挽着裤腿，一身泥土，匆匆来到了会见室。这么多年，除了略显消瘦，他居然没有太多变化，特别是脸上竟没有丝毫的愧色。他一进屋就说，你知道小时倒地瓜，我为什么能够每一次都满载而归吗？

为什么？这可是我久思不得其解的地方。

除了我会观察地形，投机取巧，还隔三岔五从公家的地里，早刨一些，藏到隐蔽地方了。他呵呵呵的笑声，显得那么坦然。

估计是那时太容易，才有今天这结果。这回好了，一切都可以从头开始。地瓜，现在可是极好的经济作物。这里面的品种不行，你回去，从老家里找一些良种来，我在这里搞一下试验。等出去了，我跟你一起秧地瓜，咱再也不用去"倒地瓜"了。

（原载《红豆》2016 年第 12 期）

让你爱上我

王东梅

　　和老汤认识的时候我和陈铁已经分开一年多了，可是当老汤说"做我女朋友吧"，我还是断然拒绝了。

　　老汤当然问了为什么，我说，我怕了。老汤是个慢性子，沉默了许久，才说，你还没有忘了他。我虽然极力否认，但自己心里也明白，我怎么能忘了他，我没有一天不在想他。后来，老汤说，我会让你爱上我。

　　我不觉得我会爱上老汤。他和陈铁，实在没有可比性。

　　好像老汤并不这么认为，自从那天开始，他就开始按照自己的步调追求我。

　　每天早上天刚亮他就在微信里喊我起床，喊我出去锻炼，还会把公园里拍到的照片发给我。我是个夜猫子，晚上不睡早上不起，往往老汤发来微信的时候我睡得正香。当当当的微信铃声吵得我不胜其烦。早上刚刚告一个段落，中午还没下班，老汤又打来电话问，吃完饭有安排吗？当然有安排，早上被你吵得要死，中午不得补补觉吗？老汤不死心，晚上呢？我气急败坏，晚上，晚上当然是早睡。不然第二天早上又得被你吵得没法睡。老汤就在电话那头笑了，好，明天我去接你，一起去锻炼。

　　哈，我要被他气疯了，早起锻炼！这是老头在追老太太吗？

　　人家说，忘记前任最好的办法就是时间和新欢。一年，我觉得时间足够长了，我和陈铁在一起的时间也不过七个月，我用了比在一起还要长的时间来忘记，可为什么还忘不了呢？是新欢不够好吗？我觉得是，老汤没有一个地方比得过陈铁。陈铁是个什么样的人呢？

　　他们都说陈铁是个坏人，是个花花公子，可是我不觉得，他看我时的眼神，他握我手的温度，他箍我入怀时的窒息，我知道，他也爱我。

　　像你爱他那样？老汤的问题总是这么尖刻。

当然！我不允许谁来亵渎我和陈铁的爱情。

可他还是抛弃了你。讨厌的老汤。

是我不要他了，分手是我先提的。我恨老汤。

还不一样，他如果不同意，你们分得了吗？我恨死老汤了。

你贬低他，我也不会爱上你。

我没必要贬低他，我只说事实。

可恶的老汤。

无论谁说什么，我也不会忘记陈铁。

我把自己关在黑屋子里，不理会老汤，任他几乎把门敲烂。我用一个月的时间，写了一篇小说。小说里，满是我和陈铁的爱情。我给我知道的每一家杂志投稿，我要让我和陈铁的爱情变成铅字，让所有人都知道，我爱陈铁。当然，我也希望陈铁能看到，我更希望陈铁明白，我还爱着他。我在，等他回来。可是，投出去的是希望，收回来的却是失望。三个月过去了，我的稿子还是一沓打印纸。老汤一直在旁边看着我，看着我像一只没头苍蝇一样到处乱撞，看着我撞得精疲力竭瘫倒在椅子上。小说终于发表了。是老汤拜托他大学同学的朋友的弟弟的很多关系，才发表的。我把发表的小说，快递了一本给陈铁，很快，收到他的一条短信：很好。从此，再无下文。

我依旧会时常去我和陈铁约会的那家咖啡厅，听他曾经唱给我的那首歌，读我写给他的小说。

我也依旧会天天早上和老汤去锻炼。

但我仍然坚信我不会爱上他。爱一个人不可能是去利益的，一定要图点什么。我图老汤什么呢？他不浪漫，他没有钱，他不帅气，他……他有一万个缺点让我不能爱上他。虽然，他对我好，但这能成为我爱上他的理由吗？

买房子的首付款还差五万，我想起分手前陈铁借我的钱，打电话和他要。陈铁说，手头紧。再过一段时间，再打电话，就是无法接通。

老汤说，别要了，他是不想还。真爱你的男人不会看着自己心爱的女人为钱发愁，而无动于衷。

你呢？我的爆发是在瞬间完成的。你呢？你不说你爱我吗？你用什么证明？我现在需要钱，你给呀！

老汤被我的咄咄逼人逼得连连后退。我知道，我的每一个字都是一把剑，都戳向他身体里最软弱的部位。

老汤消失了。从此，再也不见了。

我依旧时常会去我和陈铁约会的那间咖啡厅，听他曾经唱给我的那首歌，读我写给他的小说。依旧，天天早上去锻炼。

我也开始学着老汤的样子，拍许多的照片。却不知道，要发给谁。

我依旧天天去锻炼，去拍照。

当手机内存就要被照片撑爆的时候，老汤出现了。他逆光站在太阳下，对我说，我升职了！

老汤的声音，在太阳下发着抖。

我会用我的努力，让你过上快乐的生活。

一大团金色的光，从身后打下来，打在老汤身上，在他周围勾画出一个金色的剪影。

我奔过去，把那个剪影抱在怀里。

怀里的剪影，颤颤地，抖着声音，对我耳语，我会让你爱上我。

哈，这个傻瓜！

（原载《羊城晚报》2016 年 3 月 21 日）

宋代屋檐

陈小庆

落雨的时候他们已经躲在了一间小亭子里了，毫无例外地，这是一个仿古的亭子，和周围那些古色古香的街铺浑然一体。

亭子前有秋千，也是仿古秋千，若不是因为下雨，若不是那秋千的木座上有水，她是一定要上去荡秋千的。现在他们只好望着秋千遐想古时候那些"秋千架上春衫薄""乱红飞过秋千去"等等美妙的意境。

他给她打开包里的零食，她挑三拣四地什么都看不上："为什么都是些我不爱吃的？""这不都是你自己在超市选的吗？"他很无辜的样子。

她沉默，好像生气的样子，雨声很急，愈加显出沉默的无边无际！

这里的街道高高低低的，走起路来虽然不方便，但却使建筑形成了错落有致的美，这是典型的宋代建筑群，宋代建筑一改唐代雄浑的特点，更不是秦汉那种笨笨的建筑，建筑物的屋脊、屋角有起翘之势，给人一种灵巧轻柔的感觉。

"好想有一座属于自己的房子，有一个属于自己的屋檐……"好久，她柔柔地发出了声音，那声音在雨中显得特别远，仿佛来自这些古老的建筑里。

他仿佛得到特赦似的忙一指不远处："看，就像那间房子！"他知道她的不高兴还是惦记着买房的事儿！

那是地势偏低处的一座房子，只给他们露出半个貌似饱经沧桑的屋顶和一溜儿正在淅淅沥沥流水的屋檐！

青色的屋瓦上有小小的瓦松和苔藓，此刻在雨中别有一番青翠，还可以看到三角檐瓦下露出的木头，很旧很固执结实的样子。之所以他选择那间屋子，是因为周围的建筑都过于庞大，想拥有的想法几乎没有！而那间屋子的大小恰到好处，最关键是那屋子给他们显示的是最美的一个侧面——屋顶和屋檐。

"多想像过去的人一样，在那样一间房子里，悠闲地过日子，你去打猎或者种田，我给你做饭织布缝衣裳……"她似乎平静多了。

"对，或者我是个书生，咱们有祖上留下的家产，不用打猎不用种田……"他也来了兴致，"每日里就是吟诗作画，你为我红袖添香，赶明儿个再考取个功名，我是朝廷命官，你就是诰命夫人……"

"不，我不想让你进京赶考，万一半路遇到别的什么千金小姐，再把我甩了……"她认真地说道。

"NO，NO……"他连连摇头，"你别忘了，宋代可是允许一夫多妻的，就算再遇到一个，她也不过是个小，你才是正房！"

"呸！"她恼了，"你还蹬鼻子上脸了！还敢想一夫多妻？就现在一个媳妇你都娶不起，我妈可说得明明白白，没有房子不结婚！"

"……"他不吭声了。目光却一直望着那座房子的屋檐。

"你必须去打猎或者种田……"她继续说道。

"嗯，是，我既打猎又种田，搞兼职！"说着他讨好地望了她一眼，"咱们比翼双飞，你为我生儿育女……"

"想得美！"她轻打他一下，却笑了，"你说，在那样的屋子里喝茶下棋，吟诗作画，该多美啊！"

"是啊，那样一座房子，最适合谈情说爱，伤春悲秋，你知道我最喜欢这房子哪里吗？"不等她回答，他就接着说道，"是屋檐，屋檐这个词充满了诗意，"他深情地望着那屋檐，继续说道，"下雨了听雨，下雪时赏雪，不用去机关里看领导脸色，不用愁还房贷，而且周边大片地方都是我们的——别说停一辆现在那种小轿车，就是停个马车车队都没问题！"

"门前一定要种两行修竹，家里一定要喂几只鸡，一条狗……"她似乎在计算家里的成员，为了幸福的田园生活，她咬咬牙——"好吧，我为你生一对儿女！"

他喜形于色，这是他认识她以来她说过的最大方的一句话了！就因为看到这个美丽的宋代屋檐……他感激地望着那屋檐，恨不得和她穿越回宋代，那么一切遐想就成真了！

雨渐渐小了，但他俩都没有回过神，仿佛都穿越到了遥远宋代，在那屋檐下过平平淡淡却美好无比的一生……

"好了，我们现在看到的就是典型的宋代市井街……"一个好听的女声通过喇叭传来，把他俩拉回了现实，他俩看到一个举着小旗的导游，后面跟着的是穿着雨衣的旅游团，导游继续说："现在大家可以自由活动十分钟，上厕所的抓紧去……"

于是他们看到他们那个心爱的宋代屋檐下人来人往……

（原载《大观》2016 年第 10 期）

老　鼠

陈永林

他不知道在地窖里待了多长时间。

吃喝拉撒都在地窖里。吃喝都由父亲送。一天二十四小时待在黑咕隆咚的地窖里很难受，他哭喊着不肯待在这里。

父亲恶狠狠地说："你再哭闹，就不给你送吃的，让你饿死在地窖里。"

"爸，我要出去，我要出去！"他仍大声哭喊着。

父亲下了地窖，在他脸上狠狠地扇了两巴掌："你想让全村人知道你被我关在地窖里，然后让警察来抓我，把我枪毙？我被枪毙了，你就高兴？你如再喊，我就把你杀了。"

听了父亲最后一句话，他赶忙闭了嘴。父亲能杀母亲，也一样能杀他。

这天深夜，父亲对他说："儿子，爸爸给你找了个妈，她明天就来家里。你待在地窖里，她会发现的，那就有麻烦。我给你找了个新住所。"

父亲把他拉出地窖。

父亲拉着他往门外走，他走了两步，腿一软就瘫在了地上。父亲摸了摸他竹竿样细小的腿，叹口气说："你再忍两年，到时大了，懂事了，嘴巴严了，就不会乱说我害死你母亲的事，你就自由了。"

父亲背上他往村后山里走去。

路上，父亲一直同他小声地说着话："但愿你大了，不会恨我。都怪我那天喝了酒，你妈脾气又那么臭，对我骂个不停，我一失手就……我也想到自首，一命抵一命。但我死了，你怎么办？我可不想你饿死……"父亲哽咽得讲不下去了。

他满是泪水的脸紧紧贴在父亲背上。

来到一个山洞口，父亲说："你爬进去吧，我在洞里面已经铺好了被子。我每天晚上会给你送吃的。"

父亲一走，他就骇得哭起来，可又不敢大哭，怕人听见，拿手捂着嘴巴哭，一直哭，哭了许久，后来哭累了，就睡着了。

一连许多个夜晚，他就这样一直哭，哭累了不知不觉地就睡着了。

开初，父亲每天晚上送饭给他吃，后来两个晚上或者三个晚上送一次饭。一天晚上，他实在饿得慌，便爬出洞口找吃的。白天他不敢爬出洞，怕人看见。尽管没有月亮没有星星，但他的视力极好，连地上一只蚂蚁他都看得清清楚楚。

这天晚上，他找到几只野鸡蛋，把蛋壳打碎，直接喝，还找到了许多野果子。

后来每天晚上他都爬出洞找吃的。尽管不会走路，但他爬得很快，比跑得都快。为了掏鸟蛋，他还学会了爬树。后来再高再直的树他都可以爬上去。

后来他又长了一条大尾巴。有了尾巴，他爬树更快了，也更敏捷灵活了。再高的地方他都可以跳跃，尾巴可控制速度，可平衡身体。

冬天来了，他还穿着秋天的衣服，他觉得冷。他想：要是像狗或者像老鼠那样长一身毛就好了，那样就不冷了。

冬天还没过去，他的身上真的长了一层厚厚的毛。

但他伤心的是父亲再也没来送吃的给他。那次送吃的是很久以前，已隔了半个月没为他送吃的。父亲在洞口喊他，他装作没听见，不应。父亲就叹口气说："唉，死了也好，省得受罪。"原来父亲一直希望他死。

那天晚上他又梦见了母亲，母亲哭着说："儿呀，你要为妈报仇。"醒后，他大哭，但他不知道怎么为母亲报仇。他还小，力气也小，打不过父亲。明的报不了仇，只能来暗的。他便想到给父亲投毒。他采了一些有剧毒的草，拿石头砸成汁，把毒汁包在树叶里，去了自己家。当他要往水缸放毒汁时，房里竟传来婴儿的哭声，父亲说："我儿子乖哟……不哭哟……"他的心一颤，从敞开的窗子跳了出去，随手把毒汁扔了。

他进了村小学，从一间教室拿了几支彩色粉笔。他在村头一户人家的墙上画起画来：一个一脸血的女人躺在地上，地上也满是血。一个男人手里拿着一把刀，刀上滴着血。旁边有一个一脸泪水的小男孩，小男孩手捂着脸，不敢看这一切。

他一笔一画画得极认真，他想把男人画得更像自己的父亲，但画了涂，涂了画，仍觉得不像。

第二天深夜他去看时，画已经被人擦掉了。他猜是他父亲擦的。他猜想父亲晚上准睡不着了，准又过担惊受怕的日子。他竟然没有一点儿报复后的快感。

他又在墙上画了起来。

画又被人擦掉了。

他再画时，打着手电筒的父亲来了。父亲见了他，惊叫："老鼠，儿呀，你咋变成一只老鼠？"父亲的声音竟夹着哭腔，"儿呀，是爸爸对不住你，都是我把你害成这样。儿呀，放过我吧，我进去了，你几个月大的弟弟怎么办？"父亲朝他跪下了。

他再没画画了。

一天深夜，他在树林里吃饱喝足，刚要合上眼，听见洞口有说话声，便坐了起来。一个女孩爬进了洞口。女孩拧开手电筒，刚见他，便"啊"地喊了起来，洞口有人问："怎么了？"他忙向她摇头，示意她别怕。她便说："没啥，一只老鼠。"洞口的人走后，他问她："你父母怎么把你送这儿来了？"女孩说："我妈生了两个女儿，还想生个儿子，若超生，要罚很多钱。母亲就说我在河里淹死了。这样我妈就可以再生一个。你呢？你怎么到这儿来了？"他不说话。

传来几声猫头鹰的叫声，叫声阴森森地骇人，女孩的汗毛全竖起来了，全身起了鸡皮疙瘩，身子也抖了起来。女孩往他身边靠了靠，他像大哥哥一样抚着她的头说："别怕，慢慢会习惯的。"

"我还是怕。"她的声音都抖了起来。

他便把她搂住了："现在不怕了吧？"

她嗯了一声，许久问："你咋变成老鼠的？"

他说："你也会变成一只老鼠的。"

（原载《小小说选刊》2016 年第 10 期）

小心台阶

金　狐

　　做母亲的蹲下身子想再抱抱女儿，被她狠狠推开，一声不吭，转身就跑，台阶前，扑通一声摔了一跤。

　　每每想到姊妹五个，爹娘独独卖了她，银红就狠命地练功，一滴泪没流过。

　　翻、滚、腾、跃各种基础训练，小银红从不偷懒，徒手空翻，朝前翻，朝后翻，侧面翻，翻出几百米不歇一下，杂技班里竟是无人能及。

　　不知道这孩子哪里来的一股狠劲？师父看在眼里喜在心上。

　　他跟师娘说，我那几块大洋太划算了，得了个台柱子。

　　师娘说，以后也可以给咱金宝做媳妇呢。

　　师父笑笑，教得更带劲了。

　　杂技班一日三餐，管饱，比家里强。银红的身体迅速生长，火柴棒长成了杨柳枝，细长青绿，柔软水灵，那小小的脸蛋也如花朵般一日一日地绽放。

　　晨钟暮鼓，山崖密林，常见师徒两个蹦跳、腾挪，飞身上树，于枝叶间穿梭，如猕猴般敏捷，攀岩爬坡，如岩羊般自如。

　　银红竟渐渐忘记了自己的身世，流露出性格里天真烂漫的一面。

　　她仗着自己身轻如燕，常学蝙蝠倒挂于屋檐、树木之上，偷袭她的师兄弟。大白天里他们戴在头上的帽子忽然不翼而飞。月夜出行，山间青树翠蔓密林幽深，酥泥雨如影随形。四处又瞧不见人影，魑魅魍魉，猝不及防的他们常常被吓得毛骨悚然。看到被捉弄者面如土色，她才哈哈大笑着跳出来再逃开。

　　有人状告到师父那里，师父也只是笑着训斥几句，并未真的责罚她。

　　不知从什么时候开始，好吃的金宝有一份，必定也有她的一份。

　　金宝比她小一岁，天生顽劣，不爱读书，也不爱练功，成天游手好闲，不大一点就出去逛窑子，抽大烟。被师父捆起来毒打，也没有用。

银红却越发出落得如花似玉，能唱会跳。她不仅掌握了师父教给的全部套路，还喜欢创新，杂技里融入了舞蹈，出场时踩着锣鼓的节奏，扭着柔软的腰肢，一步三摇，如风吹草动。当锣鼓转为曼妙的音乐，她摇身一变，变成了一只花蝴蝶，展开美丽的翅膀，从一个人的肩头落到另一个人的肩头，翩跹起舞，再顺着别人手里的竹竿节节攀升，落到最高处，又在人们的惊呼中，踮起脚，旋转。这时候，扮成小丑的师父，颤巍巍地爬上竹竿，他手里举着一个大大的网，向着蝴蝶一罩，又一罩。只见她眼波流转，从容淡定、展翅，跃向另外的竹竿，竟如蜻蜓点水般，在竹竿间飞来飞去。整个过程姿态舒展，轻盈，协调，优美，随着阵阵喝彩和掌声，大小铜板也把杂技班的银盆砸得"噼里啪啦"。

然而，鲜花与掌声的背后往往隐藏着巨大风险。银红在一次表演中一脚踏空，差点送了命。那天，她正在高空表演金鸡独立。底下有个大爷，拍手叫好，并且拿了一整袋子的钱，往银盆里砸，她的脑海顿时闪过父亲当年从师父手里接过几块大洋时的惶恐，一时悲喜交集。按理说表演者如读书人一样，要做到凝神静气，不受外界任何干扰。谁想，一袋钱却砸得她眼底流光溢彩，心花怒放，竟然从顶上直接摔下来，幸亏师父眼明手快，从底下接了一把，再滚到地上时只是伤了脚。

养伤期间，师父一次也没来看她，倒背着手从窗前走过，也是脸色铁青。

伤好后，师父让人蒙住她的双眼……

扯下眼罩，只见一片明媚的阳光照耀着一个异常开阔的平台，各种金黄、深红、浅红的小花星星点点密布在石缝间，四周青松翠柏环绕，犹如天然的屏障。无疑，这是一个绝妙的练功之地，不等师父发话，她就快活地练习起孔雀摆尾，紧接着一个空翻接着一个空翻，直达一株艳丽的山茶花旁，正准备继续翻滚，赫然发现地下用红漆写了四个大字"小心台阶"。她慌忙又倒着往后翻，翻到师父这里停住。

师父领着她，到达"小心台阶"的地方，往下一看，顿时惊出一身冷汗。红花绿叶虚掩着的竟是万丈悬崖，云雾缭绕中偶有青鸟飞过，踢下一颗石头直直地坠落，无底的深渊，你听不到任何回响。

师父说，你第一次在我家的台阶前就摔了一跤，我当下就有些后悔。粗心、浮躁，走路不看路，这可是杂技演员的大忌啊。

又问，你知道我为什么不再和你搭班演对手戏了吗？

银红不敢抬头，师父的眼睛如日光灼灼，仿佛洞察了她的内心，令她惊惶、羞怯、腼腆。她当即满面羞红，跪倒在地。师父叹口气说，作为一个杂技演员，尤其是在表演的时候，要摒弃一切杂念，不为情分心，不为财分神，心无旁骛地潜心戏内。人生也一样，任何时候都要淡定，当心脚下的每一步路，走错一步，一脚踏空，定是万劫不复。

银红谨记师父教诲！望着师父渐渐远去的背影，银红第一次流下眼泪。

自此，银红仿佛变了一个人，无论是表演还是练功，都是全神贯注，身边任何的热闹都与她无关。他们到处巡演，在很大的范围内赢得了很响的名声。

可惜好景不长，病重的师娘把她叫到床前，指着一个描金的箱笼，说，这里是田契、房契、金银首饰等，是我们全部的家当，你若肯和金宝结婚，一切都是你的了。

银红愣了愣，还没来得及张口，师父在一旁发怒了，大吼一声，那畜生，如何配得上银红？

银红的眼泪当即流了下来。这是第二次。

当一切陷入半醒半睡的朦胧，银红踏着初冬的积雪，一步一个脚印，悄悄离开了。师父在她房间的桌上发现一个练字簿，从头到尾，反反复复只有四个字：小心台阶！

不久师娘去世。金宝不学无术，挥霍无度，染上梅毒死亡，杂技班解散了。

解放后，有人看见银红和她的师父都进了东方红杂技团，师徒俩经常在一起切磋技艺。

（原载《小说月刊》2016 年第 6 期）

归　来

韦如辉

　　大师练过功之后，来不及换掉一身飘逸的练功服，便头顶着汗水，脚踩着晨光，从梦蝶广场直接转到了熙熙攘攘的菜市场。

　　大师买了太多的好菜。大包小包里，有荤有素，搭配既科学又合理。

　　大师手提肩扛，与小区里的每一个人，笑脸相迎，目光不放过路边的一草一木。一条流浪狗，一开始夹着尾巴，胆怯地盯着大师。大师一脸的阳光明媚，流浪狗觉察出少有的温暖，又将尾巴翘起来。

　　有个热心的阿姨，也觉察到了大师那日的不同。离了老远，就大呼小叫，生怕关着门窗或者耳背的人们听不到。哟，大师，买这么多的菜，家里来客了？

　　大师四下瞅瞅，压低着额头，压抑着嗓音回答，老张回来了。

　　阿姨不明就里，一时木头一样立在那里。心想，老张，哪个老张？能让大师如此重视。她嘴里冒出一个似问非问的疑问，老张？

　　大师补充回答，我们家的，老张。

　　阿姨嘴张得很大，语气恢复了往日的热情。噢，他啊，回来了，真的回来了？

　　回来了。大师说，就一个人。大师的心情十分好，没问的问题，她也提前回答了。

　　阿姨头点得像鸡啄米，忙说，回来好，回来好。

　　老张离家出走十来年了。算起来，那时的老张，还不能完全称之为老张，三十多岁，顶多叫他大张。

　　大张出走的原因很简单，就是想逃离大师现在的这个家。不过，大张当时不是一个人的逃离，他选择了另一个伴侣，一个如花似玉的女人。

　　当然了，大师那时不能称之为大师。大师那时只是一个普通的人民教师，她每个星期有六节英语课的授业任务。除此之外，很闲，包括双休日，时间上充足得很，没法说。

很闲的日子，她都活在相夫教子的故事里。她先将儿子吃的穿的弄好，打发他去市里一所重点学校上学。尔后，把大张的衣服洗好烫平，一尘不染，有角有棱，十分光鲜地让他走动在大伙儿羡慕的眼神里。

可是，有一天，大张领着别的女人走了。这一天来得十分突然，大师极其明亮的眼睛，竟然没有任何前兆性的觉察。

这一走，就是十来年。十来年是个什么概念？有多少辛酸苦难伴随着大师？明白人都会知道，不用想象和计算都会明明白白。

大师开始痴迷气功，痴迷了十来年，持之以恒和勤学苦练让大师成为名副其实的大师。

大师再出去练功，大伙儿便问，老张呢？

大师回答，屋里待着呢。边说边回转身，往五楼的阳台上噘了噘嘴。大师的家在五楼，五楼阳台上空空荡荡的，只有风将晾晒的衣服弄得啪啪作响。

老张怎么不下楼？热心阿姨的问题往往直接而尖利。

大师弱弱地回答，不太方便。便不依不舍地练功去了。

一个阳光肆意的午后，老张终于下来了。让大伙儿诧异的是，老张是大师用轮椅推过来的。

大伙儿期盼着久违的老张，跟老邻居们热情地打着招呼，或者道一句你好也行。而老张没有，老张歪着头，一顶布帽子伸着长长的檐子，将自己的脸部遮盖得严严实实。

沉默了一会儿之后，有人对着轮椅上的一堆肉，喊一句老张啊。可是，老张没有任何反应，只回答几声微弱的鼾声。

大伙儿的脸上呈现更多的诧异，怎么了？老张他？

大师回答，脑溢血，留下半条命。大师眼睛里闪烁着泪光，有硬硬的东西堵在嗓子眼里。

本来，大伙儿还有许多的疑问。比如，老张怎么得的病？什么时候得的病？还比如，跟老张一起闯世界的那个女人呢？怎么没有见到她？再比如，那个女人跟老张还有关系吗？是老张甩了她还是她甩了老张？等等等等。可是，看到大师的悲伤，大伙儿怎么开得了口。

大师的悲伤，仿佛就是大伙儿的悲伤。大伙儿哀叹世道不公的同时，心里多一份对大师的钦佩。大师不愧为大师，非一般人也。

转眼两年过去了，老张恢复得不错，虽然自己不能独立行走，但是慢慢会说句完整的话了。

一个秋高气爽的夜里，大师五楼的窗户里，重重地摔下老张的一句话：滚！给我滚！大伙惊叹，是老张吗？使那么大的劲干吗？

夜空里，大师压抑的啜泣声飘飞过来，如一只受伤的蚊子。

年底，社区在小区推荐一名市里的五好家庭名额，大伙儿一致表决，给大师，此等荣誉，非她家莫属。

大师听说后，脸变成土色，忙说，不可不可，万万不可！

那天，大师练气功的基本动作都走了形。

（原载《小说月刊》2016 年第 1 期）

暖　墓

高　军

　　"等一等，等一等。"第一位烈士的遗骨就要在万松山南坡安葬的时候，罗舜初赶紧嘱咐说，"还有件事情需要办一下，所以等一等啊。"

　　祖洪忠是西边不远处的隋家店村农民，正在挖墓穴。在村里，罗舜初和他主动打过几次招呼，平常他也就是叫一声"罗政委"就走开去了。这时，他听话地双手拄着镢头把儿停下来了。

　　热风吹进山上的松树林，让人感到已经变得凉爽了许多。罗舜初神色凝重，慢慢抬眼看向正在山前缓缓流淌的汶河，清澈的河水在阳光的照射下呈现出一片片银色光斑，好像巨龙身上的鳞片一样。他收回眼光，缓缓吩咐身边人员说："到村子里去买些纸钱，我要为这些殉国的英雄暖墓。"

　　"暖墓？"身边人不明白，祖洪忠也把疑惑的目光转向了他。

　　罗舜初以低缓的语调说道："小时候在老家，我看到下葬时都要在每个挖好的墓穴中焚烧五张纸钱，说就是金、木、水、火、土五行俱全的意思，乡亲们都管这叫作暖墓。这次需要安葬的英雄们，来自四面八方，各地的风俗习惯可能也都不一样，我看咱们就一一为他们举行个暖墓仪式，让他们安居在这里，永远不感到寒冷。"

　　听到这里，祖洪忠心中一动，眼睛有些发热，他忍不住连声说道："这样好，这样好。"

　　有人提醒说："罗政委，咱们共产党人不是讲唯物嘛，这样……"

　　罗舜初点点头："是的，我们树立的是辩证唯物主义观点。"他向西北方向望了望。"在延安的时候我就亲耳聆听过毛泽东同志讲授的《辩证法唯物论》，特别是作为抗大第三期正式学员，我更是系统地学习了辩证唯物主义的世界观和方法论。但毛泽东同志讲要结合中国革命实际，实事求是，一切从实际出发，绝对不能教条主义。"他摆摆手，"呵呵，扯远了。暖墓是一种民俗，是一种丧葬文化，不能简单地和唯物不唯物扯在一起。就这样吧，赶紧去买纸钱吧。"

趁着一个战士去隋家店村买纸钱这一会儿的工夫，罗舜初和祖洪忠攀谈起来："老乡，咱们见过多次面，也没有好好拉呱拉呱。"

祖洪忠笑笑："罗政委你们那么忙，光忙着打鬼子去了，我哪里敢耽误你的工夫啊。"

"是啊，我来山东四年了，和日本鬼子还就是没有住下地打仗。"罗舜初转开话题，"咱哥儿俩论计论计吧，我今年二十九岁了，老乡你多大了？"

祖洪忠说："我虚岁三十一了。"

罗舜初赶紧说道："哦，论虚岁，我三十，那你是我的老哥啊。"

他们就这样越说越近乎，祖洪忠心里说罗政委和普通人一样，根本不像个官啊。

纸钱买来后，罗舜初先接过来，轻轻放在地上，用真钱在纸面上压了一遍，然后用左手在前向右，右手在后向左，开始慢慢划动纸片。黄色的纸片转动着散开来，他把五张作为一份轻轻折叠一下，放到一边。然后再认真地划动一下地上摞在一起的纸张，再把五张折叠成一份。一直到一刀纸全部折叠完毕，他才站起来，舒展了一下腰身。

安葬仪式开始了，罗舜初拿着一沓叠好的烧纸跳进了墓穴。祖洪忠赶紧掏出火石和火镰，也跳下来，嚓的一声打出火星，并慢慢吹出了火焰。纸钱燃烧起来，轻轻翻转着，由黄变黑，由黑变白。暖墓结束，烈士的遗骸被认真掩埋了下去。

两年后，罗舜初奔赴东北战场，离开了工作战斗六年多的沂蒙山区。祖洪忠一直在隋家店村务农，心中总忘不了他和罗政委在万松山的那次亲密拉呱，他不断念叨罗政委的踪迹，叙说着罗政委在海军、在北京、在沈阳的情况。

罗舜初对沂蒙山区也有深厚的感情，1981 年他在沈阳病逝前，嘱咐家人和身边人员，要把自己的骨灰撒在万松山上。

这年，祖洪忠年近七十，也已经老态龙钟了。他听说罗政委要回万松山了，一早就拄着拐杖来到了山上。有关人员和当地领导都到场了，仪式就要举行的时候，他颤巍巍地走上前去："等一等，等一等。还有件事情需要为罗政委办一下，所以等一等啊。"人们一愣神的工夫，他已经从随身带来的一个布袋子里小心翼翼地拿出了一沓折叠整齐的五张烧纸，"这样说来，罗政委也不埋坟头了，但我也还是要为他暖墓。"这时候，他已经用上打火机了，只见他用大拇指按转了一下，嚓的一声火焰跳动了出来，他慢慢拿起烧纸，靠近了火焰。

周围的人们什么也没有说，但眼睛都有些湿润起来，不由自主地把目光转向了山前那不停流淌的汶河水。

（原载《小小说大世界》2016 年第 7 期）

大 药 方

东 瑞

那时候，"文革"进入第四年，我对美妹的追求满两年，进入第三年。我们的大学毕业分配因局势推迟了一年，整个中文系男生宿舍乱糟糟的，大字报铺天盖地，铺得连床上都是。每一次，我都很快抄完一份，就打开抽屉，掏出美妹的短信沉醉着，埋头奋笔回信。睡床对着我睡床的盛辉总是同情地望着我。

她还没答应啊？我给你算了一下，你追她已经两年又三个月了。盛辉摇摇头道，我们班同学都是三个礼拜恋爱成功，第三个月就跑到外地偷偷结婚的！

唉，美妹模棱两可的态度最折磨我，我说。

你一周两次写信给她，写得那么多，两年了，她应该答应你了呀。她那张令你神魂颠倒的照片再给我看看。

我从抽屉取出她两年前从广州寄来的照片。黑白照片中的她，倚在一个阳台栏杆边，拉着手风琴。盛辉端详良久，说难怪难怪！两边脸颊有酒窝，而且旋进去那么深，你跌下去当然就爬不起来了，昨晚我就梦见我们同学聚餐，你带着她来介绍给大家，大家都用酒杯喝酒，唯独你把酒倒在她脸颊上的酒窝，你就抱着她……

啊，盛辉，你越说越不高级了！

什么不高级了！你不想？我就不信啊。盛辉说完，尖着嘴，动了动，做出舔酒陶醉的样子……我还梦见大家都走了，你还在那里陶醉，美妹挣扎着满脸通红……哈哈哈。

我没有，没有，她都没答应跟我，我哪敢？我强辩道。

唉，盛辉摇摇头叹息，看来班上数你最蠢，人家就地娶了，像搭配扑克那么容易，就是你好像在打仗，一直攻不下她。要不要我写封信给她。

不、不、不，千万不要。你插手，我怕她不高兴，反而弄巧成拙。

现在别看大家穿同样的衣服，毕竟人心都是肉长的。很多人都生米煮成了熟饭，你接触了美妹几次，就没想过用强的来。

啊，辉，我拼命摇摇头，不行不行的，她虽然小我五岁，在我面前是我最爱的也最尊贵的女神。

我把信写好，装进信封，这时，辉要求看，信很短，没什么，我给他看。他摇摇头说，一点都不动人，怎能打动她的芳心？我说"文革"那么乱，她刚刚回国来，苦恼于前途茫茫，我不关心她读书、工作和落户的事，她有心和我谈情说爱吗？

盛辉平素喜欢唐诗宋词，经常在课余钻进故纸堆里，大家视他为走白专道路的落后分子，唯独他与我感情甚笃，关心我追求美妹的事。前年我到广州接从国外回来的美妹，回来诉说她的情况，他就鼓励我"肥水不流外人田，你要努力争取啊"，我不敢有那念头。人家刚刚回来，会把她吓坏了。一直到她寄那张拉琴照片，我才动了心，一如被扇的火，很快就狂热起来。

盛辉每个月都会发一封信给农村的老妈，清晨，他顺便把我给美妹的信一起投邮，还告诉我这是我编号第299号的信了。我不知怎样感激他，我和美妹那些情事被他当他自己的事情。

我平均三天写一封信，美妹本来半个月才回一封，最近老劝我说世界上一定有比她更好的，祝福我快快找到女朋友。这些话我不爱听，最惨的是在这最想念她的时候，快一个月了，她竟音信全无。

我日盼夜盼，终于病倒了。浑身乏力，昏昏沉沉，躺了一个多星期。三餐饭都是盛辉帮我在食堂打回来的。枕头边放着美妹拉琴的照片和几封写得较有感情的信。睡梦中依稀听到盛辉在叹息，你这哪里是什么病，你是害相思！要服药的。

不知哪一天中午，我看到一位打着两条小辫子的、双颊旋着好深酒窝、白衣灰裙的女孩笑盈盈地坐在我床边，半嗔半温柔地说，你这样折磨自己，叫我怎样答应你？

没错，是美妹，我还以为是在梦中。一时精神大振起来。她身后站着盛辉，原来是盛辉从车站接她从广州来的。刚刚到。

美妹抓住我左手腕，我看看，伤口呢？

哪来的伤？

盛辉说你为了我割腕自杀！

（原载《文创达人志》3月）

日子里的那点意思

袁省梅

壳子到武六家去要钱，武六借他五百块钱已经好长时间了。

壳子坐在武六家里，等着武六提说"钱"。壳子心说武六但凡提说钱的事，比如什么东西多少钱，比如赶集时花了多少钱，比如麦子又涨了几分……他就能像捏住线头般，轻轻地扯拽到武六借钱还钱的事上去。壳子紧张得脸上一忽儿白一忽儿红，编好的话一跳一跳都到了嗓子眼儿了，可武六偏偏不提说钱。

壳子在武六家坐了半晚上，武六都没有提说一件有关钱的事。或许武六提了，壳子没听出来。壳子让武六的"咸淡话"把魂给扯跑了。这是壳子回家后，媳妇骂壳子的。

壳子半夜了才回到家。壳子从没有半晚上的不着家。壳子在地里圈了猪圈，养着三十八头猪，把家也搬到了地里。壳子很少回村里。回去干啥呢？忙，当然是一个原因。就是村里有事回去了，壳子也是站在人堆的后面，默默地立一会儿，或是跟着旁人嘿嘿地笑几声。壳子无论站在哪儿，都是一个让人觉得可有可无的人。要不是武六借了钱媳妇叫他去要，他可能一辈子也不会去武六家的。可是，这个晚上，壳子从武六家回来后，就想着明个夜里还要去。

媳妇迷迷糊糊地叫壳子把要的钱压她枕头下，说是明个赶集给她爸买寿礼。壳子没理会媳妇的话，兀自先将一双冷手钻进媳妇的被窝，拍着媳妇的屁股问媳妇知道刘邦项羽不？知道四面楚歌虞姬乌骓马不？媳妇倏地把一双眼就瞪成了探照灯一般，在壳子的脸上扫来扫去，问壳子钱呢？壳子却不接媳妇的话，还在刘邦项羽楚霸王说个不停。媳妇忽地坐起，噗地就将一口臭唾沫吐到壳子的脸上，也不管半夜，指着壳子就骂开了。

壳子不生气。媳妇骂他虽是家常便饭，可今天晚上壳子不舍得让媳妇的脏话碰一下心里的高兴。他抹了把脸，嘿嘿笑着说，不就欠你点钱吗？急啥？壳子还想给媳妇讲说刘邦项羽什么的，这些都是听武六讲的。壳子没想到武六光景过得不咋样，肚子里倒有不少的货，古时候、眼眉下，中国的、外国的，张嘴就能云来云去说个道道。壳子看媳妇没心思听他讲，心里叹息着人和人的差别时，就给媳妇保证明天一定把钱要回来。

第二天晚上壳子没等媳妇催撺，撂下筷子就要出去。媳妇在背后硬撅撅地喊他，叫他别净听武六扯闲淡话，好歹把钱要回来要给她爸买寿礼。

壳子哼也没哼一声，脚步搅得风快，还没进武六家，就听见武六家的电视上体育比赛的声音。

壳子刚闪进门，武六就指着电视说，你瞅你瞅，臭啊。你说，他带个球也带不了，还能干了啥？壳子从没看过足球比赛，家里的电视是儿子女儿的。人家看什么，他就跟着扫上两眼，也看不出意思来，圪蹴在炕头，吃上几根烟，就裹着一身的乏累睡去了。明天还有一堆的活儿哩。壳子的日子一年跟一天一个样，十年跟一年一个样。壳子觉得自己就像地里的庄稼圈里的猪一样，见日头就长才是本分。壳子没想到人除了挣个好吃穿，还该趸摸些有意思的事情做做。

壳子觉得武六是个有意思的人。虽然武六家的电视是巷里最小的最旧的，武六家的房子还是三十年前的土坯房，可壳子觉得武六的日子过得比谁都有意思。

壳子坐在武六家的炕头，和武六看了半晚上的足球，越位啦点球啦，在武六三番五次的讲解下，壳子还是迷迷糊糊，可壳子的心里咂摸出了一点意思。壳子为自己心里的那点意思欢喜得早忘了来武六家的意图了，只在脚搭在自家门槛上时，才忽地想起媳妇的话来，缩手缩脚地上炕睡觉，不敢惹出半点声响惊动了媳妇。

壳子和媳妇的架是早上起来打的。

一大早的，壳子正在拌猪食，媳妇指着壳子跳脚骂了起来。壳子本不想打媳妇。结婚十多年了，壳子没动过媳妇一下。家里的事都是媳妇说了算。可壳子突然觉得媳妇原来这么不讲理，吼骂声也是这样难听，壳子的脸一阵赶着一阵地黑紫。媳妇却不管壳子脸色的难看，跟平常一样自顾斥骂壳子的窝囊。啪的一声，媳妇还没反应过来，壳子的一个手就裹到了媳妇的脸上。壳子圆瞪着眼睛，叫媳妇再骂，说你敢再骂我就打烂你的头。

壳子准备出去找人借钱给媳妇时，武六送来了钱。壳子心说完了，没个由头咋好意思再去人家家呢？就耷拉个脸不想接钱。武六转身要走时喊壳子晚上闲了来家坐。壳子一听，高兴得差点蹦跳了起来。路上武六的影子都看不见了，壳子还在门口站着。壳子觉得武六才活得叫个活，说人活着不就是活那点意思吗？什么意思呢？壳子也说不清，可壳子的心里却充满了澄明和快乐。

（原载《南方农村报》1 月 2 日）

姻　缘

马宝山

潘隽在小镇学堂里教书。潘先生学问好，性格也好，这就受孩子们的爱戴，也得到家长们的尊敬。潘隽长得标致，斯斯文文的，他从小镇街上走过，身后是一串年轻女子爱慕的目光。

潘隽却是个穷小子，自小没有了父母，由叔叔婶子带大的，潘隽好学，成绩又好，教他的先生都免收他的学费。寒窗苦读十多年，做了小镇学堂里的教书先生。

潘先生结婚晚了些，却娶了镇里最漂亮的女子，女人叫秀玉。在潘先生休假的日子，人们每每看见小两口子在商铺、菜市出双入对的影子就艳羡得不行。特别是那些年轻媳妇又嫉妒又羡慕，个个怨言自家没嫁个像潘隽这样的好男人。

学问好的潘先生后来就调到县城一所新式学校教书。县城距离小镇八十里，潘先生的心全系在学生身上，回家的次数越来越少，有时候两个月也不回家一次。媳妇正在年轻，空房难守，被镇里一个油头粉面的浪荡子弟勾引了去，明来暗往了一些日子。街坊邻里就有了风声，在碾坊，在井边，在树下那些往日艳羡玉秀的女子挤眉弄眼，戳她脊梁骨。闲言碎语，潘隽倒也听说了些，却不怎么信，也就不露声色。返回学校依旧一心一意教书育人。可是镇里的闲言碎语毕竟牵涉到家庭和声誉，每每夜深人静，潘先生还是要想一想的。这样想得多了，心事也就重了。这天潘先生悄悄回到镇里，掌灯时分到了自家门口。他潜藏在院门不远处的柴垛后面，想看个究竟。果然工夫不大，那个浪荡公子东张西望走进自家院子。

潘隽怒火万丈，真想冲进屋子暴打一顿，痛骂一通，可是接下去的事该怎么办呢？读书人想得多。这一想就冷静下来了，也有了处理这桩龌龊家丑的办法。

大约半个多时辰，屋子里灯亮了，只见那个浪荡公子走出院子，消失在昏暗的街巷里。

心里淡定的潘先生拍门进屋，媳妇在整装掠鬓，脸上淡淡的。

"回来了？"

"回来了。"

"咋不捎个话来？"

潘先生笑了一下，媳妇觉得丈夫的笑有点怪，心里就有点乱，问："吃、吃什么？"

男人依然不动声色："先给我炒一盘鸡蛋，炸一碟花生米，再烫二两酒。"

媳妇问："你一向不沾酒的，今天怎么……"

潘先生说："今天就想喝酒，你也喝。"

媳妇就下厨房忙乎，一会儿酒菜就端到桌子上。

潘先生斟了满满两杯酒，一杯是自己的，一杯摆到媳妇面前，说："你还记得吗？当年娶你时，你爹要的彩礼我叔父连一半都拿不出。后来是你，先是劝，后是闹，硬是让你爹松了口，我才用很少的彩礼把你娶过来。我谢你，咱们喝这一杯。"

媳妇一笑，心里不安。

潘先生给媳妇又满一酒杯："那年，我发了薪水，想着给你置办一身过年的衣服，可是你知道我叔父要过六十大寿，你用买衣服的钱买了一份厚礼送给老人，我谢你，咱们再喝这一杯。"

媳妇又一笑，心里忐忑。

潘先生再一次拿起酒壶，被媳妇拦住，问："先生怎么这样生分？"

"缘有来时，也就有去时，咱们缘分尽了。"潘先生自饮一杯说，"这些话不能再留在心里了。"

"隽，什么意思？"

潘先生就把今天傍晚回来，躲在柴垛后面的事说了，问："你们往来有半年多了吧？"

媳妇扑通跪下："我错了，你打我吧！"

"你是我的恩人，我怎么打你呢？"

"那就骂几句吧。"

"一日夫妻百日恩，我怎能骂得出口啊？"

"那，你要怎么呢？"

"缘分没了，就各走各的路吧。"潘先生说过就站起来，要走。媳妇就抱住他的大腿，哭着不让走。潘先生扯过大腿夺门而去。

潘先生走了，玉秀哭了一天又一天，追悔莫及。潘先生是多么好的一个人啊，放在别人家女人，不打个半死也得脱一层皮，可潘先生既没有打她，又没有骂她，还说了那么多感激她的话。这样好的男人天下能有几个呢？

玉秀痛改前非，规规矩矩做人，她等着潘先生回来。

潘先生离异的事情，慢慢就传开了，都说潘先生是个宽宏大量，有胸怀的人。有人开始为他保媒找女人，初始他一概推脱，后来也见过几个女人，一比，都不如玉秀也都推掉了。

这样过了两年，不知怎么潘先生越来越思念玉秀，也听说玉秀也在苦苦等他回来。潘先生一直没有勇气回去，却常常想，人非圣贤，孰能无过，有过错就得终身戴枷锁吗？这样想着，潘先生就想回去，终是难迈出这一步。时间又过了一年，潘先生终于鼓起勇气回去找玉秀，却听人说，玉秀去尼姑庵出家了。潘先生将信将疑跑到山南尼姑庵，果然见玉秀闭目诵经。潘先生近前小声叫了一声：玉秀。玉秀睁开眼睛看了一眼潘先生，身子一颤，又慢慢闭住双眼，接着诵经。

潘先生看见玉秀眼里滚出两行清泪，在脸颊上慢慢流淌。

一向高洁的潘先生，此刻反省自己，觉得自己是个薄情寡义沽名钓誉的人。

（原载《大观》2016 年第 12 期）

命　运

王　溱

作为作者，我得先声明一下，这是一篇小小说，毫无疑问。

在这篇小小说里，我打算讲一个故事。

故事的主人公叫大炳，是个写小小说的，此刻他正摆出一副迂腐老先生的姿态训导我：故事怎么能叫小小说呢？

有点尴尬，理论上讲确实不算。为了能顺利写完这篇小小说，我只好先把他压着，让第二主角先上场。

第二主角叫二炳，别误会，他不是大炳的弟弟，他只是大炳笔下的一个人物。这可是个厉害角色，坐山称王，手下喽喽无数。大炳小时候全家迁移时吃过山贼的亏，于是他的小小说里，总会有个山贼角色，到最后不是跳崖就是吃枪子，总之就是不给活路。二柄最后的命运大抵也如此，因此二炳最大的愿望，便是把大炳干掉，免得命运掌握在别人手中。他在等，等大炳把自己也写进作品里，他就可以让埋伏好的小喽喽一拥而上，控制住大炳。

可是大炳虽生性懦弱，做事却很谨慎，他写小小说的时候，用得最多的词便是"假如"，让二炳分不清到底这事会发生的概率是多少。没法预测，便没法排兵布阵。

百密总有一疏。这天大炳多喝了几杯，文思如泉涌，洋洋洒洒写了好几段，忽然转用了第一人称，把自己塑造成一个单枪匹马闯江湖的侠客，佩着宝剑，武功盖世。

二炳冷笑，不怕你武功盖世，就怕你不入人世。机会千载难逢，二炳果断地排兵布阵设下埋伏，就等大炳走到自己地头时，来个请君入瓮。

酒醒后的大炳，看着自己写的文字，吓了一跳，都说酒后吐真言，原来自己潜意识里是那么想当英雄啊！想想自己这辈子，空有满肚子文采，却只能用来教工头的儿子写作文，现在好不容易发表出几块豆腐块文字，被评为工地之星，也只能换来工头的几句赞赏，过后，该背几趟砖还是背几趟砖。大炳把空瓶子一摔，妈的，既然写了，就痛痛快快当回英雄！

当英雄就得打反派呀，谁是反派？自然就是山贼二炳了。仗着笔在自己手中，秃顶矮个儿的大炳，愣是把自己写成英俊潇洒风流倜傥的大侠，一路进山，先把几个不识好歹的小喽喽教训一顿，再拿几个小头目练练剑，却迟迟不让二炳出场。倒不是怕二炳，按照传统戏路，为了衬托主角的能耐，最大的反派必须是个厉害角色，不能直接正面交锋，得先周旋一番，眼看就要被反派得逞的最后关头，忽然反败为胜。一句话，反派越强，这英雄就越能耐。

思前想后，大炳决定这么描写二炳："这二炳虎背熊腰，满脸络腮胡，眼小鼻大，一对流星锤舞得遮天蔽日，他有个压寨夫人柳眉杏嘴，纤纤细腰。"简单来说就是：武功好，人丑，还有个严重不匹配的夫人。英雄救美的戏码，这就算埋了伏笔了。

二炳看到这样的描写，气得吹胡子瞪眼，好你个大炳，还打起我夫人的主意了！为保险起见，二炳在排兵布阵之外，又加设了几道机关，可谓是天罗地网。

话说大炳一路"行侠仗义"，终于来到了二炳所在的山头。大炳数数字数，也铺垫差不多了，于是决定让二炳出场。大炳写道："二炳舞动双锤，一声长号，只见飞沙走石，地动山摇，一山小喽喽呼声震天。这场面确实无比凶险，大炳冷冷一笑，手握剑把轻轻一甩，还没看清剑是如何出鞘，东边一排喽喽倒地哀号，大炳转身一挥，西边一排小喽喽又纷纷倒地。二炳见状，亲自跳出来迎战，只见那流星锤呼呼作响，一锤砸在地上，地面立刻凹进一个大坑。大炳就势躲闪，一下又一下躲过大锤，渐渐有些力不从心，边上的小喽喽又拥上来呐喊助威，形势十分危急。"二炳心里那个得意呀，任你再怎么厉害，单枪匹马又怎敌我人多势众！看来马上就可以解决你了！

大炳再数数字数，这场面够大，也该进入高潮了，于是笔锋一转，又忽然如有神助："大炳在躲避大锤时，暗暗观察着二炳的招式，瞅准弱点，宝剑一出击，直接就挑了二炳手筋，二炳哀叫一声，大锤轰然落地。小喽喽们见状，纷纷逃命。大炳轻轻吹去剑上的灰，头也不回地走进二炳的洞府，牵出了娇滴滴夫人。夫人一脸娇羞地盯着俊俏的大炳，长袖开始舞动，拉着大炳跳起舞来。"

反派已倒，又抱得美人归，大炳心满意足地收笔了，满脑子还享受着与美人共舞的愉悦。谁知舞着舞着，那娇滴滴的夫人忽然猛地一推，大炳就掉入二炳预先设置的陷阱中了，一排利箭射出，大炳当即成了箭靶。美人一改刚才娇滴滴之态，双手叉腰道：呸！老娘爱嫁谁嫁谁，你管我们匹配不匹配！迂腐！

大炳在小说里这么一死，倒把自己这篇小小说推上大刊了。你看呀，原本庸俗无比的剧情，忽然就有那么点意思了，命运再怎么板上钉钉，还是有意外不是？

好了，故事讲完了，我的小小说也写完了，我得赶紧拿去发表，拿了稿费请工头喝酒，兴许工头一高兴就不反对他闺女跟我在一块儿了。

（原载《大观》2016 年第 10 期）

圈养在心中的狼

游　睿

男人惧怕一匹狼，是儿子出生以后的事情。

男人是山里最优秀的猎人。他有一把祖传的猎刀，那刀锋芒毕露，削铁如泥。有刀在手，男人握住的就是满满的自信。别说狼，就算老虎也不怕。

男人曾经被四大一小五匹狼团团围住过。男人拔出猎刀唰唰一阵挥舞，四匹大狼瞬间就被砍成数段。剩下那匹小狼睁着黑豆般的眼睛连连后退，男人犹豫了一下，仍一刀挥了过去。小狼哀号一声跑开，只留下了一只灰色的狼耳朵。

看着小狼边回头边跑远，男人有些后悔，他知道狼的报复心极强，它迟早会找他报仇。

儿子出生之后，男人就放下了猎刀。儿子很瘦，半眯着眼睛像只孱弱的猫。男人抱着他，心都快融化了。男人想，如果儿子看到一个残忍血腥的爸爸，会是什么后果？男人暗地里发誓，一定要做个好父亲，让儿子健健康康地成长。于是男人用麻布将猎刀缠住，挂在了墙角。

但男人总会想起那匹独耳狼，担心它随时可能出现。伤害他也就算了，万一伤害到了儿子怎么办？所以男人从不让儿子离开他的视线。

儿子渐渐长大，那匹狼一直没出现过。可越是这样，男人越担心。男人知道它一直在，作为一匹狼，它终究会来复仇。

不想，儿子却喜欢上了一只羊。

儿子五岁的时候，男人在石头缝里发现了一只刚出生的小山羊。这种小羊，以前无一例外地都变成了他口中喷香的烤乳羊。儿子却对这个湿漉漉的小家伙爱不释手。

"它多可怜啊。"儿子说，"爸爸，我能把它养大吗？"

看着儿子清澈的大眼睛，男人点了点头。

男人花了小半天工夫搭出一个羊圈，再把小山羊放在里面。男人从外面割回一些草，一根一根地喂到羊的嘴里。儿子用小手抚摸羊的毛，小山羊就把身子往儿子身边靠。儿子开心极了，拍着手说："它和我交朋友了。"男人就笑了。

儿子渐渐成长，小山羊也渐渐变成大山羊。儿子经常翻进羊圈和羊一起玩儿，还骑在羊身上。男人发现不光是儿子，就连自己也和这只山羊有了感情。每次男人走近羊圈，山羊都会咩咩地叫几声，还会把头撒娇般往他身上靠。男人甚至觉得，这只山羊和儿子一样，看着就特别温暖。

只是一想到不知何时可能有一匹狼会出现，男人的心顿时就冷却了。因为羊的存在，狼可能更容易出现，这是狼的本性。何况，它还要复仇。

山羊在圈里越长越肥硕。男人的儿子也上了学。

男人希望儿子成绩能好点儿，将来能走出大山。但男人很快就发现，事与愿违，儿子的成绩十分不好。每天放学回家，儿子第一件事情就是去喂山羊，把作业丢在了一边。

男人牵儿子回屋，手把手辅导他，可儿子却总是心不在焉。男人咬咬牙，耐心地哄他，诱导他，鼓励他。可男人一转身，儿子就溜到了羊圈边。男人再拉，儿子却挣扎不已。儿子哭着说："我不要读书，我长大了就放羊。"男人强拉不动，忽然抡起手，给了儿子一个耳光。这是男人第一次打儿子。

儿子捂住脸哇哇大哭，男人后悔不已。他感到自己的心在淌血，他比儿子更难受。

男人走出门打算透口气，没走出几步，猛然看到了一个熟悉的影子，一匹一只耳朵的狼，正怒视着男人。

男人瞬间惊呆，果然，该来的，总会来。男人迅速转身，回家取出猎刀。再出来时，狼不知去向。男人感到恐惧，攥紧了猎刀想，这刀恐怕再也不能离手了。

这天下午，男人回家的时候，儿子依旧在羊圈边喂羊。

"作业做了吗？"男人问。

儿子摇摇头。

"为什么不做？"男人又问。

儿子依旧摇摇头。

男人看了看那只山羊，此刻它正温顺地靠着儿子。男人却突然发现，这只羊实在太肥硕了，一点儿也不好看。以前儿子可以和它玩，可现在影响学习，还能继续玩吗？

"你不做作业，我就杀了它！"男人说。

"你敢！"儿子猛然站起，"你杀了羊，我就再也不读书了。"

男人实在没忍住，给了儿子一记耳光："读，还是不读？"

"不读！"儿子大哭着说，"打死也不读！"

"我让你不读！"男人跳进羊圈，抽出随身紧握的猎刀，没有任何前奏，没有丝毫犹豫，动作娴熟而流利，一道白光闪过，喷薄而出的羊血溅了他一身。

哭声戛然而止，只见儿子睁大眼睛，脸色惨白。他意识到了什么，连忙扔掉猎刀伸手去搂他，儿子却哇的一声大叫，撒腿就跑。

"站住！"男人呵斥道，立刻起身去追。跑出数米，却见儿子竟然连滚带爬地往回跑。

男人一把抓住儿子的衣领。

就在此刻，男人才惊恐地发现，儿子的前方，正伏着一匹只有一只耳朵的狼，狼龇着牙，眼里一片血红。

（原载《小小说选刊》2016 年第 1 期）

八　爷

欧阳明

郑直梦见自己被杀了。在脑袋飞离，鲜血喷涌的那一刹那，他听见杀人者恶狠狠地吐出一句话：八爷你也敢得罪，活该！

醒来后，郑直觉得脖子有点痛，用手摸了摸，没任何伤痕，又对着镜子仔细查看，也不见红肿。

八爷？谁是八爷？郑直在脑海里搜索了半天，也毫无眉目。从出生到现在，他从来就没听说个什么八爷。

梦能当真么？郑直不禁自嘲一笑。

郑直想不起什么八爷，却分明记得杀人者的脸。那脸堆满横肉，是曾屠夫的。

曾屠夫是个文盲，以前除了杀猪卖肉，什么都不会。后来，不知何故，竟蜕变成了本地房地产大亨。

杀人都有动机，我和他从来就没交往，无冤无仇，怎么会杀我呢？郑直不解。过了一会儿，他又想起了以前的一次梦，那梦也与曾屠夫有关。

曾屠夫赤裸着肥胖的上身，穿一条内裤，叼一支又长又大的雪茄，坐在一张黄金打造的椅子上。面前宽大的桌案上，摆着一把雪亮的杀猪刀，身后，左右一边一个年轻女子，袒胸露乳，不停地为他捏肩。他手里拽着两根绳子，像在赶马车。可绳子的另一端，系的却不是马，是两个赤身裸体的女子。郑直记得她们的脸，是两个明星。曾屠夫丢出一把钱，对她们一吐烟雾，她们便汪汪地学狗叫，还不停地往外吐舌头。

什么乱七八糟的啊！郑直觉得脑袋有些涨痛，断定自己是没休息好才有此噩梦。第二天，便早早上床休息，尽量不让脑子去想事情。可噩梦依旧。他又梦见曾屠夫杀人了。杀的还不止一个，是三个房地产开发商。三个开发商因为资金压力，变相降价销售房屋。他们被五花大绑，捆在木桩上，曾屠夫手起刀落，眨眼间就身首异处了。三人被杀后，满山遍野的房屋，突然砰砰砰砰发生爆炸，像是节日里的爆竹。斩首时，曾屠夫也说了那句话：八爷也敢得罪，活该！

怎么又是八爷！难道这个人真的存在？郑直有些迷糊了。

郑直的噩梦还在继续，曾屠夫还在杀人，他仿佛就是八爷的一把刀，想杀谁就杀谁，肆无忌惮。这次杀的是个官员，在大街上。听曾屠夫透露，那官员坏了八爷的好事。官员被杀的时候，围观者众，还有几个警察，谁都没出面制止，反而欢呼雀跃。官员脸很模糊，像谁又不像是谁。郑直没看清。至于他得罪了八爷什么，郑直也不得而知。

怎么老是做这样恐怖的梦呢？难道是最近压力太大了造成的？

郑直的压力来自领导。最近政府启动了一项三个亿的广场修建工程。财政连工资都拨不出了，为什么还要修广场？领导说是为了提升城市形象，改善群众生活质量。领导私下对他说了，必须要什么样的公司来承建。郑直知道那样做违反规定，领导又只是口头安排，一旦查出了问题，挨整的肯定是自己。但领导安排了不那样去做，自己肯定也要倒霉。他觉得自己陷入了绝境，又不敢找人商量，所以一直焦虑不安。

为睡好觉，郑直去买了些安神药。药效不错，一倒床就睡着了，再无噩梦缠绕。

有一天，郑直竟在上班途中撞上了曾屠夫，但感觉却是曾屠夫有意撞上的他。曾屠夫手里没刀，还一脸讨好的微笑，对他说，我们公司准备来建广场，请多多关照，到时，我们知道感谢你的。他应付性地回答说，我们依法办事，欢迎来竞争，感谢就免了。说完，就快步离开了。

郑直彻底明白领导的意图了，心里更加不安，又开始失眠，吃了药也不管用。他梦见曾屠夫威胁他说，你最好照办，不要让八爷生气，否则——

郑直不相信有什么八爷。八爷不过是自己潜意识给压力找的一个替代词，不是人，也根本不存在。可现在，又梦见曾屠夫说八爷，他有些怀疑自己的判断了。难道真有个什么可以一手遮天的八爷存在？

去向领导汇报广场工程前期工作的那天早晨，郑直突然接到一个匿名电话，叫他要怎么怎么说。这是八爷的意思，你一定要想清楚，否则——电话到此突然挂断了。

什么八爷，少拿一个子虚乌有的东西来吓我！郑直被激怒了，决定按照依法制订的方案汇报。

不料领导的一句话，却叫郑直吓得冷汗直冒。那句话是他举手准备敲领导办公室的门时听到的。

放心吧，八爷，你说怎么办就怎么办，我一定不会让您老失望的！我那事还望您老多多关照。

　　郑直闻言，手突然定格在空中，包括身子也定格了，像一个突然断电的机器人。

（原载《小说林》2016 年第 4 期）

您好，很高兴认识您

孙艳梅

李蕾一看见我就哭了。她在出租屋里把自己灌得大醉，一瓶五年陈的沂河桥歪倒在脚边。李蕾靠在我肩膀上哭得梨花带雨，姓侯的是个大浑蛋，大浑蛋！

我用尽吃奶的力气把她架到床上，帮她脱鞋，盖被。灯光下，美人儿李蕾的眼角竟然有了两道深深的鱼尾纹，让我不由得感叹岁月之无情，容颜之易老。

美人儿李蕾曾是我大学室友。美人儿自然是无比畅销的，经常有男生站宿舍楼下大声唱情歌，也有男生约她出去喝酒。每次李蕾喝醉了，就差人打电话，让我扶她回寝室。李蕾醉眼迷离地对我说，每一次都是你在伸手帮我，我不会忘记你的，等着，我李蕾发达了一定好好报答你。我搀扶着她摇摇晃晃地一级一级爬楼梯，我说，好的好的。

大学生活比想象中短暂，我在搀扶李蕾四年后，我俩就毕业了。毕业之后的我按部就班地恋爱，结婚。李蕾则走马灯似的换男友，走马灯似的换工作，走马灯似的换电话。连我结婚的时候，想邀她参加我的婚礼，都找不到她的行踪。

可李蕾有一天忽然不请自来，她倚着门框笑嘻嘻地说，梅你就像收留流浪狗一样收留我吧。话软到这个份儿上，我就不好意思拒绝了，何况，怎么好意思拒绝？我边帮她把掉了一个轱辘的行李箱往屋子里拖，边问，干吗辞职呢？李蕾说，又累又不赚钱，干够了。

李蕾就在我家的客房住下了。白天出去寻找又不累又赚钱的工作，晚上就穿着裤衩小背心跟我一块儿窝在沙发里看电视，她的大胸像洛阳的牡丹一样招摇，惹得我不得不经常恶狠狠地警告老尤非礼勿视。

终于盼到李蕾提着她的行李箱离开我家。李蕾在找好工作的路上，没找到好工作，却找到一个好男人，好男人给她租一套三室一厅的房子。

这回李蕾的电话号码不再更换，她过一段时间就跟我煲电话粥，她说她要和她的好男人侯哥结婚了，李蔷很纠结地问我，你说我的婚礼是在开满紫花的普罗旺斯，还是蓝天碧海的马尔代夫？

想不到她的好男人侯哥是个有老婆的人。那段日子，李蔷频频逼婚，好男人侯哥眼看纸里包不住火，只好老实交代。

我看着悲痛欲绝的美人儿李蔷眼角的鱼尾纹，我想当务之急是给李蔷物色个正经人家，从此过正经日子。我数算身边认识的男人，太老的不行，太少的也不行，掐头去尾没剩下几个。

从李蔷那儿回来，我对老尤说，我记得你单位的小马，好像没对象吧？

老尤眼皮一翻，人家小马是富二代，怎会娶你那像酒吧女一样的同学？

我说，试一试吧，缘分这事谁也说不准。

李蔷相亲那天，我把她的黑丝袜吊带裙，还有薄如蝉翼的姹紫嫣红的浮夸衣裳统统找出来，打包，一股脑儿塞进绿皮垃圾箱。李蔷恋恋不舍地跟出来，我啪地合上桶盖，带她到我家的衣橱里，挑衣裳。

当李蔷穿着老尤在上海给我买的那件小晚礼服裙，我不禁喝彩一声，美人儿就是美人儿！

李蔷像一朵盛开的桃花，桃之夭夭灼灼其华。我拍拍她的肩膀说，好好把握机会吧。

我没有陪着李蔷相亲。晚上，李蔷打电话给我，她说小马对她印象很好。稍微顿了一下，李蔷又说，将来我一定会好好报答你。我说，说啥傻话呢？

我怀孕初期天天吐得天昏地暗，也就没顾上问李蔷的进展情况。一天老尤回来说，你那个同学真有手段，两人马上要结婚了。

我很纳闷，结婚这么大的事，李蔷怎么没告诉我？

直到结婚那天，我也没等到李蔷的电话。反倒老尤拿回小马下发的请帖，邀请我和老尤参加婚礼。

小城的五星级酒店里，李蔷挎着夫君的胳膊，微微笑着，甚至有些羞涩。手工缝制的白色婚礼服衬得她像百合花一样纯洁美丽。我真难以相信，那就是前几个月还在出租屋里为另一个男人要生要死的李蔷。

李蔷见到我，有一刹那的慌乱和尴尬，仿佛一下子又在绿皮垃圾箱里翻捡到自己的荒唐岁月。不过，她很快镇定下来，矜持向我伸出手，她说，您好，很高兴认识您，想必您就是尤太太吧？

我吃惊地张大嘴巴，好半天没反应过来，直到老尤在旁边捏摸我一下。

我伸出我的手轻轻握了一下她的手。

（原载《小小说选刊》2016年第1期）

病 根 儿

二牤子是村西头老丁家的二小子。他可是当地的"名"人，在牤牛屯里人见人烦，人人都绕着他走，他就像一摊臭狗屎，谁沾上他日子都过不消停。

二牤子平日里偷鸡摸狗手脚不太干净，谁家的东西若是让他惦记上，弄不到手就抓心挠肝，净整些下三烂的事，往人家酱缸里扔马粪，跑到人家房山头拉屎撒尿。气得乡亲们背地里戳着他的脊梁骨：老丁家是哪辈子缺大德了，生出来这么个完犊子货。骂他的时候把他爹娘都捎带上了，害得他爹一阵阵地心口疼，硬是气出个心脏病来。

他爹也没少用锄杠抡他，可他就是烂泥扶不上墙，蒸不熟煮不烂劣性不改，他爹最后也泄气了，不管他了。

二牤子整天东屯子串，西屯子逛，农活儿一点也不干，四乡八邻没有不认识他的。眼瞅着已经三十多岁了，还打着光棍。好事不出门，坏事传千里，就这副德行，谁家能把姑娘许给他？

有那么一阵子，乡亲们忽然发现，二牤子销声匿迹不知哪儿去了。大家心里高兴：二牤子是不是干啥坏事，被公安局逮去了，如果真是那样，屯子里可少了个祸害，大家也能过个消停日子，乡亲们高兴坏了。

可惜好景不长，两个多月后，二牤子又回来了，他不但回来了，还领回来个女的。先不说这女的长的是啥模样，就看她脸上的雀斑就挺"困难"，走路一颠一颠还是个瘸子。丑归丑瘸归瘸，二牤子还真不嫌弃，不是有那么一句老话嘛——光棍打三年，老母猪赛貂蝉。舅舅不亲姥姥不爱的二牤子，终于算是解决了光棍问题。乡亲们寻思着，二牤子屋里有了女人味，好歹也该收敛些吧，二牤子的隔壁是王老三家，王老三长年病病恹恹干不了重活儿，老两口儿带着一个傻乎乎的儿子，日子过得紧紧巴巴。可破屋偏逢连阴雨，一天，王老三在院子里垛柴火，干着干着突然一头栽倒在地上。等大伙儿把他送到乡卫生院时，人已经没气了。扔下老伴儿和一个傻儿子，吃了上顿没下顿，日子就可想而知了。大伙可怜这娘儿俩，经常端碗饭或送件衣服过去。

第二年开春，二犄子用苞米秆夹障子，他把障子越扩越宽，最后夹成了外八字。等傻子娘发现时，园田地快被挤占没了。她冲上去使劲拉住二犄子的胳膊，说着说着两个人就撕扯到一起了。只见二犄子用手使劲一推，傻子娘一个腚蹲坐在了地上："二犄子，你不是人……"

不知是谁找来了老村长。老村长骂着二犄子："你这个王八犊子，欺负人家孤儿寡母，就不怕遭报应？"话音还没落，就见二犄子突然一缩脖子，一把铡草料的破铡刀从他头顶上嗖地削了过去。事情来得太突然，大家都愣住了，好一会儿才缓过神来。

傻子笑嘻嘻地拎着大刀片，正站在二犄子的身后。

算这小子命大，躲过了这一劫，再细看，他的裤裆湿了一大片。

二犄子规规矩矩地把障子挪回原来的位置。打那时起，二犄子就落下了病根儿，只要一看到傻子，他就沥拉尿。

（原载《春风文艺》2016 年第 3 期）

挂 车 卢

马　犇

　　看车的活计在淮城有年头了，相当于今日的收费停车场。

　　把车临时寄存在某地，淮城一带叫"挂车"。二十世纪九十年代，挂车生意最为红火，因为彼时小城的成年人几乎人手一辆自行车。

　　干这行的多是中年、老年，商铺、酒肆附近，到处都有。挂车的地儿，小的五米十米长，大的二十多米长，还有些特大的车场，前后几排都能停。自行车一辆挨着一辆，整整齐齐。

　　干挂车的人不少，但是一家三代都挂车的只有卢家。卢家最早是卢志强挂车，但那时的车很少，全城至多两位数，哪辆车是谁的，周边的人多半掌握。卢志强边开小卖铺，边在周边挂车，算是兼职。

　　挂车本身没有什么成本，唯一的花销是制作存取车的凭证，没有统一叫法，姑且叫作"牌"。没人规定这牌要用什么材质，得做多大规格。虽然也挂不了几辆车，但卢志强做事向来仔细，他特意到乡下亲戚家弄来些桃木，亲手加工成打火机大小的木牌，在木牌中央刻上编号，每个号码制两块。再在木牌号码上方、距边一厘米处钻孔，用红绳穿好。

　　当有人将车停下时，卢志强就将木牌挂在车把上，并将与之对应的另一块木牌交给车主保管，取车时"对牌、付款、交车"，从没有过什么差错。

　　卢志强的儿子卢国庆最早在工厂上班，下岗后，他便接了父亲的班。那时，车多了，场地大了，卢国庆成了专职挂车人。车多，人多，难免有意外发生，比如醉酒的人把木牌弄丢了，或捡到木牌的人来冒领车辆。

　　卢国庆脑瓜很灵，自有办法，他会用心将车主的特征、口音与牌号联系起来记忆，有时还通过交接木牌时的寒暄，打听车主的来路、去处或其他有效信息。所以无论是谁丢了牌，还是谁捡了牌，车都会到真正的车主手里。

　　等到卢国庆的儿子卢飞也想从事这个活计时，竟遇到了些麻烦。城市化加快，相关部门在商圈周边统一规划了供人们免费使用的停车位，这对挂车的活计多少有些冲击。

天无绝人之路，此时电动车盛行，而电动车的电瓶极易招贼，很多车主并不习惯将车停放在无人看管的自律停车场，他们还是"老规矩"，主动找有人看管、稍偏远的地儿花钱停放，即便多走点路，就图个心安。

卢飞找到了这样一块地儿。挂车的牌，有纸质的，有塑料牌的，但卢家三代一直使用卢志强当年做的桃木牌，即便被一些人笑话成土老帽儿。

利欲熏心，有几个痞子专挑挂车的空，发横财。他们先相中车，然后抓紧仿制相同的车牌，骗取好车。纸牌最好仿，他们得手过几次。看到卢飞那儿停了几辆好车，且一时半会儿没人取，他们决定挑战一下，便仿起了桃木牌。

一个痞子拿着木牌直奔好车而去，卢飞感觉不太对劲，但他没有父亲卢国庆的"牌外功夫"，就在准备吃哑巴亏时，卢国庆走了过来。

取车的痞子不耐烦了，硬要推车走。卢国庆让痞子把木牌抽开，痞子怎么使劲也抽不开。不一会儿，车主来了，拿出外观一样的木牌。在路边等待的几个痞子围了上来，卢国庆让儿子取下车把上的木牌用力抽开，再请车主也抽开木牌。

痞子们顿时跑了，头也没回。

抽开的木牌，一块里面写着"诚"，一块里面写着"信"。卢国庆和卢飞看着手里的牌，怀想着制牌、传牌的卢志强的音容笑貌。

（原载《北方文学》2016 年增刊）

念　秋

衣　袂

过了十三岁生日，杨柳就该上初中了。

初中在山那边，要翻好几道山梁，只有周末才能回来，不像小学，站在家门口就可以看到操场。那几天爹总是唉声叹气地说，柳儿你还是进城上吧。我们老把你霸在身边，不是个事，也对不起你秀姑。

说秀姑，秀姑就来了，也是为着杨柳上学这件事。秀姑说，大哥大嫂，你们辛辛苦苦养大了柳儿，她对你们感情也很深，这些我们都知道。但这次她再不随我走，那我以后再也不会介入她的生活，今后一切全凭你们做主。爹慌忙摆手说，这咋行呢，万万不行，柳儿是你亲生的娃，我们可不能昧着良心不给啊。娘也抹着眼泪说，当初如果听你的，劝柳儿进城上小学，这数学咋说也不会才考三十八分吧？都是我们不好，惯野了她。

旁边的杨柳，一脚踢开了碍事的小黄狗，"砰"的一声都把自己关进了里屋。当秀姑离开时，她还是背起书包跟了上去。

在很小的时候，杨柳就知道秀姑才是亲妈，也知道自己从出生就寄养在爹娘家，秀姑付出了经济代价。可是不知道为什么，每次见到她，她都想同她怄气。

秀姑常拎着大包小包来山里看她。衣物有她的就有两位哥哥的。但杨柳偏要哥哥们当着表姑的面试穿，还说，不合身就让她换去。又打开吃的，往爹嘴里塞一点，问香不；往娘嘴里塞一点，问甜不。爹娘看不过眼，就说柳儿乖，也拿点给秀姑尝尝。杨柳把眼一横，生气地说，人家一个城里人，吃啥没有？难道还会在乎咱们这些小东西吗？秀姑也附和说，只要柳儿高兴，我咋样都行。

因着这层关系，逢年过节或者寒暑假，杨柳也会去城里小住。姑父工作很忙，寻常家里只有秀姑和昊哥吃饭。昊哥长得像他妈，高高大大的，白齿红唇卷睫毛，非常好看。杨柳站在昊哥面前，又黑又瘦活像丑小鸭。杨柳特别嫉妒昊哥。同样的零食，她总偷吃昊哥的那份。她还偷开昊哥的抽屉，有次竟然把他的游戏卡偷走了。惹得昊哥像防贼似的防着她，还直冲他妈嚷，都怨你，谁让你捡个死妮子回来？杨柳听了，也冲秀姑发脾气，都怨你，谁让你把我扔在山里的？

不过现在好了，昊哥考上大学滚到大城市去了，以后这个家里，就剩下自己了。想到这里，杨柳咧开嘴巴笑了。

秀姑说，老鸹岭这地方好吧？

杨柳点了点头。

秀姑又说，你爹你娘爱你吧？

杨柳使劲点了点头。

当初选了五六户，只有这家最实诚，心最细，把你当自家孩子养。秀姑说，生恩没有养恩大。你以后要好好学习，有出息了好报他们的养育之恩。

杨柳说，是不是就因为我是女孩，你才不要我的？

秀姑说，那时你昊哥已经上小学了。你来纯属意外。如果被人发现了，我跟你姑父都要被单位开除。没有工作，我们拿什么来养活你和昊哥？即便现在，对外也只能说你是亲戚来城里借读。否则，我跟你姑父的工作还是保不住。

晚上，杨柳就住在昊哥的屋子里。

秀姑把屋子换成粉色系列，还说女孩住，屋子就应该有女孩样。柳儿是咱家的还珠格格，以后也要像格格那样生活，别再像个假小子似的。

杨柳打量了一番，满意地说，昊哥以后回来，住在哪里？

以后把这间屋子改成两个单间，可以支两张床，挤是挤点，却也够住了。

你们为什么不买套大房子呢？

秀姑摸了摸杨柳的小脑袋，笑了。当初在要你和买房之间，我也有过犹豫，最终还是选择了你。把买房的钱拿到你爹娘家养你，替他们交了一大笔计生罚款方才为你落实户口。我们既要供昊哥上学，还要抚养你，再加上人情来往，后来就再也没有能力去想房子的事了。

很久以后，杨柳方才知道秀姑也不是自己的亲妈。

杨柳的女儿好奇地问，那谁才是你的亲妈呢？

杨柳说，我的亲妈，只是一个化肥袋子。下夜班的秀姑听到了孩子啼哭，就打开袋子看了看，然后就把这个袋子拎回了家。

说这话的时候，姑妈秋明秀已经去世好几年了。

那时杨柳也不叫杨柳，她给自己换了名字，叫念秋。

（原载《天池小小说》2016 年第 3 期）

一粒剩饭的佛缘

吕啸天

梅城北山云峰寺新来了一位年轻的僧人了同。中午用餐的时候，了同对着一钵清淡的斋饭感到难以下咽，勉强吃了几口就回寮房睡觉去了。了同生在一个富裕之家，父亲是一位商人，因与生意伙伴反目成仇遭到算计，被告到官府，万贯家财一夜之间化为乌有。父母遭受如此打击一病不起。成了孤儿的了同走投无路，不得不皈依佛门，但是富家子弟的习性一时无法改变。

当天用晚膳的时候，了同见到装进他僧钵里的竟是中午只吃了几口的剩饭，心里很生气，就责问负责膳食的师兄了容："你把剩饭倒给我，是不是见我是新来的，好欺侮？"

看着师弟没有因为浪费粮食感到羞耻，反而理直气壮的样子，了容也有了怒气："这规矩是师父定的，你若不满，你找师父论理去啊。"

了同闻言当下就朝方丈室跑去，但是只走了几步，想到师父云源大师那威严的样子，心里不禁有些害怕，不得不回到斋堂，端起那大半钵剩饭硬着头皮吃了下去。吃那钵斋饭，了同用了半炷香的工夫，他认为这是自出娘胎二十年以来最难吃的一顿饭。用了晚膳，了同在经堂里做晚课时心里念念不忘的是斋堂难以下咽的饭菜，他真担心，如此下去，要么自己被饭菜虐待得不成人形，要么就会被逼得逃离寺庙。

第二天又到用膳的时候，了同端着一钵斋饭，勉强吃了一半，另一半无论如何也吃不下了。他担心若是剩下来，师兄肯定会把这些剩饭留给他做下一顿的饭食。他寻思把这半钵斋饭倒掉。但是僧人用餐要求一粒不剩全部吃完，整个斋堂不设放置剩饭剩菜的器皿。于是了同悄悄溜了出来，想把剩饭偷偷倒到门外的一条水沟里。

"能吃的饭怎能倒掉？"了同听到身后传来一声呐喊，回过头来一看，不由得大惊失色，说话的竟是住持云源大师。

"一粥一饭，普度天下苍生。一粥一饭，当视为万物之源。"跟在了同身后的住持云源大师手里托着一只空钵，一脸威严对了同说，"把剩下的斋饭全倒进这个空钵之中。"

了同不知师父的用意，但是见到他一脸威严，不敢多问，只得把半钵饭倒进师父手中的钵里。此后一连几天，每次见了同有吃不完的饭菜准备倒掉时，云源大师都会让他把剩饭倒进一只空钵里。

一晃过了一个月，了同慢慢适应了寺庙里的生活，但是始终觉得寺里的斋饭做得清淡寡味。这一天，他用完餐等到斋堂里只剩下师兄了容一人在打扫卫生，于是提出能不能把饭菜做得可口一些。了容狠狠地瞪他一眼。

了同没有理会，还是说："师兄，你不把饭菜做得好一些，我还会继续剩饭的。"

话音刚落，了容猛地把一张凳子狠狠地墩在地上，一脸涨红道："了同，你一提剩饭，我就生气。"

了同被吓了一跳，问道："师兄，我说的是实话，你何必生这么大的气？"

哼！了容气鼓鼓地说："你可知道，你每顿饭那些吃不完的饭菜倒进了师父的钵里，就成了师父的饭食。"

了同一听吓得大惊失色连声道："不，不会的。"

了容道："自你上山一个月来，师父已经没有在斋堂挂过单，就以你的半钵剩饭为食。"

罪过！了同感到羞愧难当，他来到师父的禅房一下跪倒，请师父宽恕他的不敬。

云源大师威严的脸上有了笑容，扶起了同给他讲了一件往事。

三十年前，出生于官宦之家的云源大师遭政敌陷害被朝廷灭族。他逃了出来，来到寺里。与了同最初出家的日子一样，他觉得寺里的饭菜难以下咽，吃不完的就倒进水沟里。住持没有责罚他，暗中把倒掉的剩饭捞起来洗干净后晒成米粒装进一个坛子，半年间装满了一大坛。当年冬天，北山下起了五十年不遇的暴雪。进出山门的道路被封住了。寺庙里储存的粮食吃光了，包括住持在内的三个人面临着被饿死的危险。住持把那坛米粒取了出来，每天取一把熬成米粥，就是凭着这坛米粒撑了十几天，使寺里三人免了一场灭顶之灾。

"一花一世界，粒米藏乾坤。"云源大师长叹一声道，"饱食当念饥饿之窘，时时要惜一粥一饭。"

了同一夜之间开悟，他辞别师父，手托僧钵下山化缘。每天行走在大街小巷酒楼食肆乡村农舍。所到之处，只求施给剩饭。北山周边居民对了同求施剩饭感到很是惊奇，不少人还特地赶去看他化缘，那些浪费粮食的人见他津津有味在吃剩饭，又是称奇，心里也不免产生羞愧不安。一年之后，北山周边兴起了节俭惜粮的好风气。

云源大师知道很是高兴："一粥一饭，来之不易。人惜饭，饭惜人。心生惜心，万物有情。"

（原载《小小说选刊》2016 年第 10 期）

活 着 的 人

徐建英

立冬一过，小吴庄的风就带上了冰刀子，一下一下地，剐得行走的人手上脸上生痛生痛。午饭后，卧床多时的老爹崴着半条腿在孙子国庆的搀扶下巍巍地颤到院墙边，躺在那张早已摆好的摇椅上。背风的院墙阳光很好，国庆搀扶老爹来的时候，那儿已经聚了不少老人和小孩。坐在这片平坦的坡地上晒暖，大半个小吴庄进入眼帘，远处的金沙江若隐若现。

这堵半人高的小墙，是孙子国庆特意找人设计，砌起来方便老爹他们晒暖时挡风的矮墙。

国庆从外面转一圈返回时，拢在院墙边的人渐渐散了，阳光已西移，老爹半眯在椅子上，发出轻微的鼾声。国庆轻轻地把老爹连同椅子一起撑着阳光挪了几步，尽管非常小心，老爹还是醒了。

醒了的老爹眯着眼对国庆笑，露出一排粉红色的牙床——老爹每次躺上摇椅前，国庆都会帮忙取下假牙泡在凉开水中。国庆怕睡梦中的老爹给假牙硌了。

老爹抬着满是青筋的手，抚摸国庆的发鬓，"国庆怎么长白头发了？记得你几年前才这么一丁点大呢，抱在手上软绵绵的，那是我第一次抱这么小的伢子哩。"老爹边说边比画着手。

国庆挠挠头，不好意思地说："爷爷我现在都四十五了呢！"

老爹似对国庆又像在自言自语："国庆都四十五了呢？那胜利呢？"

国庆说："爷爷，我爹走了，南山上睡呢。"

"哦，胜利又赖床了。"

国庆摇摇头："爷爷你又糊涂了……那，我大爷爷今年多大？"

"一百岁！"老爹斩钉截铁地说。

"爷爷你又错了。"国庆笑。

老爹喜欢把这个人的事安在那个人身上，最近更厉害。但有件事老爹一直忘不了。

老爹说他一闭上眼睛，湍急的金沙江水就滚入脑海。老爹每次说这话的时候，混浊的眼神会突然变得光亮起来。

老爹说第五次反"围剿"失利，红军主力长征，他所在的红六军团留下来调引敌人，协助主力转移，望着穿行在川滇深山峡谷间江宽水急的金沙江，负责探路的老爹愁坏了肠子。

老爹说，我大吴哥来了，也就是你的大爷爷来了，划着他的小破船。老爹每次说到这里，都会转头问孙子国庆："你知道那条船多破不？"

小时候的国庆会眨巴着眼睛比画着问："爷爷，会比天破吗？"

长大了的国庆会应："那洞子大呢，是爷爷脱下的棉裤子才堵起来的。那天的风大，带着冰刀子，剜得爷爷的腿生痛生痛。"

老爹就笑，笑着夸国庆记性好。

好记性的国庆也把这事讲给他的儿女们听——你们的大祖爷爷渡着你们的祖爷爷几个去了金沙江北岸，那条乔装过的小渔船成功地躲过了哨兵的眼线，突然的袭击，给渡口的敌人来了一个措手不及。一颗炸弹斜飞而来，你们的祖爷爷迅速推开了你们的大祖爷爷……祖爷爷倒了！倒下的祖爷爷倔强地站起来，一条布带扎在膝盖上七天七夜，直到主力全部过完金沙江。过完江后，你们大祖爷爷成了杨风清。你们半条腿的祖爷爷多了一个七旬的老母，一个不满四岁的儿子胜利，也就是你们的爷爷我的爹……

老爹闭上眼睛陷入回忆。好一会儿，他摸摸空空的左腿，似对国庆又像对自己自言自语："好像都是昨天的事儿。"

"爷爷，都七十八年了呢！"国庆说这话的时候开始清扫院墙的卫生。

老爹望着远方越来越模糊的金沙江，湍急的金沙江水似在眼前流滚。

"爷爷，明年您刚好满一百岁，镇上的杨书记提议，想请县剧团的人来，年前给您办个百寿宴，庆贺庆贺，村里也认为冲个喜好，爷爷您说呢？"

老爹吃力地欠欠身，把头摇得似拨浪鼓："你大爷爷一定不同意的。"接着他问国庆："是你提出来冲喜的？"

国庆像个犯错的孩子伏在老爹的腿上，红着眼柔声说："爷爷，您都病这么久啦！"

老爹一声长叹，轻轻闭上眼睛喃喃道："生老病死都有定数。我可是把你大爷爷的福寿一齐享了的！"

混浊的泪水从老爹的眼眶里流出……

大滴的泪从孙子国庆的眼眶里流出……

夕阳拖长的影子下，孙子吴国庆又搀着崴着半条瘸腿的老爹杨风清，一步一步行走在风里！

（原载《大观》2016 年第 10 期）

一枚双黄蛋

张柏林

半晌午，大人上工，学生上课，村子静悄悄的，连狗吠也听不见。虎子娘把笸筐端到院子里做鞋。一身棉衣棉裤已经做好，就差这双虎头鞋了，不然孙子生出来，当奶奶的没有一身亲手做的衣服，邻居还不笑话死？

四月的日头白喇喇地铺下来，晒得虎子娘双腿暖和和的。一只芦花母鸡钻出鸡窝挺着胸脯，"咯咯嗒、咯咯嗒"地在院子里巡视，也不瞧树叶上的毛虫，也不啄地上撒的米粒，从东墙走到西墙，又从西墙走到东墙，生怕别人不知道它刚刚生下一枚蛋。大红公鸡不知是烦躁了还是听到母鸡的呼唤了，从墙头上扑棱扑棱飞下来，跳上母鸡的背，喙啄着母鸡小小的冠，屁股下坠，几秒的工夫，公鸡跳下来心满意足地走开了。母鸡扑棱了几下翅膀也不再言语，悄没声儿地低下头左一扒右一蹬，去墙根捉虫子了。

虎子娘喜滋滋地放下笸筐，跪在鸡窝前，挽了挽袖子，一手撑着地，一手探进鸡窝摸，摸着摸着，一枚烫烫的鸡蛋就从麦秸里滚进了手。这枚鸡蛋大得出奇，不用说，准保是双黄蛋。虎子娘站起身，扯下蓝布围裙甩打着身上的尘土走出院子，往镇子里走去。

虎子，虎子。虎子娘拍着门环喊。虎子赶紧跑出来说，娘这么远你弄啥咧？娘把双黄蛋握进虎子的双手。双黄蛋，喜庆着呢，给你媳妇冲冲喜。说罢，门槛也没踩就转身走了。结婚快两年了，媳妇还没有怀孕，小两口儿正在屋里别扭着。虎子媳妇见娘大老远送来一枚双黄蛋就不舒服。哦，说我是不会下蛋的鸡啊，快给我扔出去！虎子说你胡咧咧啥嘞，双黄蛋在俺们这里是吉祥物件，娘这是一番好意。虎子看看手机，估摸着课间操该结束了，把鸡蛋往兜里一揣，急匆匆骑着电动车去学校了。

虎子老师年轻，课却老练，活泼，有启发性，没人打瞌睡。平时都是奖励踊跃发言的学生一颗巧克力之类的奖品，今天慌了些，忘了带礼物，顺手把双黄蛋拿了出来奖给了小草。

下课了。小草把手伸进兜兜里攥着那枚鹅蛋一般的双黄蛋，高兴得手心都湿漉漉的。这枚蛋就是捡上二十个矿泉水瓶也换不来的，可以炒上一盘香喷喷的韭菜鸡蛋，够她和奶奶两个人中午美美吃顿米饭。小草顺着墙根儿快步往家走，时不时掏出双黄蛋瞅一眼。忽然，一条大黄狗挡在眼前，唬得小草一激灵，抱着膀子定住了。

　　小草，拿的啥？振强牵着条金毛拦在面前。小草最怕大型犬了，但她知道金毛温顺，好多导盲犬都是金毛担当的。小草说，你管。振强说，我看见了，是个鹅蛋吧，正好，我的金毛该生了，小草心好，给我的金毛补补吧，你看，金毛多亲你。金毛伸着头去拱小草的手。小草说，那好吧，看在金毛的面子上，这枚双黄蛋就给金毛吃，金毛吃了多多生养。说着去抚摸金毛的头颈。

　　振强拿着蛋双手一摆一摆走着，只顾玩，冷不防碰着一个人，慌忙间接住蛋，定睛一看是个老头儿。你这个老头儿是慌啥咧，差点碰坏我的宝贝。小小孩家有什么宝贝大惊小怪的？我瞧瞧，哦，不就是一双黄蛋么，还疙疙瘩瘩的。振强说，你懂啥，我这是准备回家抱鸡娃的，这样的鸡娃生的蛋都是双黄，不是宝贝是啥？你这一碰，黄都散了，你得赔！

　　老顾下乡收古董什么漏儿也没捡着，倒是花了五元钱买了个鸡蛋，这叫什么运气啊。不怪老婆整日唠叨，自己就是财运不好，净是赔本买卖。不过话说回来，自从踏进这行，虽说钱没挣着，但走街串巷的，身上那些小病小灾的反而无影无踪了，精气神也足了，这岂是钱能换得来的么？

　　老顾在古玩城小巷口扎下摊，顺手把双黄蛋放在了摊上，拿起《古钱大赏》看了起来。正看着，一个影子覆在书上，老顾摘下眼镜打量。一男一女站在摊前，女子拿起那枚双黄蛋问，这是什么？老顾说，能摆在我摊子上的都是宝贝，就看人识不识货了。说罢仍低下头看书。就听见那女子说，嘿你别说啊，这鸡蛋竖着看似丰腴的唐代仕女，横过来又像幅中国地图。你看这就是青藏高原，这是鸡头，这是鸡屁股，你老家塔城。男子说，你老家才是鸡屁股！说着在肩上架起了摄像机。女子把老顾拉起来，掂起话筒凑到老顾面前问，老人家你幸福吗？老顾看到摄像机在拍自己，慌忙说，幸福幸福，幸福得很，你们一定要把我这句话播出去——老婆子，你看看，我上电视了。然后老顾挨着沟壑纵横的额头伸了个剪刀手。

　　虎子娘洗漱完毕，坐在被窝看电视。电视上一个老头儿和一个白白俊俊的姑娘瞅着一枚双黄蛋在说笑，那枚鸡蛋差点撑满电视屏幕。虎子娘嘀咕，这和我家的双黄蛋差不多一个模样呀，人家的怎么就能上电视了？又看了几眼，睡意袭来，一侧身，撩起被子搭在身上，香香甜甜地打起了呼噜。

（原载《燕赵文学》2016年季刊）

最　后

戴　希

夫妻俩发生龃龉，闹矛盾已有多日。

"你想好了，咱们一定要离婚？"丈夫最后一次试探。

"当然，一定要离！"妻子态度坚决。

"那好！"丈夫也不勉强，开车载上妻子，就去民政部门，办理协议离婚。

大清早的，阴雨连绵。途经农大附近的快速通道，他们意外发现，有辆摩托车已翻在路中，驾车的男子头部鲜血直流，倒在摩托车旁不停地呻吟。

见状，丈夫毫不迟疑，赶紧把车停放路边，准备下车救人。

妻子慌了："如今救人太容易惹火烧身。救人后反被诬告，遭骂挨打还赔钱的事少吗？"

可是，丈夫却迫不及待："雨天路滑，小伙又倒在车道上，事发地正是道路拐弯处，如果我们弃之不顾，很可能导致第二次车祸。小伙子已流了那么多血，再遇第二次碾压，很可能性命不保。人命关天，救人要紧啊！"

说罢，立马跳下车，直奔受伤的男子。先是掏出手机向交警报警，接着拨打120救护车求救，然后小心查看男子的伤情，捡起路边的手机寻找其家人的联系方式，第一时间将这里发生的不测告诉他们。

做完这些，丈夫索性站在路中当起临时交警，蛮是那么回事地打着手势，冒雨指挥过往车辆绕道而行。

妻子受到丈夫的感染，也在一旁协助他安慰受伤的男子，鼓励受伤的男子坚强应对。

很快，交警赶到了，医护人员赶到了，伤者家属也赶到了。

夫妻俩与他们一道，小心翼翼又风风火火地将伤者抬上了救护车。

好事做好了，丈夫喊妻子上车。

"去哪儿啊？"这时妻子问。

"民政局呗！"丈夫脱口而答。

"干吗？"

"办离婚手续。"

"你呀，"妻子摇头，"我看不必了，咱们回家吧？"

丈夫一愣："回家？咱们不离啦？"

妻子的眼里闪着泪花："对，咱们回家，不离了！"

"为何？"丈夫追问。

"因为嘛——"妻子用手指点了一下丈夫的鼻尖，"看今天的表现，你很善良，也敢担当，我对你有了新的认识。"

丈夫大喜，赶紧把车掉头，驾车就往回家的路上急驶。

"还好，幸亏伤者的家属开明，没找咱们的麻烦！"回到家里，妻子憋不住说，"但我一直心有余悸啊！万一他们一口咬定是我们撞了伤者，且不说我们很可能会被冤枉，做了好事还要赔钱，单说要与他们对簿公堂，没完没了地打官司，也很闹心啵？"

丈夫笑问："真有那么严重？"

妻子反问："怎么没有？"

丈夫胸有成竹道："我早就打开行车记录仪了，虽然口说无凭，但那上面记录的情况还是铁证吧？"

"看来，你做事也十分稳妥！"妻子又像哥伦布发现了新大陆一样兴奋。

"真要感谢这场突如其来的车祸！"她忍不住感叹。

"是啊，是啊！"丈夫随声附和。

两人相视而笑。

（原载《湖南日报》2016 年 9 月 9 日）

角　色

徐永辉

　　赵小宝伸出巴掌往上一摆，白狐就忽地站起来，后腿直立，两只前爪子并拢在一起，快速抖动着。赵小宝的巴掌在空中画个圆圈，白狐就腾身跳起，扑棱扑棱翻几个筋斗。

　　赵小宝喜欢狗，不是一般喜欢，而是痴迷。什么花丹、沙皮、牧羊犬，什么泰迪、博美、贵宾犬，他只要瞅一眼，不仅能叫出来名字，还能看出来狗龄，聪明乖巧还是呆傻愚笨。

　　自从得到白狐，赵小宝就一次次感叹，以前养过的狗，真不该叫狗了。白狐是一只泰迪犬，圆头，短嘴巴，不管从哪儿看都和狐狸不沾边，但赵小宝就是喜欢叫它白狐。吸引赵小宝的不是它的长相，而是聪明和善解人意。每天早上赵小宝一坐起来，白狐就腾地跳下床，把他的鞋子衔到床头前。绝对是他想穿的那一双。赵小宝烦闷的时候，白狐就站在他面前，摇摇晃晃地跳来跳去，或者追着自己的尾巴转圈儿，直到把赵小宝逗笑才罢休。

　　赵小宝一次次摇晃着白狐的脑袋，小家伙，你是啥变的呢，这么精明，这么懂人的心思。白狐就小女人般哼哼唧唧，伸出软润的舌头，舔他的鼻尖，舔他的额头。

　　但是，白狐也有不尽如人意的地方。它挑食，不吃狗粮只吃馒头，没有肉还不行。身体素质不好，动不动就咳嗽，流鼻涕。再外出，赵小宝就有了牵绊。女人心粗，又不喜欢狗，能照顾好它吗？忍不住了，赵小宝就给她打电话，反复交代，肉和馒头一起咬，嚼碎，嚼匀，别三下五除二的，它不吃。傍晚别忘了带出去遛遛，夜里给它盖好。

　　女人气得掉泪，冲他吼，你管过我的死活吗？我他妈还不如一条狗呢！

　　赵小宝专门给白狐买了张小钢丝床，放在卧室角落里，又让乡下的亲戚给它做了一套全新的被褥。每天晚上他都起来看看，热怕它热了，冷怕它冷了。

　　前段时间岳父身体不好，女人去照顾他。再出门的时候，赵小宝就把白狐带上。一来二去，它上瘾了。只要看到赵小宝换衣服准备外出，它就提前一步跑到门边，门一开，一步窜出去。

　　有几次，赵小宝去和客户谈生意，不想带白狐，就把它抱起来送回去。但是，赵小宝刚转过身，它又跑出去了。三番五次，赵小宝被折腾得一头火，想揍它，手抬了几次，始终落不下去，只得随它。好在白狐长相逗人，又乖巧，不仅没添乱，反倒活跃了气氛。

　　那天，赵小宝又带白狐去见客户。他刚推开房间门，白狐就一头扎了进去。赵小宝刚跨进去一只脚，就听"妈呀"，"扑通"一声。他定睛一看，女客户坐在地上，脸色蜡黄，浑身发抖。

　　后来，赵小宝经过打听才知道，女客户小时候被狗咬过。直到现在，不管大小狗，看见就过敏。

　　更大的麻烦还在后头呢。

　　晚上，赵小宝正在和女人亲热，白狐腾地蹦上来了，用爪子挠他，用头拱他。赵小宝把它推下去，它又跳上来。推下去又跳上来。女人烦了，一把推开赵小宝，去去去，搂你的宝贝去吧。

　　如此反复几次，女人不干了，冲赵小宝吼，给你一个星期时间考虑，有它没我，有我没它。

　　平时很少吸烟的赵小宝，一口气抽了半盒。又呆坐了一会儿，他忽地站起来，抱起白狐直奔楼下。远光，近光，闪光，变道，超车，越野车挟裹着风声直扑郊外。到了一条黑乎乎的乡间小路上，赵小宝掉转车头，打开车门，一把把白狐扔了下去。

　　一连几天，白狐的身影都在赵小宝眼前跳跃，他的心就一阵阵收缩，痛。有时候，他又有种甩掉包袱之后的轻松感。

　　早上，赵小宝正在刷牙，突然听到轻微的扒门声。以为是隔壁，没在意。响声执拗地持续着。赵小宝又仔细听听，是自己家。他过去打开门，一下子惊呆了。白狐站在门外，浑身湿漉漉的，雪白的毛变成了灰色，一团团打着卷儿。看到赵小宝它就扑过来，小脑袋在他腿脚上蹭来蹭去，嘴里呜呜咽咽，眼里泪花闪闪。

　　女人也直叹气，小声说，再扔远点吧。

　　赵小宝蹲下来，张开手掌在白狐头上摩挲着，停了一会儿说，还是留下吧，毕竟是一条生命呢。不过，你放心，我绝不会让它像以前一样。

　　白狐果然变了。它的小床被移到了客厅的角落里，没有召唤，绝不踏进卧室一步。赵小宝每次出门，它都摇着尾巴跟在身后，到门口，自动站住。

赵小宝的朋友来了，看到这种情况非常惊讶，说，它以前可不这样，你咋驯的。

赵小宝笑笑，把它当宝贝，它就是大爷，把它当条狗，我就是大爷。

（原载《大观》2016 年第 10 期）

左 手 右 手

孙 杰

　　小王科长的老婆今天穿得格外漂亮，低胸的 T 恤，低腰的牛仔裤，把个深深的职业沟，翘翘的美臀，显现出来，走起路来，连颤带扭地把小王科长晃悠得眼晕，直勾勾地看，心里嗨皮得很。

　　小王科长的老婆叫睿子。看到老公看她，说道：

　　"看我干吗，是不比谈恋爱时更有韵味了，还记得你当初说的话吗？"

　　"我不会虚假的山盟海誓，可我知道，你是我唯一的光，我会把光永远装进心里。我不能没有你，没了你，就走进了黑暗的地狱。"小王科长音色依旧那么有磁性。

　　睿子动情地用右手挽住了老公的左胳膊。

　　"你呢，现在还是那样爱我吗？"小王科长问睿子。

　　"放心吧！我美丽的容颜，一辈子只靠在你这棵参天的大树。"睿子的头靠在了小王科长的肩上，语音柔得出了水。走到僻静处，小王科长要和睿子接吻，睿子怕人看见，不让。小王科长搂住了睿子，睿子推开了他！

　　"妈妈，上午那个叔叔送给我玩具，你都让他亲了，爸爸下午给我买玩具为什么不让亲？"随行的宝宝说话了，两个人腻歪，把儿子还在身边都给忘了，下午就是陪儿子来公园玩的。

　　"儿子，别瞎说。"睿子赶紧拦住儿子。

　　小王一听瞪圆了眼睛问儿子："哪个叔叔亲妈妈了？"

　　儿子继续说："就是那天你抱着阿姨上车，他打你的那个叔叔！"

　　夫妻俩四目相对狠狠地瞪着对方！

　　小王科长问睿子："上午什么情况？你先解释！"

　　睿子道："这有什么呀！上午领着宝宝去逛街，路上遇到了你们处长，正好不知谁送他俩玩具，就非得送宝宝一个。送完了就说你们两口子真会生孩子，这么漂亮，亲下行不行，我说那有啥不行的。结果，你们处长过来抱住我的头就亲了一口，我说不是亲孩子吗？怎么亲我呀？处长哈哈笑地走了，开玩笑的事能算真亲吗?! 别光说我，你那是咋回事？"

"处长不是在我科里安排了个女的上班吗？名叫小红，比我大两岁。处长安排的能不照顾吗?! 前几天去下面检查完工作，晚上请吃饭，我带着儿子去的。没想到那顿饭小红喝多了，走不成路，我就抱她上车。没想到处长醉醺醺地跑过来拍打我脑袋：你谁都敢抱啊你！接着又拍拍儿子脑袋一下。事情就是这样，我真的没做什么！"

小两口相互解释清楚了，不再计较，继续陪儿子玩。

玩了一下午，累了，回到家里吃罢饭，夫妻俩早早就躺下了。小王科长想跟睿子说什么，睿子睡意袭来，只是搂紧了小王科长轻声道："睡吧！"

第二天早晨，睿子打扮得媚气十足，她对小王科长说："你送宝宝到他姥姥家吧，我出去办点事，中饭、晚饭就不要管我了。"

小王科长送完孩子，回到科里带上小红到远离城区的娱乐山庄开了房，想把昨晚他想跟妻子说的事，跟小红说说，让她在处长那里烧烧底火。

中午时分两人走出房间，在大厅靠窗口的位子相对坐了下来，两人手握着手正聊着。突然，小王科长见睿子气哼哼地走了过来，赶紧站起身来，拉住睿子往外走，见处长也在门口站着呢，就对处长说："处长，小红在里面呢，你拉她回去吧。"

处长很不自然地答应道："好的，好的。"

回到家里，小王对睿子说："我只是为了办点事，不会真的跟小红好。"

"我看见你握她的手不松！"睿子说。

小王嬉笑说："那是别人的手，没握过，新鲜嘛！又不认真。"

睿子说："你握我手的时候就没那么深情！"

"你就是我，我就是你，你的手不就是我的手，我自己拉我自己的手还要什么深情！"

睿子哭泣说："你现在是对我一点感觉也没有了。"

小王科长又嬉皮笑脸地说："那当然，你已经是我的右手了，是我身体的一部分，虽然我不特意去想着你，但我离不开，离开了我就成废人了，你说你的手和她的手哪个重要？"

睿子想了想笑了："你真坏，善辩！"

晚上，两个人上了床，关了灯，没有拉窗帘，外面的天气真好，夜空一轮弯月镶嵌在群星间，小王科长在清幽里把睿子拥住。

突然，小王科长想起了一件事，问睿子："我们处长今天怎会和你在一起?"

睿子说："还不是为了你!"

小王科长欲怒。

睿子说："别忘了,你是我的左手。"

"你知道我要提副处长的事?"

"嗯哪!"

小王科长想不管咋说妻子是为了我,又没什么过分的举动,心也就坦然了。

小王科长和睿子都在一个处里上班,都年轻有为。一个是行政科的科长,一个是秘书科的科长。最近,处里刘副处长退休了,听说副处长的职位由处长从处里的科长中推荐给董事长。睿子几天前就听说了这个消息。

在几位科长中,小王科长的呼声最高。

任命下来了,小王科长竖起耳朵听处长念决定:"为了强化处里的工作,经董事长批准,由睿子担任处里的副处长!"

小王科长傻了,回到家里横眉冷对:"我还以为你是为了我去见处长呢!你太卑鄙了!"睿子道:"别生气,我也不知道提我当副处长啊,再说,你就是我,我就是你,到什么时候你都是我的左手,我都是你的右手啊!"

处长前些日子对睿子说过,只要睿子随了他,副处长就是睿子的。

（原载《大观》2016 年第 10 期）

腰　板

　　这天中午，学校门口的一排快餐店里，有一家突然失火，摆在这家快餐店门口的煤气瓶瞬间燃起大火，封住了进出快餐店的出口。正在里面吃中饭的三四个学生吓得呆了。

　　说时迟那时快，在这危急时刻，一个中年男子冲到着火的快餐店门口，用一根钢钩钩住钢瓶，将带着火苗的钢瓶拖离了快餐店。大火很快被扑灭，快餐店里的学生安然无恙。

　　惊魂未定的人们发现，拖离钢瓶英勇救人的那个中年男子，就是在校门口摆烧饼摊的老杨。老杨的右手被火苗灼伤了。大家围住老杨，让他赶紧上医院治疗。老杨却摆摆手说："不碍事，不碍事！"说完径自回到烧饼摊前。

　　老杨两口子在校门口摆烧饼摊已经十多年了，学校的很多师生都熟悉这个烧饼摊子。每天一大早，佝偻着身子的老杨踩着一辆"嘎吱——嘎吱——"声响的旧三轮车，运来烤箱、面粉、蔬菜等物品。不一会儿，烧饼摊前就飘出阵阵清香。老杨的烧饼个大芝麻多，价钱也实惠，很受师生欢迎。

　　老杨话不多，整天弯着腰，佝偻着身子，两手忙个不停，脸上很少能看到笑容。师生们来买烧饼，老杨的妻子收钱递烧饼，脸上写满了笑意。

　　有一次，有个语文老师带着几位学生来到烧饼摊吃烧饼，老师边吃烧饼边问老杨："老杨，您怎么整天佝偻着身子？"老杨不怒也不恼，说："腰板伤了——"说完还是埋头做他的烧饼。后来，有位学生写了篇作文——《老杨的烧饼摊》，传神地写出了老杨佝偻着身子做烧饼的神态，获得全校征文大赛特等奖。老杨的烧饼摊生意更红火了，但老杨依然佝偻着身子，仿佛外面的一切都和他无关似的。

　　老杨救人的事迹很快通过微信、微博传播开来，特别是火场上老杨挺着腰板拖走钢瓶的那张照片，十分震撼。报社记者和电视台采访车很快来到烧饼摊前。让人意外的是，烧饼摊里只有老杨妻子一个人，问老杨去哪里了，老杨妻子支支吾吾，一会儿说老杨病了，一会儿说老杨不愿接受采访。

赶来采访的记者很执着，一定要找老杨采访，最后通过警察找到了老杨。看到警察，老杨居然浑身瘫软，说："这一天终于来了。"

到派出所后，老杨向警察交代，十多年前，他在千里之外的老家因为一时火起打架伤人，就逃到这里摆了个烧饼摊。为了改变自己的身体形态，他故意弯着腰板，佝偻着身子，话也不敢多说，就是怕被人认出来，受到法律的制裁。

"那你为什么还要去救人？"记者问老杨。

老杨痛悔地说："打架伤人后，我隐姓埋名逃到这里，再也挺不起腰板了，一失足成千古恨哪。但是，我每时每刻还是渴望着自己能够挺直腰板做人。火灾发生的一刹那，我豁出去了，心想假如能够救下几个学生，哪怕搭上我这条命，这辈子也值了——"

说完，老杨打开手机中那张挺着腰板拖走钢瓶的照片，看着窗外阳光灿烂的世界，一脸轻松地笑了。

（原载《检察日报》2016 年 5 月 19 日）

让忧伤停止

冷清秋

中午公司休息时间，木子说，我给你们讲一个故事吧。于是就有了下面这篇小说。

说的是楼下收留三条腿流浪狗的那个妇人。六十出头的年纪吧，或者是七十岁。关于她的年龄，谁也不能够说得很真切。她经常拎着个塑料袋在小区里转悠，专找犄角旮旯去，不是散步，是去找那些流浪猫。有时候，猫也会出来找她，聚集在一单元门侧的水泥地上，或卧或躺，或装着和狗打架，一时猫喵狗吠热闹非凡。老太太坐在咯吱作响的竹椅靠背上，眯着眼望着，像没有望着那样。

之所以记住，是因为她的花裙子。院子里的老太太都是从苦日子走过来的人，一辈子矜持惯了，绝不肯这么奢侈地大红大绿。只有她，眼看那么大年纪的人了，偏就不肯服老，除了花裙子，还爱趿拉一双有着花猫头的粉红拖鞋。手腕上也是一串串的花红柳绿。

她几乎没什么别的嗜好。除了这打眼的服饰，以及因烧伤表皮黏连在一起的胳膊，她和素常在街上见到的那些老妇人其实没什么两样。脸上的皮肤都很正常，看上去满满的慈祥和气，就像你楼下经常遇到的某个邻居老妈或大舅妈家的三姑婆那样。满头银白的头发修剪到齐耳，梳理得整整齐齐别到了耳朵后，一道道皱纹从眼角和额头折叠下来，只给眼睛露一点点视觉的微光。稍微有些佝偻脊背，说话总是担心对方听不见，因此用了很大的嗓门儿，就像在吆喝什么。总之一张脸被岁月磨砺切割，仅存的这些素材早拼对不出年轻时的模样。

就是这样的一个老人，说满脸沧桑真不为过，配上鲜艳至极的花裙子和粉红拖鞋，给视觉造成了极为鲜艳的冲击。就像是一种对生命本身时时刻刻的提醒。说不出是怪异荒诞还是莫名感动。每当她路过你或者你路过她，你就会不由自主停下来，默默行注目礼，直至她走出视线。

如果你偶尔掀开她那间房屋的帘子，进入狭小逼仄的小屋子里，你一定会惊讶自己进入了挂历博物馆。屋子里从天棚到墙壁，密密麻麻贴满了一个个明眸皓齿艳丽青春的明星。从巩俐毛阿敏到章子怡到王菲到周笔畅，全都被老妇人拼接齐整地张贴在墙上。拉开电灯，一个个鲜活的女子从不同方位和角度冲着人微笑。老妇人也爱笑。好像每时每刻都有快乐幸福的事情在发生；就像住在这样一间阴暗潮湿的小黑屋子里是一件多么值得幸福快乐的事情，就像门前矮墙下的那些红红白白的花朵好过国花园里大朵大朵的牡丹。

有次下班你回来，看她弯着腰扶簸箕，捉着扫帚在清扫垃圾，不经意脱口问道，阿婆，你怎么总是一个人？你有儿子和女儿吗？几分钟后终于辨懂你话语的老太太，枯瘦的手掌一挥淡淡地说，走了，都走了！跟着老头子一起走了。老太太说得云淡风轻波澜不起，甚至那一瞬间脸上还带着淡淡的微笑，瞬间让你开始怀疑事情的真实性和老太太的智商。

后来，无意中获知事情的真相。老太太曾有两个儿子，丈夫是个木工，后来一场大火夺走了丈夫和两个儿子，只留下了老太太一个人。开始，老太太还寻死觅活地哭天抹泪，没多久老太太就变了，不知她从哪里讨来了格桑花的种子，在楼下的空地上开始种植。

每年的四月到十月间，楼下那块空地简直成了花的海洋。而老太太也开始喜欢色彩鲜艳的衣物，天天穿红戴绿地招摇过市。走到哪里就像是移动的春天。

这真是一个奇怪的故事，可却并不使人觉得难过。

（原载《大观》2016 年第 10 期）

一 条 裤 子

宋向阳

生产队的时候，村里的老爷们儿都在家干农活儿，菊花的男人大奎却在供销社上班。对于女人来说，是件多么体面的事情。

大奎跟着主任去县城进货，赶上总社新到一批刚上市的米黄色的确良布。大奎琢磨着媳妇三年没添新衣服了，便请大领导喝了顿酒。回到家，大奎从人造革兜子里把布料抖了出来。菊花责备大奎：钱是大风刮来的？我又不紧等着上花轿呢。大奎嘿嘿地笑，并不辩解。晚上，菊花美滋滋地说：我要搂着这块布睡。大魁说：它难道比我还金贵？菊花的眼睛眯成了一条线，把它放进了柜子。

大集那天，菊花先到了一个新开张的裁缝铺，见里面的师傅还是个毛头小伙，便找个理由出了门。她遇上了发小玉芬。玉芬把布夸了一顿，又从篮子里抓出一捆韭菜塞给了她。菊花在一个老裁缝那儿停了脚。老裁缝仔细打量着布料，连连点头。听着剪刀咔嚓咔嚓的声音，菊花眉头紧皱，仿佛正在剪着她身上的肉。

回到家，菊花当着大魁的面穿上新裤子。大奎笑道：媳妇，你跟演员差不多了。菊花叫大奎把她抱到柜上，对着靠山镜转了几圈。

这天，玉芬来她家串门。菊花又拿出那条新裤子给她看。玉芬小声地说：姐，让我试试呗？菊花愣了一刻，答应了。玉芬小心翼翼地换上新裤子，照着镜子笑了，眼神突然又黯淡下去。菊花问她咋了。她叹口气说：这辈子，我怕是穿不起它了。菊花安慰她说：咋会呢？等日子好点了，让你男人也给扯一条去。玉芬没再说什么。

中秋节，菊花穿上这条米黄色的裤子，让大奎用自行车驮着回了趟娘家。很多熟悉的女人都夸她的裤子好看又时兴，像个官太太似的。菊花听了，觉得脚下轻飘飘的。

半年多的时间里，菊花这条裤子只舍得穿了三次。

春上，玉芬的弟弟要结婚了。她犹豫许久，硬着头皮来到了菊花家，想借那条米黄色裤子穿穿。菊花吃了一惊，心里乱作一团。她问：你哪天穿啊？玉芬说：这月初九。菊花说：还急呢，咱姐儿俩好说。玉芬高高兴兴地走了。菊花一个人坐在炕头，发了老一阵子的呆。

过了几天，玉芬又来了。菊花和她聊了一会儿，就翻箱倒柜地寻那条裤子。却没有找到。菊花脸色苍白，不安地搓着手。玉芬在屋里转着磨，嘴唇都快咬破了。菊花说：应该丢不了，我再找找。玉芬尴尬地笑笑，说：要不算了吧，我还有一条替洗的呢。

夜里，菊花翻来覆去地睡不着。她想了很多很多，突然内疚起来。第二天，菊花把那条裤子送到了玉芬家。玉芬抱住菊花转了一圈，说：你真是我的好姐姐呀。说着说着，她的眼里竟有了泪。

初九早晨，玉芬欢欢喜喜地去参加兄弟的婚礼了。

之后，菊花心急肉跳地张望了好多回，却没见到玉芬的影子。她终于憋不住了，匆匆向玉芬家奔去。路上，菊花遇到了玉芬的儿子小欢。他的手里拎着一个篮子，肩上扛着一把小镐。

小欢，你干啥去呀？菊花问。

家里等着用钱，我得采药材卖。小欢说。

菊花拽住他的手又问：你妈妈呢？

小欢说：我妈上山把腿摔伤了。

玉芬神情哀怨地坐在炕上发着呆。菊花一出现，她立刻紧张起来。菊花扶住门框，呼呼地喘着气。玉芬低下头去，用被子捂住脸哭了。菊花挨着她坐下，眼里涩涩的。玉芬的手指哆嗦着，从身后慢腾腾地拖出了那条裤子。菊花看见它的口袋边破了一个玉米粒大的洞，心顿时抻到了嗓子眼。玉芬又开始哭。菊花使劲咳嗽了两声，让自己平静下来。

姐，这是被墙上钉子挂的，本来打算再给你买。玉芬羞愧地说。

菊花叹了口气。玉芬又慌了起来，说：你使劲打我两下，消消气吧。菊花摇了摇头，说：妹子，你把姐当啥人了？

说话间，菊花抓起了笸箩里的针线，没一会儿工夫，就在那个漏洞上绣了一朵浅蓝色的小花。

（原载《天池小小说》2016 年第 2 期）

有 爱 无 痕

纪富强

由于航班延误，到达岘港时已经午夜了。

陈青枫刚把行李拖进房间，十岁的女儿已趴在床上沉沉睡去。

这时候，有人敲门。

透过猫眼，陈青枫望见是同团到达的铁心兰——这名字，他曾在过边检时从对方敞开的护照上读过，心中一动。

当时留意，未必完全无心。无可否认，这是个有魅力的女人。人到中年，安静和优雅，常常胜过漂亮和性感。

陈青枫抬腕看表，抛开些微时差，此刻已凌晨三点。但落腕的同时，还是大方地开了门。

"能不能，陪我出去走走？"对方望着他，目光乞怜又温柔。

为什么？为什么是他？

陈青枫回头望望和衣酣睡的女儿，再转头时脸上的疑虑和担忧已消失过半。

"这么晚，去哪儿？"

铁心兰低头不答，神情尴尬又羞赧。

陈青枫转身阖上门，却又犹豫。这可是国外，是午夜，孩子睡了，手机不通，与陌生异性出去，太冒失了。

岘港的夜，无法只用美来形容。

韩江上仍灯火辉煌，船只往来穿梭，拱桥溢彩流光，霓虹倒映闪烁；天穹布满硕大的星子；街边棕榈树下簇拥的茶摊和咖啡店，如漫长海岸线上随处可见的贝螺，散发着神秘和浪漫。

空气像洗过一样，夜风轻柔得像纱。

他们一前一后，走了一程，在一隅清静的茶摊边落座。

几杯微苦的清茶，让陈青枫彻底放松下来。

这一夜，他们面朝远处的椰林和大海，再无对话。只在天亮前的走廊里分别时，相互对看了一眼。陈青枫给女儿脱掉鞋子关掉空调后，脑海里只剩下淡淡氤氲的茶香和连绵白头的海浪。

第二天，旅游团乘游艇去占婆岛。陈青枫坐在最前排迎着海浪大呼过瘾。偶尔，他回过头看一眼铁心兰。后者的长发被海风吹散，茶色墨镜下的眼睛始终望着海平线。

整个白天，他们鲜有交集。陈青枫带女儿玩得尽兴，直到午餐吃海鲜时，他才留意到铁心兰坐在距离他们相当远的一张桌台边。

这天夜里，女儿依然睡得很早。然后，轻轻的敲门声再次响起。

陈青枫躺在床上，有点矛盾，考虑该假装睡了，还是再等等。但当敲门声一停，却倏地跳起身跑去开门。

门开处，铁心兰背对着他，肩膀耸动。等他迅速想好怎么措辞，她却转身破涕而笑。这次，他们沿海堤并肩走了很远，才在露天咖啡店坐下，一个意大利女孩为他们端来甘甜凉爽的椰子冻。

陈青枫忘记随口调侃了什么，铁心兰咬着勺子强忍发笑。也不知是她的牙齿好看，还是海边的夜风柔软，陈青枫竟然有些微醺的感觉。

白天，在古朴幽深的会安小镇，他们再度像陌生人。可紧接而来的夜里分别时，两人却有了一个绵长的拥抱。

到第四个夜晚，刚出酒店两人的手就不时靠在一起，偶尔手拉着手，走出了比白天巴拿山索道更远的距离。

第五夜，他们去酒店露天泳池游泳，俯瞰街道上蚱蜢一般飞驰的摩托车流。陈青枫回到房间后第一次开始失眠。他想不到年龄稍长的铁心兰，卸掉了防晒袖套和长裙，身材竟然如此精彩。

第六夜去咖啡店，即将离别，两人都心有戚戚。铁心兰边啜咖啡，边递给陈青枫自己的手机。那上面，拍的是这些天他和女儿流连各处的照片。陈青枫发现，在铁心兰的镜头里，自己不只忧郁，也很快乐。

"不好意思，照片都传给你，我不会保留。"铁心兰话音有些泥泞，接着语气一转，"青枫，给你讲个故事：十五年前，有个女孩来越南开会，她玩得很开心。可没想到这期间爸爸突发重病，家人无法联系上她，等她回去时，爸爸已经走了。因为见不到她，爸爸临终前一直不肯合眼……"铁心兰讲到这里，发现陈青枫正愣愣地望着自己，眼中的霓虹明明灭灭。

"这次来越南前，某人问我为什么出来玩却看不出激动，其实……"铁心兰顿住，与陈青枫凝视。"对不起，第一晚我都不知道为什么去敲门，也许只是想去看看你女儿……"

　　陈青枫似已听得痴了。他承认就在这一瞬，他爱上了眼前这个女人。或者说，他爱上了这个凄美的故事。此刻，她眼里也分明是盈盈的爱意。他多么想站起来把她抱住，深深地吻她，从她浓密芬芳的头发开始。

　　可，一切都来不及了。巷口传来嘹亮的叫卖声，天色即将大白。

　　陈青枫索性闭上眼，压抑着内心的激越，试着把自己在晨风里打开。他想象着多年前那个痛不欲生的女孩是如何舔舐伤口走到今天，回忆起几年前他又是如何费尽心血没能保住抚养权却最终把女儿留在了身边。

　　他们在走廊里分别，拥抱的时间极短。铁心兰打开房门前回望，看见陈青枫用右拳贴住胸口冲她点头。

　　"爸爸，我们就要出发了吗？"陈青枫开门，女儿已经醒了。"为什么你每晚都丢下我出去？爸爸，我害怕，我好想你！"

　　陈青枫心中一凛，上前紧紧搂住女儿，眼前模糊一片。

（原载《小说月刊》2016 年第 7 期）

码　头

赵淑萍

　　这个城市的码头已经名存实亡。这是一个提速的时代，办事的人坐火车还嫌慢，何况轮船呢。这对老夫妻常在码头边散步。夕阳西下，清凉的江风拂面而来，往事是一樽苦涩却回味无穷的酒，在他们心灵深处泛滥。

　　四十多年前，男的在码头上做装卸工人。一天，收了工，筋疲力尽，准备回家。远处走来一个姑娘：淡绿色的衬衫，纯净如水的眼睛，两条美丽的麻花辫搭在肩上，就像一棵初春的嫩柳，又像一阵清新的四月间的风。她是他初中时的同学。她那么美丽，他羞愧起自己褴褛的衣衫和满头的灰尘，但还是拾起所有的尊严，挺直了身子。姑娘欣喜地呼唤着他，她没有忘记初中时那个英俊聪颖的少年。这声呼唤，触动了他心底里最柔软的东西，几乎使他感激涕零。

　　他是资本家的儿子。虽然，父亲也曾是进步的民主人士，"文革"时，还是在劫难逃。

　　他们开始了交往。她入迷地听他谈哲学、文学。她痴痴地看他在纸上挥洒出一片铁画银钩。他的前程完全是未知数。她执拗地跟他来往，全然不顾家里的反对。

　　1977 年国家恢复高考，他考上了名牌大学，她却落榜了。他要去上海读书了，在码头边，他们依依惜别。他踌躇满志，意气风发，就像那被风灌得鼓鼓的帆。她惴惴不安。现在，她是丑小鸭了。她仍在工厂做工，那个年代工人的地位也不低，但她心虚虚的。他说："毕业了，我回来。"

　　英俊潇洒、才华横溢的他，受到老师和同学的青睐。多少系里系外的女孩暗恋着他。校长的千金和他同班，对他暗生情愫。校长是他们的现当代文学老师。校长洞悉女儿的心事，他本人也喜欢这名学生，想把他留下来。有时候，校长让他到家里帮忙整理资料并留他吃饭。许多同学都看出了一些苗头，只有他自己，心无旁骛，沉浸在一种纯净的学术氛围里。他也想留校，甚至开始留意她可调动的单位。

他们初中时的一名同学，也在这所大学读书。一次回家，他委婉地暗示她：校长的千金看上了他，可能他会被留校。她所担忧的事终于来了。反复地思虑，她无法割舍这个心爱的男人。她终于想出了一个办法，写信给学校的校长和书记，说自己是他的未婚妻（其实那时他们并没有婚约），并请组织上照顾，毕业后让他回原地。

校长父女突然对他冷淡起来，留校的事情再也没提起。他隐隐感到有点儿反常，但没有去探究。他回来了。在轮船码头，她在等他。终点就是起点，他也并不怎么失意。他到当地的一所普通高校任教。他娶了她。

他们跟所有平凡的夫妻一样，生儿育女，柴米油盐，精打细算。虽然，精神上并不是没有距离。婚姻，有美满的、可过的、可忍的、不可过的这么几种，他们应该属于"可过的"那种。他永远记住在码头她那声亲切的呼唤。她的心头，总是有那么封信。所以，他们彼此包容着。现在，他们有孙辈了。黄昏时，他们经常去码头边散步。

终于有一天，她说："我这辈子有件事瞒着你。我曾以未婚妻的身份写信给你们的校长、书记，要求学校照顾我和你的关系，分配你回来。现在，我们老了，不说出来我闷得慌。你不怪我吧？"他怔了怔，突然明白那时校长父女对他的冷漠，也明白了他不被留校的原因。他说："都过去了，还能怪什么？"

他回到家里，沉默着，接连不断地抽烟。其实，这世界上有许多路就是在你不知情的情况下被堵住的。堵住它们的，有时是你的仇人，有时是你最亲近或最爱你的人。如果当年没有那封信，他的人生又会怎样呢？

她见他似乎有什么心事，说："你少抽烟，当心身体。你在想什么？"他说："我没想什么，只是想想。"接着，他仍然抽烟。

（原载《小小说选刊》2016年第18期）

不　能　说

付桂秋

惊蛰一过，眼瞅着地里的土就松软了。尤其是柳树，早早就开始返青，春风刚忽悠几天，那树就像水蛇腰的女人，站不直了。

靠山村的路是南北走向，东西各一溜儿房子。村东头南侧的三间房子比路面明显下沉，青砖黑瓦，带着岁月的痕迹。但小院儿还算干净。一只公鸡领着两只母鸡在栅栏里悠闲地觅食，旁边停一台黑轿车。

王老爷子推开黑漆木门，用手里的黄杨木拐杖指着眼前的院子说："这儿，今年栽土豆，靠边儿种两垄花豆角，茄子么，一垄就够了，南边儿还……"

"我都五十二啦！还拿我当硬劳力？今年没人给你种了！你先慢慢收拾一下，清明我们都回来，这回没商量，必须走。我先回家了。"王家老大边说边钻进黑轿车，一脚油门就跑了。

看着远去的车子，王老爷子用拐杖使劲儿敲了两下地面："兔崽子，我就不去！"

他在院子里转了转，慢吞吞坐在房山头石礅上。

眼看就清明了，南墙根儿草一巴掌高了，桃树的花苞也鼓胀起来，就连这黑石头，都晒得热热乎乎的，往上一坐，像夏天一样舒服。他向后偎了偎，微抬头，半眯眼，和老天爷神交。这接地的热气，把老大激起的怨气儿都抚下去了。

当年他爹就这样靠着房山根儿，似睡非睡地晒晌目糊。耳边有家雀儿燕子鸡鸭鹅狗的叫声，风里带着湿土味儿、庄稼味儿、蒿草味儿，偶尔掏出烟袋，吧嗒两口儿，高兴了再整两盅儿，正经挺享受呢。

他时常纳闷儿，咋越来越像老爹了呢，甚至还像爷爷，只不过没穿青布衫和缅裆裤而已。他转身，看看爷爷和爹躺着的南山岗子，松树墨绿墨绿的，天空瓦蓝瓦蓝的，心里踏实，又闭上眼。

和老伴儿苦熬苦攒，可算把孩子们都供出去了，这倒好，家不稀罕了，也不听你话了。原来这院子笑声吵闹声都装不下，能淌出去半里地，人气儿足着呢。如今孩子们都飞了，老伴儿也走了，就剩他一人儿。盼他们出息有啥用？！

他想好了，不管你们稀不稀罕，反正头拱地也不能让园子撂荒了。不能像对门儿刘二黑子家，一年多没人住，房檐儿都长草了，那还是啥过日子人家呀。

他正琢磨着咋办，又听见汽车声由远及近。他以为儿子又回来了，急忙睁开眼，看到过来的是一辆白色小轿车，停门外了。紧跟着，又来一辆小面包。俩车下来十来个人，带着什么家什，踢了当啷进了对门儿。

他用拐杖一撑就站起来，边往外走边喊："哎哎……你们……这是干啥的？啊？"

轿车车窗摇下来，一个花里胡哨的女人对他喊："没事儿。我把房子拆了。"

"啥？还……拆房？你谁呀？"他真急了，这还有王法没了？他想迈大步过去，可腿脚不听使唤，怎么急都一点点挪。

女人笑了，说："我小梅子呗。王大爷你不认识我了？"

这回王老爷子从声音辨出来了，是对门老丫头。这丫头从小就风风火火的，刘二黑子没儿子，就拿她当儿子养。她还真像个淘小子，敢打架、上树、打弹弓、摔泥碗碗儿，啥都会玩儿。听说现在有出息了，刘家几个孩子里，数她最有钱，前年秋天把她爹妈接省城住去了。

他就骂："败家的丫头！你还真要上房揭瓦了？拆房，那你爹妈回来住哪儿？！我和你爸前些日子通的电话，他还说开春儿就回来呢，还让我给他留花豆角种子呢。"

"就是要断了他回来的念头儿，那么大岁数了，回来住谁放心呢？这破房子，白给都没人要，也就你们当宝儿。王大爷，这儿啥都不方便，你也进城吧，别在这儿耗着了。"说完，小梅子又把车窗摇上了。

王老爷子泄气了，这回刘二黑子也回不来了。村里光屁股长大的几个老哥们儿，死的死，走的走，如今就剩他一个了……

对面尘土飞扬，叮叮当当一会儿，三间房子就没了模样。小梅子掏出手机拍了几下，又对这边喊了一句："王大爷，我回家。"不等他回答，俩车都开走了。

王老爷子看着对面院子，乱糟糟一片狼藉，心里骂道：败家子！那么好的房子，一大家人的根，说扒就扒了。这都被灌了迷魂汤了，家都不稀罕了。他心里不是个滋味儿，自个儿这宅子更老，孩子们也同样不稀罕，还一个劲儿让走，刚才老大又下了最后通牒，看来是兔崽子们合计好了，今年园子不给种了，是想逼我走。

这帮兔崽子，我就不能听你们的！我可不能让家空了，这地界留着爷爷奶奶爹妈老伴儿的魂灵呢，我得守着，谁爱走谁走！

一阵热乎乎的风吹来，王老爷子感觉鼻子脸都痒痒的，他抬手一摸搜，干枯的老手就湿了。嗨，一双老眼又添彩儿了，迎风流泪。

他拄着拐杖，左手压着左肋往回走，骂道："一帮败家子！还什么回家？啥叫家？埋着祖宗的地界才是家！"

王老爷子打定了主意，左肋扇再怎么疼都不能说。可不能像刘二黑子一样，说是进城检查身体，骗去了就不让回来了。就是死，我也要死在自个儿家里。

（原载《辽宁日报》2016 年 3 月 18 日）

黎 支 队

李立泰

黎支队，我光腚的同学。黎兄从小生性顽劣，好当头领，号称孩子王。附近几个胡同的小伙伴都听他的，说跟谁开战，一声令下便打起来。他出手快，两军相遇勇者胜，在他率领下多是胜利，趾高气扬。失利嘛就鼻青脸肿，破头烂耳，回家大人批评，挨熊。

一年级那年秋假，我们去拔草，卖给养猪场或运输社，一斤一分钱。俺们一晌也就拔十几斤的样子。

黎支队个高、膀宽、腰圆，具备当头领的条件，且脑子活，孬点儿多。

他爸当官，干吗去拔草？当年日子都不好过，干部家庭也困难。他爸叫他拔草，既锻炼又有收入。

下午拔草七八个同学，在东城边大柳树下集合。我到的时候，黎支队早在树荫下靠树躺着，头捂着草帽，跷着二郎腿，佯装睡觉。不知他在运筹帷幄什么？

当我们到齐了，他坐起来，扫一眼大伙，然后拿镰在地上画个十字，用镰头依次叩起来，口中还念着歌谣：叩一叩二连叩三，大牛不吃小牛肝，小牛不吃大牛肉，得了窝的二十六！连续叩几遍，最后一下叩在什么方位，他就确定去那儿拔草：去吧，正东方向。

我们乖乖地去东边拔草。第一抱草是给他进贡的，献给黎支队。他放到篮子里满满的，说：都快拔去吧，个人是个人的啦！然后他仍靠在树旁睡觉。

到太阳落山回家，大伙儿背着草篮子，送猪场过磅，数他的多，有二十斤。领两毛钱，但他把钱留一半，只交母亲一毛。当年我们听他的命令，也没人反抗，他说啥是啥，甘当附属国。

晚上出来玩。那时看场电影算过年了，平常根本没文化娱乐活动。俺们在大街上捉迷藏，一般都是黎兄胜利。说玩"洋火"枪，都弄"洋火"枪，把家里的火柴偷出来，弄火柴头上的药，作为火药。打得"乒啪"枪响，中国打美国的游戏屡演不爽。说玩弹弓子，人人弄弹弓子。俺们弄个树杈绑自行车内胎的条子。黎兄的弹弓美观劲大，他用的医院输液管子作为弹力带，他闭眼瞄准，拉开带子，猛一松手，石子儿"唰"地飞出去，只听"啪"的一声，路灯灭了。俺们"啧啧"称赞。他的射程远，命中率高，很是骄傲。

县城小得可怜，"一条马路三盏灯，一个喇叭全城听"。

在黎兄的率领下，开展了大练兵运动，黎兄弹弓打灯泡几乎百发百中，只见他伸手一拉，一松，"唰""啪"灯泡烂了。

当年晚上大街行人稀少，若碰上个上下班的工人，俺们撒腿就跑。两条街灯皆都玩儿完。

城建局挨了熊，追查到肇事者乃黎公子，黎兄已有"活老缺"绰号。局长也不好意思汇报，只说顽童恶作剧。

当年县委黎书记想到，除去他儿，谁敢这么大胆？狠狠熊了他一顿，他交代了事情经过，关他禁闭。放出来后，黎兄报复性破坏，磨了自行车辐条，偷偷攮县委吉普车胎，致使其父无法下乡。

至于学习，不见黎兄用功，门门考试优秀，班主席当得很轻松。书念完了，课本也烂得没影了。

成年后入伍，经解放军大熔炉历练，立功、五好战士喜报传到家来，我们感到，这家伙整个变一个人。复员安排到公安局的刑警队。工作积极、服从领导、勤勤恳恳、任劳任怨，早上班晚下班，提水打扫卫生，从点滴做起。苦练本领，百发百中，摸爬滚打，越野拉练，爱民亲民，警民一家。局长说：没想到黎公子是块好钢。从不以高干子女自居，把自己摆得是普通一兵。黎兄说局长：你别照顾我，千万别看他的面儿，您要求同志们做到的我保证做得更好。

这会儿黎书记已到行署任副专员了。

公安局长跟黎专员汇报黎兄是棵好苗子，专员还不大信：你们夸他，我还不知道他。

局长说：专员，俺不是夸，真的。

抓公安部挂号的案犯嫌疑人，黎兄主动请缨。有眼线报告见嫌疑人的影儿了。那是大雪飘飘寒风怒号腊月天，滴水成冰零下十几摄氏度。黎兄带俩干警，到嫌疑人家附近麦秸垛旁蹲守。大雪把他埋起来，趴在麦秸垛底下，一动不动。浑身冻得麻木失去知觉，但他咬牙坚持。到凌晨两点，困得眼皮打架，他抹点清凉油。

嫌疑人终于出现了，春节临近他回家来看看。只见黎兄"呼"地家伙蹿起来，一步射出去三四米。嫌疑人一看大事不好，撒腿就跑。黎兄鸣枪示警！但嫌疑人还是逃窜，黎兄抻枪一下子打到那家伙脚脖子，"啪叽"摔倒就擒。

黎兄那次荣立二等功。推荐去公安大学进修，毕业回来工作又上台阶。解救高楼欲寻短见的妇女，他第一个冲上去，靠机智勇敢胆大心细把她成功救下。勇斗持枪歹徒，快速出击，一枪命中歹徒右手脖。匿名捐款资助贫困生三十年。

大家都知道黎兄海量，三斤两斤不算事儿的传奇故事。

几十年如一日，拼搏在公安战线上，屡立战功。最后副局长兼刑警支队长退下来。

渐进暮年，性格突变，日日平心静气，临池习字，常至黎明，笔耕不辍，颇有长进。书法多次参展，加入书法协会，当选为主席。

我们小聚，席间夸其书法。还问起黎兄：当年拔草，你真捣，叫俺们第一抱草给你进贡。

他说：是吗？我咋不记得？

我说：别装！千真万确。

他哈哈大笑：我懒。你们也听话。

（原载《芒种》2016 年第 1 期）

初恋的滋味

原上秋

我从地里刚回来,灰头土脸。娘从我背上接过去草篓子,让我去洗一洗。这时候,我发现后街的胡老二和他的老婆在我家院子里,朝我笑。

我舀了一瓢水在搪瓷盆里,听见胡老二的老婆在和我娘说话。她说这孩子长得排场。搪瓷盆里出现一个人影,蓬头垢面的,与排场相差一千根高粱秆子远。手伸进水里,人影瞬间破碎了。我把水扬在脸上,清水带着污垢顺着脸上的沟壑淌进我的嘴里,有一种涩涩的感觉。

胡老二和他的老婆与我娘说了一会儿话,走了。临走的时候,我娘从炕头柜子里拿出一双胶鞋,送给了胡老二。

那双胶鞋是河北我姨过年来的时候带给我的礼物,让我上学的时候穿,因为它太精美了,我一直舍不得穿。我娘竟然把它送人了。重礼施人,想来事大。娘说,他们给你说媳妇了。

第二天,胡老二和他的老婆,带着一个姑娘来到了我家。他们把姑娘往我房间一推,从外面搭上了门。我正坐在床边看书,是蒲松龄的《聊斋志异》,满脑子鬼魂。姑娘斜靠在桌子的一角上,低眉垂眼,双手不停地拧着长辫子的发梢。我一时弄不清她是人是鬼,心里紧张得要命。

我的目光再无心回到书页,它被变幻莫测的鬼魂所吸引,一直活跃在姑娘的方向上。我期待着姑娘莞尔一笑,然后变成一只蝴蝶或者蜜蜂,从窗子的缝隙飞走。但是,姑娘气定神闲,一点也没有打算要变的意思。

我听见了窗外窸窸窣窣的声音,偶尔还有窃窃私语。我知道她们在听房。这是我们那一带的风俗。她们渴望从新人的第一次见面中,窥视些惊世骇俗的东西,然后当作笑料传播,借此活跃乡村寂寥沉闷的生活。

她们失望了。我根本没有打算要媳妇。我家很穷。我对家印象最深的,是我娘坐在灶火前,为一日三餐发愁。他们还要供我上学,我哪有心思要媳妇。我一句话也没说，晃开了房门，离开了。

胡老二带着姑娘走了，另外还带走了我娘给她的见面礼三百元钱。后来我知道，这三百元钱是我娘走遍了全村借了八家才筹齐，它能盖两三间半砖半坯的好房子。我们家的房子一到雨天，还在四壁淌水。

我娘在村子里到处宣扬，俺家小三有媳妇儿了。这是极光彩的。如果谁家的孩子十五岁就定了亲，那更是有脸面的事。好多人遇见我就问，你媳妇长啥样，漂亮不漂亮。我说不知道。我真的不知道。在我的意识里，我没有媳妇。如果那一个算的话，她在我的印象里只是一个影子，是一个会随时变成蝴蝶和蜜蜂的鬼魂。

一天，胡老二带着一个秃头男人到了我家。胡老二让我叫他爹。凭空生出一个爹来，我好生奇怪。娘也嗔怪，还不叫爹。我知道，他就是我的老丈爹了。胡老二过来商量，年前看个好儿，找个日子把婚结了。

我爹娘当然愿意。他们喜悦的心情都挂在脸上。

我哭了，我说我不结婚。

我的话像一声炸雷，惊呆了在座的所有人。第一个感觉到震感的人是我爹，他手里的半截烟卷挣脱束缚，毫无征兆地滑落到地上。

胡老二和那个秃顶男人你看看我，我看看你，一时找不到要说的话。

那天是个阴天，也可能是爹娘阴沉的情绪让我的记忆有了差错，反正我记得那天所有的花花草草都在阴影里，那天晚间没有月亮。

胡老二和那个秃顶男人走了之后，我立刻处在家族人的四面围攻之中。所有人的情绪都可以用愤怒来概括，我只对我娘的一句话印象深刻：那三百块钱啊。

天擦黑的时候，我听到院子里一阵叮叮当当的金属和木料的碰撞声响，加上他们义愤填膺的情绪不减，我预感他们要对我动刑。我很绝望，也后悔了。我甚至幻想那个姑娘出现，变成蝴蝶或是蜜蜂，把我带走。

门外燃起一堆火，火光把院子里的人影放大在窗户上，鬼影一样无规则地变幻着存在的状态。我猜想他们会不会把我架在大火上，手拿烧红的铁块，一句句地问话，到底同意不同意？

我不能坐以待毙。我悄悄走过姑娘站立过的地方，掰开门缝。院子里火光很冲，耀眼的光亮被嘈杂的人墙挡住，人墙之外漆黑如墨。

我出了门悄悄到了墙根，顺着一棵槐树爬上去跳到了墙外。

天空没有月亮，连一颗星星都没有。我凭着感觉摸到了第二生产队的麦场。我在麦秸垛上抠出一个洞，睡了进去。

第二天醒来的时候，我看见好多人站在洞口，还有一些人在笑。我娘在人群的最前面，她掀开布衫衣襟擦了一下眼角，说了一句话，回家吧。

后来我才知道，许多人彻夜无眠，他们找了我一个晚上。

我娘对家族里的人说，驴不喝水不能强按头。在她的心里，我是一头犟驴。她同意我悔婚了。娘说，你往后打光棍了，不要怨别个。毕竟，贫穷是刻在脸上的耻辱印记。

后来，我见到了那姑娘。那姑娘嫁到了我们村的后街，我去后街姑姑家走亲戚的时候，她去串门。

姑娘打招呼，来了？

我说，来了。

姑娘走后，我问是谁。周围的人愕然，他们说你是装，还是真的不知道？

她竟然是我相过的那个姑娘。

那年，我十九岁。其实，我的初恋在两年前就结束了，那一年，我才十七。

姑娘是变成一只蝴蝶飞走的。

我朝着她飞去的方向，呆望了很久。心里泛起涩涩的滋味，还有，那个年代和那个年纪特有的忧伤。

（原载《小说月刊》2016 年第 3 期）

卖桃子的梅子

谢大立

梅子到工地上看叔叔，提了筐自家产的桃子，许多人追着她问，桃子是卖的吗？她说送人的。那些人说，这桃子长得多好！还有人说，姑娘也长得和这桃子一样好。她的桃子是水蜜桃，城里人说她长得像水蜜桃一样，梅子心里的滋润，就如吃着水蜜桃一样。

回家后，梅子就找丈夫磨蹭，要进城卖桃子。梅子家的桃子以前是卖给贩子的。梅子说由她进城卖桃子，可以多赚一半的钱。为钱是次，为城里人夸她的那些话是主。她从北山嫁来北垸后，从来没有人那么夸过她，北垸的人只是夸她会干活儿，是个不错的媳妇。

从此，梅子家的桃子，就由梅子自己来卖了。

这一天，梅子下了班车，挑着桃子往菜市场去。班车站到菜市场的半边街，全是美发店，不时有女人的声音对她喊，卖桃子的，停停，我们要买桃子。她回答她们，不卖！继续往前走。那些女人她听说过，贱！她瞧不起她们。北山的女人嫁北垸，北垸的女人进城里，进城里尽干些贱事。过年时，邻居家的小妹花枝招展地从城里回家，她听说那小妹在城里就是在美发店里做事，碰面，她只斜着眼睃了她一下，搭都没有搭理她。

梅子不把桃子卖给她们，还有一个原因，她们天生一副占便宜相，每次买几个，还要先尝一个，尝了还要压她的价。不像市场里那些顾客大方规矩，是什么价就给什么价。她们还对她的桃子一点也不知道爱惜，粗野地翻来翻去。她的桃子可是水蜜桃啊，皮一破，汁液流得到处都是，别的桃子也跟着没有了看相。

卖水蜜桃的……喊她的是几个小青年。

梅子不理他们，城里的小青年，和北垸进城的女人一样，都不是什么正经货。她不理他们，他们就挡她的去路。梅子说，干啥？想绕开继续走。他们把她围起来，嬉皮笑脸地说，当然是买你的桃子啦！梅子看看周围，周围没有人，只有几个靠着美发店门框、嗑着瓜子、像猎犬一样寻觅着猎物样的女孩子，对她和几个小青年的事视而不见。

梅子让步说，要买桃子跟我到菜市场去。他们仍然嬉皮笑脸地说，我们就要在这里买你的桃子。说着，有的拉住了她的担子，有的拽住了她的胳臂。她有点害怕了，说，你们要耍流氓我就叫了。他们说，你叫吧，叫破嗓子吧，这地方本来就是耍流氓的地方，谁不知道你们北垸的女人进城是为了什么。

梅子不能让他们把她和北垸的女人搅在一起，赶紧说，我是北山的。他们说，北山的女人嫁北垸，嫁到了北垸就是北垸的，就别跟哥们儿装正经了……趁她不备，一只手就捏了把她的奶子。梅子红着脸说，你们再耍流氓我真叫了。其中有一个的手又向她的另一只奶袭来，说，你他妈的别不识抬举，哥们儿看得上你是你的造化……

这可如何是好？梅子的胆都要吓破了。就在这时，美发店里出来一个妖媚的女人，朝他们走来。梅子的眼睛一亮，邻居家小妹！她过年看到的邻居家小妹就是黑黑的眉，红红的唇，脸上像糊了层面粉……梅子像盼到了救星，讨好地冲女人一笑，女人回她一笑后，冲几个小青年说，欺负一个乡下来卖桃子的女人算什么英雄好汉……

小青年们的目光一起集中到女人的脸上，很不屑地说，你想为她出头，就凭你？你也是北垸的吧？女人说，就算姑奶奶是北垸的吧。几个小青年一起骂骂咧咧起来，就凭你这个北垸的烂货，也配姑奶奶三个字。女人说，牛哥都叫俺姑奶奶，牛哥你们不会没听说过吧！小青年们仿佛被她的话镇住了，不吭声了。女人猛地转过身朝美发店走去，边走边冲着屋里喊，给牛哥打个电话，叫他派几个人过来一下。小青年们窃窃私语，牛哥，黑社会的北霸天，她难道是赛金花……边说边脚底抹了油似的离去。

梅子脱了身，很感激，望着女人的背影想，该不该问她一句是不是邻居家小妹？见女人已径直走进了美发店，犹豫了犹豫，挑起担子往菜市场走。走着，梅子余悸惴惴，刚才要不是那个女人出面，后果真的是不堪设想。那个女人救了自己，自己可不能就这么算了。梅子停下来，找出个黑色的塑料袋，把一些最大最红的桃子挑进袋子里。她决定把这些桃子送给那个救她的女人，那些喊着要买她的桃子的女人中说不定也有她，没卖给她们桃子叫她十分内疚，把这些最好的桃子送给她们，也是一种歉意。如果那个女人真是邻居家小妹，那就再好不过了，认识了，以后在城里碰到了事就不用怕了。

一个小时后，梅子提着桃子走进了美发店。屋子里光线很暗，几排沙发上窝着几个一模一样的女人，都描着黑眉，涂着红唇，脸上像糊了层面粉，根本让她看不出她们谁是谁。她说，我找那位北垸来的小妹。几个女人一起说，我们这里没有北垸的。她说，她刚才明明说她是北垸的。她们看着她手中的桃子说，你说是北垸的就是北垸的吧，你是来给她送桃子的吧？要是，就交给我们吧。

梅子把桃子交给她们，叫她们一定转交给那位小妹，出来就直奔车站。坐在了回家的车上她还在想，在那么危险的关头，她都敢出面救她，她来报答她，她又干吗不肯露面呢？

（原载《小小说选刊》2016 年第 14 期）

血　瞳

桔　子

“阮氏秋香。”

看到这个名字的时候，脑子里浮出一张秀气的面孔，黝黑的大眼睛，透着柔弱。

六年前，因为有规定医务人员晋职时，必须有下乡工作的履历，我被派到烂塘岭卫生院工作三个月。

那是一段我人生中少有的几个值得回忆的日子之一。能静下心，想透彻许多从前想不明白的东西。对于“城里来的医生”，山里人更多的是信任。在这里，人和人之间的关系简单淳朴，用心看病，不必担心医闹刁难之类的混账事，我很开心。

那个雨天，诊室里半天没一个病人，我打开书翻了几页。一阵脚步声响起，迎脸走来的是两个潮湿的山里男子，看模样是父子俩。地上一架竹子做成的简易担架，担架上我第一次看到了那张秀气的小脸。目光游移迷蒙着，小脸衬得眼睛格外大，不知是冷得还是疼得，脸上透着层苍白，轻皱着眉，左手抓着担架，右手抚着腆起的肚子，臂上还套着小碎花袖套。看样子她是快要生产了。

简单检查后，我迅速做出判断：前置胎盘。这病有大出血的可能，需要住院观察，随时准备手术，我请家属过来谈话签字。

签字的是打后面跟来的一个小个子男人，手里拎着跟女人袖套一样花色的小碎花包袱。一瘸一拐地赶来，那是小儿麻痹症的后遗症。心里冒出个叹号：真心不般配啊！

然后我弄清楚了四个人的身份：女人，阮氏春香；女人的丈夫、公公和小叔。

女人极少开口，努力地微笑，小个子男人很积极地替她答话。我从没见过这种名字，问了问，没想竟是从异国嫁过来的。

"准备六千元钱住院，或者抓紧去城里。商量好了告诉我，我去通知手术室。"

趁他们商量期间，我抓紧写病历。一会儿，三个男人进来了，期期艾艾地问我，刚检查了，肚里的是男孩还是女孩。这个问题是雷区，大医院来的我很是敏感，脱口道："这个不能告诉你们。"

再等一会儿，没有听到商量后的结果，我出去问了问。公公的脸阴晴不定：医生不说，肯定是女孩。小叔子别过了脸嘀咕：又是六千块，都够再娶个媳妇给我了。丈夫垮着脸，看完这个看那个。

半个小时后，我得到了结果：去城里看。

我有些意外，现在去城里，说实在的很有风险，但我得尊重病人和家属的意见。临走时，那双黝黑的大眼睛朝我看过来，张了张口，毕竟没说出什么来。这个场景刻在我脑子里许久。

"李主任，可以让下一个病人进来吗？"护士的话把我从沉思中拉了回来。嗯，今天我坐不孕不育专家门诊，看样子是眼前这个名字让我想起了一些事。

我打量了下进来的阮氏秋香，小脸上一双大眼睛，还真跟阮氏春香有些像，尤其是那眉眼。

果然秋香也是从异国来的，她的中文很好，跟她交流毫无障碍。她说她没病，给她开一些维生素片就行。不过她请求让我跟她再聊一会儿，出去太快了外面的男人会不高兴。

她告诉我她是来这儿找姐姐的，她家七个姐妹，她和这个孪生姐姐感情最好。姐姐前些年嫁过来，不久她想着法儿也来了。巧得很，两人嫁的竟然是同一家。可姐姐已经不在了，说是难产大出血，赶不及送医院，死了。孩子也没了，是个男孩，那家人心疼了好久，一直说，医生的意思明明就是个女孩。"我现在采一种草药吃，我不想怀孕，怕跟姐姐一样。"

没听清楚她絮絮叨叨又念了些什么，眼前闪过那双黑幽幽的大眼睛，那一抹幽黑，正被洇成了刺目的血色。忽然忆起她那天的口型，是"救我"两个字么？转了许多回念头：如果，那天我告诉他们是个男孩……

头好痛。

（原载《浙江小小说》创刊号）

牧　牛　图

赵长春

看好自家门，管好自家人。这是原三秋对自己的要求。

原三秋不好再管事了，管闲事。上年纪了，心淡如菊，心如止水，不想再多这样那样的事。找上门的，见他在写一字：静，就不好意思再张口了。原三秋以此挡人挡事，有时候还装聋作哑。

不过，汉山寺的方丈找上门时，原三秋停了笔，上了茶，双手合十，让主持坐了宾位。言谈之后，原三秋抚髯，跟着叹气一声，摇头又点头："阿弥陀佛！请大方丈您先回寺吧……"

汉山寺的方丈来说了一件事：袁镇长想把他家宅基地扩大一下，需要推倒庙墙，侵占庙殿。袁镇长本就没人敢得罪，况且他的儿子在县上任维持会长，更兼和日本人有交情。汉山寺有千儿八百年了，在自己的任上丢了老庙产，方丈觉得是大耻辱，就来找了原三秋。方丈觉得，原三秋有能力解决这个问题。

汉山寺，在村前汉山脚下。临袁店河，靠罗汉山，依竹园，风景秀丽。原三秋在这里玩大。袁镇长家原在村里，后来，他爹捐了一次大香火，当时的方丈就同意让其在庙墙外的竹林里建了一处院子……没承想，现在，袁家又提出了这一要求。

唉，原三秋撂了笔，仰视屋顶。上有一亮窗，阳光隔着牛皮纸下来，朦胧，温暖，在他的脸上映出斑驳陆离的影子……

过了几天，村上的小孩子们唱着一支歌儿玩游戏。游戏很平常，"跳房子"，地上画线为格；一格一格的房子，单腿跳跃，同时踢动一石片，石片不能压线，否则为输；谁先一格一格踢进且踢出完毕，算赢。那歌儿就不是平时的词啦，换了——"稀奇稀奇又怪古，全家搬进丰山寺，媳妇睡在和尚屋；全家搬进丰山寺，媳妇睡在和尚屋……"如此反复。反复中，人们哄然大笑。

笑声中，袁镇长的脸臊得通红。不几天，袁镇长将拉来的洋灰、花砖铺垫了院子，没有再提扩大宅基地的事儿。

原三秋就是这样的人。方丈来感谢，他立在自家门口，不让人家进来："阿弥陀佛！恕不接待。无功不可受禄。"

秋天了，芦花飞白，河蟹正肥。原三秋正喝菊花茶时，门外人影一晃，袁镇长的儿子进来了，拱手："原叔，我没有让人通报，就来了。"

原三秋放了茶碗，淡然一笑："呵，会长贤侄，回来了？来，吃螃蟹！"

"原叔，您见外了，还是叫我梦生好。"

原三秋赶紧摆手："梦生，那是以前的名儿，你现在是会长，县维持会长……"

话就有些不投机，袁梦生赶紧让来人展开一幅画："原叔，今天咱叔侄不谈国是，只说这画。"

画展开了。好画。柳丝长，燕儿飞，桃花红，有牧童骑牛，隐约可见雨丝，逼真得很！原三秋心头一动，冯大获的《牧牛图》！

冯大获，袁店河画牛的大家，左手画，更有韵味儿。只是传世不多，更显其贵，就有了仿作。这幅当是其晚年作品，功力了得，真品无疑。前些时，有人托原三秋找冯大获的《牧牛图》，出价不低。后来，原三秋听得是要送县城的日本少佐时，就不再努力。现在，袁梦生却带来了这样一幅，并且是左手画，好呀！原三秋在心里叫了声好。

袁梦生上前："叔，您给赏一眼，看看货色……"

"假的！"原三秋立即哈哈大笑，"你来看，这牛尾，这花的着色，根本就不是冯先生的风格……你要是想要，我可以给你再画几幅！"

袁梦生就对来人吆喝一声："走吧！以后别拿假画糊弄人！"

来人走了，恨恨地看了一眼原三秋……

袁梦生走了。走时，带了原三秋的一幅字：牧童归家急，免教雨湿衣。笑看日西处，谁个能得归？回家，袁镇长看了，一声叹，"儿啊，你原叔，诗里有话，咱得留条后路啊……"袁梦生不解。袁镇长附耳过去，袁梦生的脸上红白杂乱。

小鬼子投降了。再接着，解放了。县博物馆里一幅画前，原三秋和袁梦生一起欣赏。你看我一眼，我看你一眼。原三秋的目光是赞许，袁梦生的目光是感激。

——谢谢原叔！

——不谢我。谢你参，谢你自己！

说完，两人都再看画，是冯大获的《牧牛图》：柳丝长，燕儿飞，桃花红，有牧童骑牛，隐约可见雨丝，逼真得很！画上一款：大清同治×年夏，大获左书。

画下一说明：原三秋、袁梦生捐赠。

（原载《大观》2016 年第 10 期）

BP 机的故事

骆　驼

当然是一段旧话了，时间是二十世纪九十年代。

九里坡镇的卢镇长从县上开会回来，心里就火急火燎的，就像眼目下日趋严重的旱灾。

县上开的是通信工作会，关于程控电话，关于光缆，关于大哥大等等，最使卢镇长心急气短的，就是那烟盒儿大小的 BP 机，那蛐蛐儿一样的声音，牵绕着卢镇长的每一根神经。

卢镇长想，资金再紧张，也要买只挂起，公款解决不了，私人先垫上。

取钱，进城，买机，上户，学操作。卢镇长便有了属于自己的蛐蛐儿般叫的 BP 机。

卢镇长于是迅速将号码告诉了城里所有的朋友，127 – 051 – 3456，多好的数字哟！

卢镇长便等待着朋友们呼他，等待自己的蛐蛐，亲热地呼喊自己。

一天、三天、五天、十天……一个月过去了，卢镇长的蛐蛐儿像冬眠的虫子，没半点声响。

有一天，卢镇长进城开会找到服务台人员，要她们检查一下，看是不是机子出了毛病。

服务员小姐随手拨了号码，蛐蛐儿的叫声清脆而响亮，再拨，又响。尔后，那小姐不再拨号码，将机上的开关按一下，机子也响。再按，还是响。没问题。小姐说，怕没人呼你吧！

咋没有？卢镇长说，上午见了熟人，还问我咋不复机呢？

服务员小姐看一眼卢镇长，苦思一阵。再看一眼卢镇长，忙翻开他的入户登记卡，笑开了。你所在的乡镇超过了有效接收范围，也可以说刚好处在有效接收范围边沿上，你是很难顺利收到传呼信号的！

卢镇长浑身直冒冷汗。妈的！那不成废品了。卢镇长气得两腿直打闪！

正不知所措时，他却看到了机上的时间，也好，就当出高价买了块样式新颖的进口手表吧！

于是，卢镇长白天将 BP 机当手表用。夜晚，便像服务员小姐那样一次一次按动开关，让蛐蛐儿亲热地在自己的房间里呼喊自己。

本来，就这样当手表用，卢镇长与 BP 机的故事也就该结束了，哪晓得事情怪就怪在某一个瞬间后，又引发了许多鲜活的故事。

那天，天公突发慈悲，大雨瓢泼桶倒般流了一地。住在顶楼的卢镇长屋内几处漏雨，筷头粗的雨柱直往屋里射。卢镇长只好披上雨衣，不顾一切便爬上了瓦做的房顶。就在这时，腰间的蛐蛐儿瓮声瓮气地叫了起来，激动得卢镇长差点从楼顶上跌下来！

传呼是县邮局收费处打来的，叫他快去交无线传呼费。妈的，一次传呼二十元，比长途电话还贵呢！可卢镇长心中还是大喜了一阵，自己的 BP 机总算派上了用场。

卢镇长便又有了新的念头，给镇上主要的领导一人配上一只。一来可解决一下自己先垫去的那千多元钱，二来本乡在发展通信事业上也算有了成就。说不定，还可评个先进呢！

几天后，几个主要领导和几大站的站长腰上别上了 BP 机，一统计，总计有二十多只呢。

神气倒是神气，排场也排场，转眼间麻烦事又来了，卢镇长想，总不能让大家天天蹲在楼顶上去等传呼吧！

卢镇长只好召集镇干部开了一个专题会。讨论结果，令卢镇长喜出望外。没想到，平时工作上大家点子一个比一个少，在这事上却一个比一个多。

几天后，九里坡镇便出现了这样一件怪事：在楼顶上，多了一根长长的直直向上伸着的竹竿，在竹竿最上端，吊着一个铁制的箱子。人们看到，镇场上扫街的张老头已不再扫街，一个年轻人顶了他的位置。他呢，每天只守着楼顶上的那口箱子。早上，他将箱子用绳子升旗一样拉上竹竿顶上，中午和晚上，又降旗一样把箱子收起来。乡民们都说这是一个谜。

两个月后的某天，在县上召开的第二次通信工作会上，仅 BP 机就有三十多只的九里坡镇理所当然被评为"全县通信工作先进集体"，卢镇长当之无愧地成为先进个人，在大会上洋洋洒洒地介绍了他们发展通信事业的经验。

后来，乡民们终于明白了，张老头儿升旗一样侍弄的那只铁箱里，装的是全乡三十多只 BP 机！早上和中午升上去，有信息便能及时收到，中午和晚上降下来，乡干部们便可照上面的号码，回那珍贵的属于自己的传呼！

（原载《小说林》2016 年第 6 期）

种花生，收花生

秦兴江

女人在前面匆匆地走，男人在后面紧紧地跟着，很快来到村西的沟底。

那里，有男人包的一块荒地。说是荒地，其实就是靠近沟崖头的一块斜坡，属于村里最好的荒地，厚厚的黄土层中掺杂着点黏性，种啥收啥，旱涝双保。只是由于地块小，每次深翻收种都要靠人工来弄。

但男人已经很久没来过这地了。今天跟着女人来到这里，却像一个犯了错的小孩子，站在那儿畏畏缩缩不知所措，好像等着女人的吩咐。

"干吧，还愣着啥？"女人挥起镢头刨了两下，见他磨磨蹭蹭，就有点火了，"别忘了——当初这荒地可是你要包的呢！"

不错！男人想起来，那年他刚由临时工转成正式的，女人说他，你不会变成陈世美吧？他胸脯拍得当当响，正好村里向外租地，他就承包了这块荒地，说以后在工作之余，哪儿也不去，就伺候这块荒地！而实际上，自打包下这块荒地，这块地就成了女人的"责任田"，他根本就没踩过几回。

"那女人……到底是做啥的？"

见男人仍站在那儿不动，女人也停下手里的镢头，站住了问。

男人不吱声，伸手往口袋里摸出一根烟，"啪"一下点上，嘴里紧接着就有一股白色的烟，像一条小蛇一样慢慢悠悠蹿出来。

"她比我俊？她比我年轻？她比我强很多？你放个屁呀！"

"别问了！"

男人狠狠摔掉手里的烟屁股，开始刨地。

女人也开始狠狠地刨地，一下一下，不停地刨，像是跟脚下的地有仇。

"你要是真想离，等整好了这块地，种完了这季庄稼，我就答应你！这块地——你从来还没种过呢，这可是你的地！"

女人最后一句话很重，像刨进土里的镢头。可是女人说这句话时，泪珠

种花生，收花生　205

子也随着镬头的扬起，"啪嗒啪嗒"砸在新翻的黄土地上。

"好！你甭哭了……"男人的心似乎被砸疼了，软了不少。

听到男人这样说，女人便真的不哭了，使劲去刨地。

男人也使劲刨，一下，一下，像上足了发条。

二分地，一天就刨完了，整好了。过了谷雨，就种上了花生，边边角角点上了青豆。

又等下过两场雨，苗齐土肥，一棵棵庄稼像坐在水盆上，绿油油的惹人爱。剩下的就是管理了。

男人跟着女人又来喷过两次农药，拔过两次草，转眼就到秋天了。

"还离……吗？"

"离……吧。"

"离就离吧，等收完了花生就去办。"

女人一点也没犹豫，男人瞪大了眼，张着嘴说不出话，似乎根本没想到女人会答应得这么痛快。

花生要等过了秋分再收，这时候才会上足油，每颗花生米就是一个小油罐罐。

选好了日子，一大早男人就跟着女人来到地里。因为是荒地，地块小，种靠人工，收还要靠人工。

"那女人……到底是做啥的？"

女人照例又问起男人。也许再不问，以后就没机会了吧。可男人照例还是不说话。

"你不说话，离了拉倒！今天收完了，明天就去离。"

女人示意男人快干，最后一句话竟然干脆得像秋天的风，吹到脸上硬硬的。

男人毫不犹豫，开始抢起镬头，在前面一墩一墩地刨起来，女人跟在后面哆哆嗦嗦抖掉泥土，齐刷刷地摆放好，晾晒着。

"今年的花生好得不得了，一墩起码也有五六十！"

听见女人赞叹，男人回头看一眼花生，又看一眼女人。

"这是两个人的功劳呢，今年你跟我一起干，两个人心使到一块了，才会有这样好的收成。"

女人低着头干活儿，一边自顾自说话。

"往年我一个人来干，老是弄不好。人会哄人，地不会哩。"女人说，"你待它好，它会加倍还给你，不像有的人不要良心哩。"

男人的镬头刚举过头顶，却在半空中猛然停住，好像被谁点了穴。他先前虽然一直不说话，可女人的话句句听在心里，这回怎么也憋不住了。

"我告诉你，我说的那个女人，其实不是那么回事！"

男人几乎快吼出来了。

"不是？不是？不是因为那女人你会要离婚？"

女人的眼神和语气，突然像一把刺刀，咄咄逼人。

"我只想告诉你，我不是你说的那种人！"男人有点急红了眼，"事实上是因为我给一个朋友保了二十万贷款，那个人不仗义，跑了！现在银行已经起诉到法院，马上就要强制执行担保人家产和我的工资卡。我怕你知道了受不了，又怕连累你跟孩子受穷，就说因为一个女人要跟你离婚……你不知道，我连死的心都有了！咱上哪里去弄那二十万啊！"

男人扔下镢头，蹲下去捂住脸哭了。

女人却突然站起来，站起来又弯腰抓起一把湿土，狠狠地摔到男人身上，没头没脸地破口大骂。

"你个孬种！你活一辈子就值二十万？你连二十万都不值啊！你个孬种！"

男人似乎清醒了，捧起一抱花生摇晃着，突然一头拱到地上，双手扣进潮湿的土里，大哭起来："这地，它不会哄我，不会哄我啊……"

（原载《小说选刊》2016 年第 8 期）

刘阿婆的孤独

潘 霞

十多年前，刘阿婆的老伴儿去世。从那之后，刘阿婆就一天天一个人在小屋子里度过。

刘阿婆的儿女大学毕业后不愿意再回到农村，就削尖脑袋挤在大城市的缝隙里，力求成为一个"城里人"。

刘阿婆知道儿女目前都还是在城里租房子住，所以不愿意搬到儿女身边给他们增加负担，于是一直是一个人生活在乡下。只有在逢年过节的时候，才可以盼到儿女回家坐一下，然后看他们很快急匆匆踏上归程。

白天，刘阿婆坐在门口，择择韭菜，洗洗衣服，慢慢吞吞，不是为了干活儿，只是为了有人驻足能跟她说句话；晚上，刘阿婆睡不着，就瞪着空洞混浊的眼睛数星星……

这样漫长而悠远的孤独终于在那天得以终结。刘阿婆的女儿由于刚刚升职，工作量陡然增多，为了能有好的业绩，她想全心全意扑在工作上，于是就把自己两岁的女儿带回老家给刘阿婆照顾。

外孙女的到来给那间沉闷简陋的小屋增加了活力。刘阿婆在晚上再也不用数星星了，而是绘声绘色地讲故事给外孙女听。一辈子没有说过普通话的刘阿婆竟然为了外孙女，跟着电视悄悄练习普通话。她去集市上选最好的布料，颤颤巍巍地为外孙女缝制衣服；刘阿婆把小小的陋室装饰上五颜六色的气球和梦幻的壁纸，看起来像是童话世界；她驮着外孙女跪在炕上爬来爬去，给外孙女当大马骑，看到外孙女开心得手舞足蹈，她笑得皱纹都开成一朵花。

开心自是有的，但是年过六旬的刘阿婆独自照顾一个顽皮的两岁孩子，其中的艰难她也从来没有对外人说过。夏天刘阿婆怕电风扇吹久了冻坏外孙女的肚子，又怕蚊子来叮咬她，就整晚为外孙女摇蒲扇，摇到手酸了、困倦了，还是硬撑着继续摇下去；冬天她们睡的火炕烧火后只能保温几个小时，刘阿婆隔几个小时就起来添几把柴火,始终让外孙女睡在温暖之中;晚上睡不好,白天还是要时时刻刻陪着外孙女玩,生怕她一个人玩会有什么危险……

累并快乐的日子一天天像水一样流走。转眼,外孙女跟刘阿婆已经在一起生活了一年。外孙女非常依赖刘阿婆,早上一睁眼就大喊外婆,一会儿看不到外婆就着急得四处寻找。而刘阿婆更是把外孙女当成了自己生命中最重要的一部分,自己最大的喜最大的忧都来自于这个鬼灵精怪的小丫头。

一年之后,刘阿婆的女儿工作稳定,也招聘了得力的助手,有了很多的空闲时间,又听人劝说孩子的成长必须有母亲陪伴才行,于是决定把女儿接到身边来抚养。

纵有万般不舍与无奈,刘阿婆为了女儿和外孙女长久考虑,也只能化成一脸含泪的笑。

一个月后,传来了刘阿婆脑溢血猝亡的噩耗。临终前她手里紧紧握着外孙女的照片,脸上挂满了泪花。

(原载《大观》2016 年第 10 期)

一　棵　树

争　游

　　老石家的地中间长着一棵 30 年树龄的大杏树。据说杏树能活 100 年，如此说来，这棵杏树正是开花结果的好年华。树干一抱粗，每至初夏，大杏树枝繁叶茂，硕果累累，格外招人喜欢。

　　因为杏树，地两边的邻居曾和老石理论了好多回，认为偌大的一个树冠遮住了他们地面上的阳光，树根也一定伸到了他们那边土壤的下面吸收着本不属于老石的水分和营养。有道是"无阳者不生，无阴者不长"，你指望着红杏卖钱，我地里的庄稼还咋个长法？两位邻居把话说到这个份儿上，老石也只能掏腰包了。后经人说和，每年付给两位邻居每人 50 元钱的补偿金。

　　高速铁路要从道边村里过。有人说是好事，征地就会赔钱，政府不会让个人吃亏。有人说不是好事，人凭土地虎凭山，庄稼汉没有地种，往后的日子还指望啥哩。就是。老石就赞同后一种说法。

　　测量、定位、打样，便有了预征用土地的区域，脑袋瓜子聪明的人便在打样区域内的土地上做起文章。先是个别人在属于自己的土地上栽树，后是成群搭伙的人在所属自己的土地上栽树，松树、柏树、枣树、柿树、葡萄树等等。一亩地少则百十棵，多则几百棵，到时间征地赔款，该是一笔不小的收入，人们都在做着发财的美梦。

　　老石及两边邻居的地均在测量征用的区域内。两家邻居都在属于自己的土地上栽了树，一边是枣树，一边是柿树。老石的老伴儿见别人都往地里栽树，就鼓动老石说，给咱那地里也栽些树吧。老石说，刚栽上的树是个啥样子人能看不出来，公家就怎好糊弄？该赔的、不该赔的都给你赔？想得美！老石硬生生的话把道理摆得很明白，老伴儿不再说话。

　　村里栽树的热潮一浪高过一浪，大有"不到长城非好汉"之势。老伴儿又一次劝老石，你看人家都栽哩，咱不多栽就少栽几棵吧。不栽！咱不做那缺德事。老石说钉子是铁。搭伙过了大半辈子的老伴儿知道那禀性，做啥事都是一根筋。

征地工作组进了村，依照有关标准逐户丈量土地清点附属物。所有地面上的树木，原有的也好，新栽的也罢只要发芽泛绿都点了数，按树龄记在所属户主的账上。老石的名字下就一亩地，一棵树。

怎么会是这样呢？事情的发展和老石原来的想法相差甚远，老石想不通。他不在乎自己吃亏与否，他在乎的是大多数人占了本不该占的便宜，到头来吃亏的是国家。老石找着村主任，要讨个说法。老石问，地里新近栽的树真的给作了数？村主任说，都给作了数。老石说，那可真是弄虚作假。村主任说，现在啥年代了，人还会像原先那么老实，得有经济头脑。再说，又不是掏谁个人的腰包，只当是给群众办点好事。村主任的一片大道理把老石说得无言以对。老石想了想说，既然你那样说，我也不和你争辩了，就说我自己吧。你怎么啦？村主任问。老石说，我那树不是8年，是30年。村主任说，这我知道。老石说，咱不说人家新栽的树，就说原有的树，有的户一亩地几十棵，上百棵，咱一亩地一棵，你说亏不亏？亏。老石接着说，咱村上能不能出面跟人家上面说说，按30年的树龄给我算赔偿，或者按树木所占有的土地面积给我算赔偿。村主任说，根本就没你说的那个档次，没那个赔偿标准，凡8年以上的树龄就一个价，每棵280元。照你说，事情只能这样啦？老石问。就是这样啦。村主任把话说得很温柔，原则性也很强。

村里所有征用土地上的树大都挖掉了，唯独老石地里的那棵杏树还长着。村主任去找老石，老石不在家。村主任跟老石的老伴儿说，你家那棵大杏树显眼哩，影响施工。老石的老伴儿说，主任，你说老石这回亏不亏，人家栽了那么多树都给作了数，我家就那一棵杏树。村主任说，当初人家都栽哩，他不栽，怨不得别人。村主任接着说，上面催得紧，得赶紧把树刨了。老石是个老党员、老干部，千万不敢拖这个后腿。村主任问，老石呢？老石的老伴儿说，刨树去了。话毕，老石的老伴儿又自言自语道，天天说去刨树，都三天了咋就刨不倒呢？村主任听着也纳闷，说我去地里看看。远远望去，那棵大杏树依旧郁郁葱葱，傲然屹立，树下面硬是没个人影儿。这个老石！村主任有点恼火。

走近了，村主任才发现大杏树下面已挖开了一个半圆形的长沟，沟下面躺着一个人，是老石。老石的脑壳下枕着铁锹把，身边放着斧子和锯子。村主任推了推老石，老石已不再动弹。咋会这样呢？村主任仔细一看，老石两个凹陷的眼窝子里有两颗珍珠般的泪珠子，土沟底部有条显露的大杏树根，被斧子砍过的断面上凝聚着一颗颗和老石眼窝子里同样的泪珠子……

村主任有点想哭。

医生说老石年龄大了，又患有心肌缺血。患有心肌缺血的老人咋能有力气刨倒那么大的一棵树呢？

（原载《大观》2016 年第 10 期）

抓"县长"

潘新日

天蒙蒙亮，布小明就醒了，他是被嘴巴上的那几块溃疡痛醒的。他坐起身，发现外面的灯亮了。先是听见走廊里有响声，紧接着有人敲门，布小明打开门，王国军一闪身进到屋里，满脸堆笑地说，布书记，这么早啊？

哎，我说王国军，你大清早不睡觉跑我这儿来干啥？布小明显然对这个不速之客有点不欢迎。

不是新茶下来了吗？我给你送点尝尝鲜。你闻闻香不？

布小明赶紧挡住王国军的手，不料，"啪"的一声，一个信封重重地落在地上，一沓钱露了出来。

好小子，学会行贿了哈！拿上钱，给我走人。布小明冲门外一指，一脚把信封踢了出去。

布书记、布书记。王国军没有急着去捡踢出去的信封，从口袋里摸出一张纸递过去。我姐夫说了，你们俩是党校同学，教学楼的事还请你多费心。

你怎么知道建楼的事，预算都还没有出来，急个啥呢？布小明不耐烦地扬了扬手中的信，一只手推着王国军，一只手关上了门。

这些天，布小明不仅嘴巴上火，心里更上火，竹林乡这次建教学楼的事，才动议消息就外露了，来找他承建教学楼的人一拨儿接着一拨儿，各局局长介绍的人就不说了，更要命的是来找他的人中，不是副县长的亲戚、朋友，就是县委常委的同学、战友，而且个个来者不善，手里都握着县领导的亲笔信。

布小明发现乡长丁大伟的灯也亮着，猜想王国军肯定也找过丁大伟，就敲开丁大伟的门。丁大伟也在生气，布小明把手里的信往丁大伟桌子上一放说，看看，又是一位县领导写的信，这么多领导，哪个得罪得起？

丁大伟满脸愁容地说，布书记，你又不是不知道，找我们的这些人中，哪一个能承建这个工程，就说王县长这个表弟虎牙吧，他去年建的那座桥还没完工就塌了，砸坏了好几个工人。刘书记的二叔刘大胖子修的村村通还没通车路就坏了，还有那个张二蛋、谷麻子、陈铁头哪一个人干过一件像样的工程。乡中学教学楼可是关系到千千万万个学生娃安全的大问题，是百年大计，谁敢含糊。况且，我们四个班子集体考察的市一建公司，不仅资质过硬、技术过硬、质量过硬，还是个爱心企业，人家郑大明可是本乡人，乡中学图书馆都是他无偿援建的，这叫啥事呢？

两个人没说话，就点着香烟对着吸，烟圈一个接一个套在一起，突然，布小明灵光一现，扒在丁大伟耳边如此这般一说，两个人都会心地笑了。

停了几天，布小明让办公室通知县教育局设计室的罗工以及王国军、虎牙一帮人等，当然，还有市一建的郑大明公开竞标。

按照通知要求，除郑大明路远没能及时赶到外，其他人都到齐了。丁大伟说，我们边开边等吧！

罗工首先介绍了教学楼的设计和预算情况，布小明发现，刚刚个个还是踌躇满志、满脸堆笑的样子，听着听着，一个个属大麦的，勾了头。

罗工一介绍完，布小明便清清嗓子说，各位，承蒙大家对我乡教育事业的关心、支持，这个项目虽然不挣钱，但各位都是大老板，又有县领导的推荐，哪位愿意独领风骚。

会场异常安静，没有人站出来。

等了好大一会儿，布小明说，要不这样吧！既然大家都相互谦让，为求公平、公正，干脆还采取老办法抓阄儿。

那就抓阄儿吧！大家有气无力地应和，反正是个赔本生意，听天由命吧！

接着，丁大伟宣布，写六个阄儿，五个"县长"，一个"书记"，抓着"县长"的弃标，抓着"书记"的中标。

那不行，人还没到齐呢，应该加上郑大明才对。刘大胖子和虎牙起哄说。他们心里明白，多一个人，就少一份风险。

话音刚落，郑大明便一脚门里，一脚门外地走了进来。

郑总，你来晚了，因为这个项目不赚钱，大家都不愿意干，当然，也不能塞给你，公平的办法是抓阄儿，就按到会的先后顺序抓。谷麻子站起来说。

说话的工夫，阄儿做好了，一共七个，摆在了桌子上。明眼人一眼就看见写着"书记"的那个阄儿笔力透过了白纸，按顺序抓，剩下的肯定是郑大明抓着。

郑大明也不傻，他大声叫道，慢，阄儿是你们做的，我后来应该先抓才对。说完，他故意把七个阄儿抖了抖，从中抓起一个，捏在手中。

那不行，作假的陈铁头跳到郑大明面前，他伸手去抢郑大明手里的阄儿。任凭陈铁头怎么掰，郑大明就是不松手。

大家都意识到了事情的严重性，本来大家都可以抓着"县长"的，这下可好，让郑大明搅了。搅就搅吧！反正不能让郑大明阴谋得逞。大家一哄而上，强行掰开了郑大明的手，打开了纸阄。

就在打开的一刹那，大家的脸都红了，"书记"两个大黑字像两个大耳刮打在他们脸上……

（原载《喜剧世界》2016 年第 1 期）

梧　桐

彭素虹

　　一封、两封、三封……梧桐父亲小心地摊开信纸，轻轻地用手抚平，把纸张对叠，再沿着对角翻开来，露出一角落款的地方，在上面端正地写上了"收悉请回函"字样，然后将信纸塞进了装裱规整的信封内。

　　每天代人写信，是梧桐父亲生活的重心之一。他代写的信件，五花八门，有替留守儿童写给自己在外打工的父母的，有替老父亲写给求学的孩子的。其字里行间流露的真情，常常令人动容。每次，当他把写好的书信念一遍时，一旁的我就像喝了蜜汁一样，沉醉其中。那时候，我常常想，梧桐父亲要是也能给我写一封信，是有多好。

　　梧桐父亲最初写信，缘于跟母亲的交流。在我三岁那年的夏天，他在外忙着抢收花木，突然之间天色大变，雷雨交加，倾盆大雨铺天盖地袭来。因为躲避不及，淋雨后的梧桐父亲在家低烧了一个星期，后来落下了风湿性心脏病。从这以后，我发现，他跟母亲开始分房睡了，每晚，他把我叫到母亲的房间休息，自己去了书房。

　　住在书房的梧桐父亲，开始了写信的生活。那个时候，我常常做他的信使。每到周末，他在那里奋笔疾书，然后把信件叠成一艘帆船模样，让我转交给母亲。有几次，我忍不住瞄了两眼这"帆船"的"桅杆"，一个大大的吻字看得我好生奇怪。那时我就纳闷了，梧桐父亲跟母亲也就一房之隔，他们干吗要这么鸿雁传书呢，难不成他们前世是和平鸽，爱这么飞来飞去地传递信息！

　　后来，我发觉梧桐父亲似乎对写信上了瘾，他不仅给母亲写信，也替别人写信。有时候，他还自作主张替人回信。年底到了，邻居家的小孩子眼巴巴地期盼着远方父亲的来信，却迟迟没有出现。当梧桐父亲又一次提笔代这孩子写信时，我看到他顺带写了一封回信，一起投进邮筒里。小孩子兴高采烈地让父亲帮忙读回信时，那满心的喜悦，感染了我，让我一时忘记了这回信的出处。

最近，因为受香樟爷爷的影响，梧桐父亲的写信内容开始有所转变，他不再是为某个人写信，似乎是在替一个群体代言。

"尊敬的镇长，镇医院位于镇西偏僻之处，致使看病就医格外不方便。请在公交路线方面多加考虑，增设一些运营班次。"

"尊敬的镇长，梅花路至杏花路段，常年没有路灯，晚上经过极不安全。请考虑安装路灯，便于出行。"

"尊敬的镇长，花河里水草丛生，曾经清澈如明镜的河流，近来常有异味出现。请环保部门督查附近印纺厂的排污情况，还花河一个清白。"这些信件，署名都是"秀才"。

当梧桐父亲向镇长信箱发出第三封信时，他收到了镇长的来信。镇长表示感谢市民热心的关注，并将及时处理这些问题，希望"秀才"同志能继续搜集反馈信息。

于是，梧桐父亲在香樟爷爷的茶馆挂牌成立了"秀才书坊"。他代人写信、回信，也记录民声。每天，前来茶馆喝茶的人络绎不绝，而他们，多数时候在跟梧桐父亲交流。

"我来花镇工作几年了，最近买了房，正办理落户手续。办户口的工作人员要求我回原住址开婚姻状况证明，而我回到原来的户口所在地，他们又要我到花镇开婚姻状况证明。这两边的人都说，他们知道我已婚，但不能确定我结了几次婚。这绕来绕去的，真把我都搞晕了。"

"我去税务部门缴纳一笔赠书的所得税，国税的工作人员告诉我，应缴纳国税；地税的工作人员又说，应缴纳地税。我来来回回地跑了好几趟，都不知道该何去何从了。"

"现在，老百姓办点事情，真的挺麻烦！"

叽叽喳喳的议论声，在梧桐父亲身边炸开了锅。

梧桐父亲站起来走到窗户旁，从衣兜里掏出一支烟，准备点上。沉思间，他搓了搓双手，突然像想起什么一样，又回转身来到书桌旁。只见他唰唰唰几笔落下，在信纸上赫然写下了"道歉信"几个字。

透过梧桐父亲那紧锁的双眉看过去，我发现，在阳光的映照下，他伏案疾书的身影，格外地端正挺拔。

（原载《小小说选刊》2016 年第 10 期）

心　意

赵悠燕

那天，杜正走进我办公室，把两只盛满水的桶往地上一放，说，今后，你家的吃水我包了。

我说，不用了，这多麻烦，我家喝的是纯净水。

杜正说，你那纯净水没有矿物质，这观音山上的水好，是仙水。

我当然知道，观音山海拔三百多米，平常只有体质好、有毅力的人才会天天去爬那座山。

自从镇里引进一个据说是绿色的化工项目以来，去观音山取水的人越来越多。我体胖懒惰，再说了，喝的水是干净了，那些田里的农作物、海洋里的鱼就能保证吃得安全放心吗？

那天，杜正满头大汗走进办公室的时候我把这个理论告诉了他，劝他别再往我这儿拎水了。

可是，我们没有实力带领一家老小离开这儿，至少，这是我能做的一点努力啊。我希望我的家人朋友都能平平安安、健健康康地生活着。杜正看着我喃喃地说。

我心里一颤，我站起来，给杜正点燃了一支烟，我们再没有说话，默默地把烟抽完了。

杜正的儿子三年前去了国外读书，为了儿子，杜正把家里的房子卖了，夫妻俩搬到了丈母娘家住。儿子隔三岔五来要钱，杜正东拼西凑借了些，不够就去银行贷款。这些年，杜正就没买过一件新衣服，穿的都是儿子中学时的那两件校服。

我说，你没那个经济实力，何苦非逼着儿子去留学。瞧你们夫妻俩面黄肌瘦样，有必要吗？

杜正说，我们这一代是老了，可我的儿子，我不想让他再回到这个镇上。

你想，我连最起码的空气和水质都不能对他保证。所以，无论如何我都要让他学会一个不回来的生存本领。

空气里又弥漫起一股难闻的酸苦味，我骂了一声，赶紧关门关窗。

我记得你还贷日期是十六号。我看了一下日历，是明天啊。

杜正叹了一口气，愁眉不展。

还差多少？

杜正说，我再想想办法。

我知道，杜正只有一帮穷亲戚，这世道就是这么恶性循环。

我卡里还有十万元，我转给你。

不行不行，杜正说，去年那十万我还没还给你，否则，你那房子早该买了。

我说，房子早买晚买都是买，你贷款是非得还的，否则，逾期你要被罚息，还要背上信誉不良记录，下次贷款可难了。

我们去了银行，我把钱转给了杜正。杜正喃喃地不知说啥好，我拍拍他的肩膀走了。我不想听他说感谢的话，他也知道，说什么话都是没有意义的。

这天，我把两桶水拎回家，这桶原来是盛色拉油的五升桶，这儿的人习惯把这种桶洗干净了装水。老婆又唠叨了，难保这水也受了污染，反正我们又不会喝，你叫杜正下次不要拎来了。

我说了，可他还是每天拎来，我不好意思多说。

也就是你那样的人这么热忱帮他，二十万元钱，去银行买理财产品两年利息都上万了。

别说了，杜正是个好人，也是为了儿子，我理解他的。

老婆不再说什么了。其实我也知道我老婆是个好女人，换作别的女人，早吵嚷开了。

那天，杜正告诉我，明年儿子可以拿到国际注册认证会计师证书了，到时他就可以去找工作，收入会比较高，先把家里的债还了。一说起儿子，杜正两眼就放光，我知道，那是希望。

我儿子说先在国外工作几年再回国内来应聘，有了这本证书和国外工作经历，就不愁国内没有大公司要他。那时，他会接我们过去，离开这个小镇。

我说，那好。你看，好日子马上就要来了。

杜正突然咳嗽起来，他从桌上抽了几张纸巾，擤了擤鼻子说，你瞧，连鼻涕都成黑色了。大林说，他老娘家那边农庄的果树今年大多枯萎了，活的也结不出果子来了呢。

我说，眼光短浅，害人害己害下一代啊。

杜正说，阿民，我儿子带我们离开这儿的话，我一定把你们带去。我们一起离开这个地方。

　　我笑笑，点点头，说，好啊，我在这儿待了那么久，还真的想换个环境，去大城市呢。

　　杜正看着我，他的目光让我确定他是真诚的，而我，只是随口说说。我知道，对我来说那还是一件很遥远不确定的事。

　　下班了，杜正一直帮我把水拎回家。

　　够了吧，要不，明天我再多拎一桶来？

　　我连忙说，不用不用，真够了。

　　杜正满意地笑了，他向我挥挥手离开了。

　　我进了门，老婆把桶里的水倒进水池里，说，领杜正一份心意，这水只好用来洗菜了。

（原载《山东文学》2016 年 3 月）

少 年 赌 徒

谢松良

　　村庄通往小镇的山路边，经常有人聚赌。往返歇脚的时候，他会悄悄地去过过眼瘾。路边这种掷骰子的赌法很简单的，庄家用一只赤黑色的瓦钵做骰盅，往瓦钵里掷上三枚骰子，再用另一只瓦钵当骰盅盖，合起来使劲摇晃，庄家和玩家均不知道骰子的点数。因为这种玩法带有神秘感，现场气氛很好，往往三五个人开始，到最后路人越聚越多，不管是参与玩的，还是围观的，个个兴奋异常。他做梦都想试试。

　　有一回卖完柴回家，恰逢路边有聚赌的，他壮了壮胆子去赌，结果运气不济，押大出小，押小出大，三个铜板一会儿工夫就落入了庄家的口袋。

　　回到家，交不出钱，叔叔和婶娘问他钱去哪儿了。他如实说赌了。叔叔语重心长地告诫他不要参赌，庄家开赌有玄机的，一般人根本赢不了，十赌九输，总之赌博不是正道。

　　他年纪虽小，但性格倔强，胆子大，有着和年龄不相称的睿智。他始终觉得押宝并不像叔叔说的那样毫无胜算，肯定有规律可循。

　　过了几天，他接着赌，输了，叔叔怒骂了他。又过了一阵子，他还赌，叔叔恨铁不成钢，扇了他几巴掌。但过后他仍然我行我素，叔叔对他彻底失望，用竹枝抽得他遍体鳞伤。可伤还没痊愈，他又把卖柴得来的钱赌光了。

　　那天晚上没有月亮和星星，只有风肆无忌惮地在村庄上空呜咽。他不敢回家，像条流浪狗一样，孤孤单单地蜷缩在屋外的草垛里。

　　不知过了多久，他迷迷糊糊地听见从屋内传出婶娘的说话声："这么晚了孩子还没回来，不会出意外了吧？我们不能等了，要出去找找？"叔叔说："找个屁，这个败家子肯定又赌输了不敢归家。"

　　"你这个没良心的爷们儿！"婶娘骂了一句，点起草火把出了院子，沿着坑洼不平、弯弯曲曲的山道呼喊他的乳名。他悄悄地跟在婶娘身后，出了村庄才出声说："我在这里呢！"婶娘说："你个小兔崽子吓我一跳。"然后，她转过身，丢下火把，把他紧紧地拥在怀里，抚摸着他的头无限怜爱。

快到家门口时，婶娘掏出三个铜板给他，让他交给叔叔，就说是卖柴的钱。

他眼含热泪，第一次称婶娘为"娘"，心里似乎有千言万语，却说不出口。

老实了一段时间，往返卖柴时看到有人聚赌，他又手痒痒了，决定去试试手气。这一回，幸运之神眷顾了他，一上场接二连三地赢，他把赢回来的钱藏起来，心里预谋更大的计划。

他仍旧假装天不亮就上山砍柴，天擦黑才卖完柴从镇上赶回家，如数向叔叔上交三个铜板充当卖柴的钱。实际上，他天天去赌博了，他这方面的才华尽显，觉得路边小赌不过瘾，经常大着胆子悄悄去镇里的赌场，或者干脆租了马匹奔到县城的高级赌馆过过赌瘾，沉醉在里面自得其乐。

几年后，他个儿长高了人也成熟了，赌技更是到了炉火纯青的地步。从不断的实战中，他积累了丰富经验，不仅能隔空听出"宝子"和"骰子"点数，而且练就了一副冷静的头脑，摸爬滚打中，他成为当之无愧的赌王。

那天，他买回很多肉和酒，挺直腰杆子和叔叔一起坐在院子的竹篱笆旁喝酒。他满脸绯红，豪情满怀，说起几年来的赌场传奇经历，眉飞色舞。

要不是他自己暴露出来，叔叔和婶娘还蒙在鼓里，以为他早改邪归正了，变成安守本分的好孩子了呢！不等叔叔和婶娘回过神来，他拉着他们来到地窖，看赢回来的金银财宝。

巨额的不义之财让叔叔和婶娘心惊胆战的，婶娘犹豫了一会儿对叔叔说："孩子大了，是时候让他知道他父母去世的真相了。"

他紧张地跟着叔叔上了石山崖，在一处隐蔽的崖壁上，他见到了父母的牌位，只见父亲的牌位上醒目地写着"赌王"两个字。

叔叔对呆若木鸡的他说："你爹十多年前赢了石山崖大土匪丁天霸的钱，他派人要了你爹娘的性命。"他幡然醒悟，慢慢地跪倒在爹娘的牌位前，暗暗发誓：今生永不再赌。

（原载《微型小说选刊》2016 年第 13 期）

天　珠

张俏明

　　他决计出走。

　　他的身份是父王的十四子。其时，父王的王国正处盛世，子嗣甚多。王兄们文韬武略样样皆精，王弟们乖巧伶俐，甚得父王喜爱。

　　除了他。

　　父王把西域一个小城作为他此次出走的落脚地，那里地处疆界，人烟荒芜。离开时，他从母妃哀怨的眼神里读到了失望二字。

　　策马扬鞭，回头再望，长安城早已消失在滚滚尘土之中。

　　到了西域，终日与门客吟诗赋歌，偶尔舞刀弄枪，或纸上谈兵，讨论行军布阵之法，日子过得逍遥快活。

　　当京城传来王子们争夺嫡位的消息时，有人提议：是否招贤纳士以防患于未然？他却一副无所谓的样子。

　　他决意要成为王，是在母妃惨死在宫闱争斗之后。

　　他要成为主宰自己命运的王。

　　很快，他身边集聚了一大群异士，这当中有一位白衣女子。

　　女子用的是一把寒光闪闪的柳叶刀。比武那天，柳叶刀出神入化，只轻轻一划，那力举千斤的西域大力士瞬间倒地。不出十个回合，中原武林盟主便宝剑脱手。她还吹得一手好笛，笛声一出，大片胡杨木像是被抽筋拆骨般，簌簌落地！那诡异的笛声，撕心裂肺，内功深厚者立马盘腿而坐发功护体，内功弱的早已七窍充血，呜呼哀哉！

　　她说她叫玛打。他说你这名字听起来怪怪的，还是叫你玛姑娘吧。玛姑娘也会吹出悠扬的曲子，还配了词儿：黄河远上白云间，一片孤城万仞山。羌笛何须怨杨柳，春风不度玉门关。他觉得这歌词有点儿熟。

　　当京城的兄弟们终于想起他时，二十三位兄弟只剩下四位。兄弟们的铁蹄声渐渐迫近，玛姑娘把训练了三年的十万精兵，布防在距离小城二十里开外，呈口袋形围驻，只留下入城那三里路的口子。可他尚存善念，当兄弟们的军队在小城外架起云梯，强弩待候，狂言一个活口都不留时，他才断然下令围歼。

连场恶战，鬼哭狼嚎。那个惨烈在他成为王之后多年，仍然噩梦萦绕，彻夜难眠。

待他大获全胜返回长安城时，父王已危在旦夕，遗旨是多年前拟定：传位于十四王子。气若游丝的父王用尽全力睁开眼睛看了看他和年纪最小的王弟，留下一句：善待你弟！便撒手尘寰。

他终于成为王。

王请求玛姑娘做他的王后，她向他吹起了那首曾经悠扬的曲子，哀怨悱恻，听着听着，他竟然泪流满面。

父王留下的，不再是盛世太平。王着手重整朝纲，安抚黎民，屯兵积谷，安内攘外。千头万绪，身心疲惫不堪，他无比怀念西域那段日子，甚至想再次出走。

再次出走，是在王把一切事务安排妥当之后。而现在不叫出走，叫微服出巡。嘿！王非常喜欢这个新词儿。

当王把这个计划告诉玛姑娘时，从她的眼眸里看到一泓亮光。为此，王变得异常兴奋，他做了一个无比大胆的决定：只带玛姑娘一人跟随！这个决定遭到后宫所有人的反对，然而王并不知道，因为没人敢吐出半个不字。

王怎么也没想到，还没走出长安城，他那唯一的王弟已带领武林高手紧随其后。

长安街尾，暗箭嗖嗖嗖飞向他们，像只是一个瞬间，玛姑娘便堵在王的身前，一背芒刺倒地！

王向王弟怒吼道：你怎么可以行刺本王？没有本王，你活不到现在！

没有你，我就是王！王弟哭喊道。

王似被万箭穿心！

玛姑娘事先安排的高手只数十回合，便灭掉王弟所有的人。

玛姑娘倒在血泊之中，气息越来越微弱。王俯身抱起她，从微弱的呼吸声中吐出"天珠"二字。王：立马传朕口谕，找寻天珠！

她却凄然一笑，脸上开出一朵惨白的花：您脖子上不就有一串吗？王一惊，下意识往胸前一摸，那可是父亲的遗物！当他把天珠伸向她时，触及的却是一帧冷的屏幕！

他走出游戏厅的门，霓虹刚熄，一缕晨曦隐隐约约照着归的路。此时此刻，他无比急切要回到当初出走的家。

从他出走到成为王，历时十年之久。但虚拟世界毕竟不是现实，实际上他只不过离家出走了短短的一个月。

继父似乎一直在候着，一听到开门声立马飞奔而出：你终于回来了，快去看你妈妈！

我妈怎么了？

你出走后，她一直在你房间，今天早上发现晕倒了，医院的人刚走！

他冲进房间，电脑还开着，屏幕里玛姑娘倒在血泊之中。

（原载《小小说选刊》2016 年第 5 期）

神 秘 纸 条

李忠元

　　窗外的风还在不停地刮着，卷起的沙砾弹在窗玻璃上乒乒直响，一下紧似一下。窗下窝里蜷缩的狗猛然间狂叫起来。老队长于杨不寒而栗，他小心翼翼地起床，披衣下地，蹑手蹑脚地蹭到窗前，探头探脑地仔细向窗外张望。

　　昨晚发生的一幕又重演了：微黑的院内一个吓人的黑影闪到窗下，将藏在袖管里一条白纸样的东西用一块黑砖头压住，然后急转身，扬长而去……

　　老队长于杨用袖头拭了拭额头上渗出的细密的冷汗，浑身紧张地颤动了一下，昨天纸条上的内容依然历历在目——"于杨队长，去年腊月处理的那几台旧变压器所得的一万五千元钱哪儿去了？请你务必于三天内将款返还给农户！"

　　老队长心里暗暗叫苦，但又始终猜不透这位不速之客到底是谁。这钱的底细怎么会让人知道了？那几台旧变压器可是为儿子结婚过彩礼贪黑拉到县城卖的，当时也没人瞧见呢！要是这事传出去，让乡里知道底儿，别说这个队长干不长，就连自己一辈子的清誉也会丢光的……

　　老队长于杨透过窗户，向西厢房儿子的新房望了望，见没有动静，知道儿子儿媳一定还沉浸在洞房花烛夜的喜悦里，他的心神才稍稍稳定了一刻。但只过了片刻工夫，他又开始暗自思忖，心神不宁地在自己的屋子里走来走去。一想到儿子、儿媳，于杨更加紧张起来，要是让儿子和儿媳知道自己结婚用的钱竟然是我这个爹贪污村民的血汗钱，我这个老脸可往哪儿放啊？

　　今晚，老队长于杨还是稍稍镇定了一些的。他找来钳子，轻轻地撬开窗户内钉的挡风寒的塑料布，小心翼翼地抽掉插子，提心吊胆地推开窗户，将砖头压着的白纸条迅速地抓在手上，然后马上合紧窗户，插好，又推了推，看插没插紧，生怕那个不速之客会不经意从窗缝间挤将进来似的。然后，他蹑手蹑脚地走到一个角落里点着打火机。在如豆的光里，一行触目惊心的字跃入眼间："明天是第二天，还不见你把钱退给农户，别逼我把这件事告诉所有人，到时候你就吃不了兜着走了！"

此时，老队长觉察出自己的心在咚咚地狂跳，攥紧纸条的手不住地发颤。他将纸条揉了再揉，随即又用打火机点着了，直到最后一个纸边烧着了后，他才又向窗外望了望，见没有动静，他重又躺回床上，盖上被子。可于杨怎么也睡不着，每声不经意的狗叫他都有点战战兢兢的，起身向黑黑的窗外张望，看看没事又躺下，随后又披衣坐起，点上一支烟，吸完又躺下，蒙住头，身体蜷缩地黏在床上，头脑里却翻江倒海一般，越是强制自己越是睡不着。就这样，老队长折腾得一宿未眠。

次日，东方还不见鱼肚白，老队长就早早地起了床，将自己珍藏多年预备买棺材的私房钱拿出来，默默地逐户分发。

忙了一天的老队长于杨，虽然很劳累，但却感到从心里往外透出阵阵轻松。老伴儿刚刚把晚饭做好，于杨走到儿子和儿媳的门口，准备叫两个人吃饭。隔着紧闭着的屋门，于杨听到里面在说些什么……

"咱爹的那一万五千块都还回去了。"

"是啊，终于还回去了，我这心里也踏实多了，还是你的这个主意好啊。"

"我想来着，要是咱们直接给咱爹说这个事，咱爹脸上肯定挂不住啊，咱爹那性子肯定不承认。不过，你到底是怎么知道这个事儿的啊？"

"坏事传千里，纸里包不住火啊，哈哈哈……"

伴随着两个人的对话，屋里传出阵阵笑声。于杨听得清楚，没错，这正是儿子和儿媳的声音。听到这里，于杨感到眼睛有些湿润，但是他内心却有着一种喜悦感，带着嘴角的笑和眼眶中的泪，于杨不禁甩出一句话来——

"小兔崽子！"

（原载《小说选刊》2016 年第 5 期）

小 柳 树 村

程丽娥

爸爸三年前走的，妈妈一个人形单影只，我就经常回家乡陪妈妈。可能是失去爸爸的伤感，对死的感觉总是敏感吧。总觉得不多日，这儿就要死一个人。哀乐声声，啼哭片片，心被伤感淋得湿漉漉的。我记得小时候，这儿可不是这样，很久会死一位很高龄的老人，大家都称为喜丧，出殡的时候，没有那么悲伤，好像有点瓜熟蒂落的感觉。大人小孩子还抢发糕吃，说是能够长寿的。这几年，妈妈总是说，现在的人太脆了。

爸爸是因为患了帕金森病摔跤后，瘫痪在床上，他直挺挺躺了两年走了。妈妈每天以泪洗面，嘴里嘟嚷着：你爸爸应该最少再活二十年的，才退休回来几年啊，就走了。他以前的身体多好啊。现在我们生活好了，想吃什么就吃什么，他倒走了。是我没照顾好他呀。你看李大和张五也得的是和你爸爸一样的病，都颤颤几年了，人家不是还活着……妈妈沉浸在悲伤中不能自拔，我怎么劝也不行。

前年六十刚出头的二舅也走了，妈妈又开始整天哭，她说，你二舅家的地被木器厂收购了，给了好多钱。才盖起来的小二楼，没住上几天，就得了怪病走了，真没有福气啊。

后来，妈妈不哭了，我每次回家，她就叨咕，村里谁病了，谁死了。真的很瘆人。有时，我对妈妈说，能不能不讲这些，讲一讲高兴的事？妈妈连忙说好。

种地的那个老实巴交的王二发财了，他家的地还有果园，被一个化学厂占了，一下子给了他三百多万元。夫妻俩什么都不用干了，下辈子钱也够花了。可是王二的老婆去年却得了癌症，沈阳，北京，前前后后去了好多趟，花掉了他家卖地的几百万，人还是走了。王二不知到哪儿打工去了。

孙三蔬菜大棚被轧钢厂收去了，卖了二百多万，盖了新楼，整天什么也不干，到处溜达，喝酒，得了脑溢血，一阵工夫，没到医院就死了。

钱六，好好的人，骑着才买的新摩托车，突然间，手松开了车把，死了。

前些日子，我回家看妈妈，妈妈说，村长福强也倒下了。

村长福强，今年才四十多岁，正年富力强的时候，怎么会？

我和他是小学同学，并且做了好几年的同桌。他很聪明，但是很调皮，老师不安排他和我同桌，他就不听老师的话，所以老师只好劝我，和他坐同桌。有一次，几位妈妈在剥花生，我和他也在帮忙，有位妈妈开玩笑说，我和他是青梅竹马。气得我再也不理他了。

我考上了大学，他回乡务农，主动要求当生产队长，后来又当上了村长，领着乡亲们搞副业，建厂子，把一个封闭的小柳树山村，搞得红红火火。他听说市里要建一个工业区，把市里的一些大企业搬迁出来，这可是千载难逢的大好机会，哪个村不抢？福强，想尽了办法，找人托关系，请客送礼，硬是把一个工业区争取到了村里，村里地都卖给工业区了，大家再也不用面朝黄土，背朝天种地了。房子也增值了。家家户户都有钱花了。村子里吃上了自来水，修了柏油马路，路旁是鲜花，连路灯都上去了，晚上再也不黑了。

拿锄头的手，如今都当上了工人，小伙子们骑着摩托车，开着轿车去上班，小姑娘们穿得花枝招展去逛街，去美容。每一家都建起了新房子。大家都夸福强是能人。

这么多年，我很少回来，即使回来，我和福强也基本不联系。这次我听说他病得厉害，可能不久于人世了，在妈妈的劝说下，我还是决定去看看他。

我买了点水果，到了他家楼下，他的夫人把我接到家里。他家有三层小楼，家里装修豪华，和城里不差什么。他已骨瘦如柴，干咳着，看到我，眼里放出光，瞬间又黯淡了下去。他挣扎着想坐起来，但是坐不起来，我连忙示意，让他躺着。

我和他聊了一会儿同学们的情况，我为了鼓励他，极力贬低自己，赞扬了他给这个村带来的巨大变化。他淡淡地笑着。等屋里只剩下我和他两个人的时候，他说，没想到，在我临死之前，你能来看我，我没有遗憾了。他眼睛里含着泪对我说，其实，我是小柳树村的罪人。我为了私欲，想做出更大的成就给你看，我把小柳树村害了，老天已经在惩罚我了。

（原载《大观》2016 年第 10 期）

井

井里有鱼!

井里有鱼?

考了小升初,有两个月的假期哩,我和杨红旗没事就去池塘里钓鱼。那些池塘里的鱼儿又小又滑,扯住鱼钩上的蚯蚓就跑,鱼浮子被拉得沉了又浮,浮了又沉,你一拉鱼钩,什么也没钓住;有时,鱼钩钩住小鱼的肚子,被拉了上来。钓着,钓着,杨红旗烦了,就把鱼钩甩进池塘边的井里。鱼钩刚沉下水,杨红旗又提上来,大惊小怪地说井里有大鱼。

我不信井里有鱼。杨红旗让我看他的鱼钩说,蚯蚓都被鱼吃掉了。又钩住一条蚯蚓,杨红旗把鱼钩甩进了井里。看杨红旗满怀信心的样子,我也把鱼钩甩进了井里。你就像那一把火,熊熊火光照亮了我……杨红旗得意地哼着小曲,我则紧紧盯着鱼浮子。

我们没注意队长杨喜从村子西边过来了。走到井边,杨喜一把揪住了杨红旗的耳朵说,小屁孩,不知道井水是吃的嘛,在井里钓鱼!

井在俺宅子里,想钓就钓!杨红旗一扭头,挣开了杨喜的手。杨红旗有点不服气。是啊,我们队的井确实在杨红旗家的宅子里。

小崽子,井在你宅子里,就是你家的了?我看你爹敢说井是你家里的吗?杨铁头,你给我出来!杨喜喊杨红旗的爹杨铁头。杨喜话声一落,杨铁头就从屋里窜出来了。看见爹来了,杨红旗拿着鱼钩竿跑了。见杨红旗跑了,怕杨喜找我的事,我也拿着鱼钩竿跑了。

傍晚,我跟着四叔去井里打水。四叔挑着扁担,一头挂一个水桶。到了井边,四叔用扁担上的挂钩钩住水桶,往井下一顺,左漾右摆,水桶一歪沉进水里,咕嘟,水满了。哗一声,提上一桶水;哗一声,又提上来一桶水。水清得见桶底,哪里有一条鱼的影子。

其实，杨红旗没说假话。井里确实有鱼。

那个夏天，天又热又旱，连着一个月没落一滴雨，再加上村里人抗旱浇地抽水，池塘里的水落下去了大半截，那些大鱼在水里游，都能看到脊梁骨了。起鱼的日子来了，村里的男女老少都下塘捉鱼，有网的拿网捉，没网的拿鸡罩罩，没鸡罩的用手摸。池塘里成了一片泥浆。鱼起了，堆在一起的鱼像一座小山；按照放鱼的份子钱，不说每家都分的鲢鱼了，光逮的鲫鱼、鲇鱼都有十几斤。晚上，村子里弥漫着炸鱼块、炖鱼汤的香味。

塘里的鱼起了，井里的水却浑了，提上来的水还带腥味。该洗井了，村里的年轻人挑着空桶来了，一桶桶水打上来，倒进池塘里，井里的水越来越少。杨红旗往井边上凑，又被杨喜揪住了耳朵。

小崽子，井是你家的，你下去清淤吧！杨喜说。

他？蛋子还没长硬哩，让他爹下去还差不多！四叔说。

有你胡老四，用得着俺？俺倒淤泥还差不多！杨铁头说。

扁担已经够不到了，换了长竹竿。两只水桶一齐下井，一桶桶浑浊的井水哗哗地倒进池塘里。水桶的底粘上黄泥了，井里的水不多了。该下井清淤泥了，粗缏绳拿来了，一头拴在井旁的树上，一头拴在四叔的腰上。四叔抓着绳子下到了井底。他只穿了一个大裤头。没想到井里真有鱼。四叔共扔上来六条鲫鱼。

我说井里有鱼，没骗你吧！杨红旗得意地说。

水桶放下去了，一桶桶泥水拉上来了，一桶桶淤泥清上来了，杨铁头都倒在他家的杨条树根上。让杨红旗高兴的是，淤泥里竟爬出来八条泥鳅。

井洗了，被堵的泉眼又渗出了清清的泉水；泉水越涌越多，四叔被拉了上来。

洗井还能逮鱼，明年，咱俩也下去洗井吧。杨红旗对我说。

中啊，到时候，看谁还说你的蛋子没长硬！我说。

过了七月，我和杨红旗去陈店读初中了。上学、放学，我俩常说起洗井的事。我们盼着洗井的日子快点来！

洗井的日子没来，打压井的人却来了。杨喜家先打的压井。压井打得深，压上来的水比井水还清。前后左右的邻居，都去杨喜家压水，杨喜的老婆便有意无意地说，半年，他们家的压井就换了三个皮垫子。谁家有也不如自己家有方便哩！村子里，越来越多的人在家门口打了压井。连杨红旗家都打了压井。守着土井，杨铁头也不去打水了。

村里人不吃井水了。土井没人管了，井里落满了枯叶树枝。有一只翠鸟在井壁上凿了一个窝，从井里飞进飞出，去池塘里捉鱼。池塘里的水越来越浅，井里的水越来越黑，那些树叶枯枝把井水沤臭了。村里人都用压井了，土井没人来打水了，杨喜也就不喊人洗井了。

在陈店初中，杨红旗只上了一年，就不上了。杨红旗说，日他娘，语数外没有一门及格的，还是给俺爹省俩钱吧。不上学了，杨红旗跟着搞建筑的人出去打工了。

没人洗井了，井里的水越来越浅，淤泥越积越深。终于，在我考上高中的那年冬天，趁杨红旗打工回来，杨铁头叫着儿子从地里拉回来三架子车黑土，把井填平了。春天来了，杨铁头在填平的井里挖了一个树坑，栽上了一棵白杨树。那棵白杨树长得很快，三年就碗口粗了，比那些早栽两年的树长得都快。

井都没有了，我和杨红旗还洗个啥。

我上学，杨红旗打工，我们都成了背井离乡的人。

（原载《盘古文艺》2016 年 7 月）

安教授的秘密

高淑霞

安教授走了，留下了一个难解的谜。

人们不明白安教授为什么把遗产都留给了后老伴儿，一个糊涂、瞎眼、土里土气、八十多岁的乡下老太太！

八年前安教授的妻子去世了。办完丧事，安教授像被人抽去了筋骨，团在沙发上闷头抽烟。烟雾中安教授的眼睛由明变暗，由暗变明，头发从灰白变成雪白。

安教授的这种状态持续了三天，三天后安教授向家人宣布他要回趟河北老家。

安教授的大儿子说：好吧，回老家散散心也好。我们从没去过老家，正好陪您回去看看。

安教授不同意，你们跟着干吗？像打狼似的！

孩子们拗不过安教授，只好随他。

半个月后，安教授从老家回来，领回来一个黑瘦干瘪的老太太。

孩子们不反对老爸再婚，但老爸再婚也得找个体面有知识的女性啊。

安教授一意孤行，不仅和老太太领了结婚证，还出来进去地带着她。到外地讲学也把她带去。

那时候，老太太的眼睛还没坏，身体也可以。儿子们想想，唉，随老爸去吧！儿子们都有家都要忙工作，从此也就很少管安教授了。

现在安教授走了，老太太的眼睛突然失明，傻傻乎乎地抱着安教授的照片呆坐着。她的手在照片上反复摩擦，手上的皮肤像葱皮一样薄，上面布满黑斑，凸着蚯蚓似的青筋。

安教授的大儿媳把家人聚到客厅，随手关紧老太太的卧室门，说：我们要遵照爸的遗嘱为老太太养老送终。但，爸的房和存款不能白给她。

安教授的二儿子捅捅身边的媳妇：喂，你也说说。

二儿媳说：老太太倒没什么，关键是她乡下的亲属，万一哪天老太太走了，她的亲属要继承财产怎么办？所以我们必须起诉，把财产要回来。

话音未落，卧室里传出巨响。众人一愣，随即冲进卧室。卧室内老太太大睁着双眼，混浊的眼球盈满了泪水。散了架的镜框摊在地上，闪烁的玻璃迸溅出一地碎片。

二儿媳捡起地上的镜框，叫道：看，后面还有两张照片！一张是爸和妈的，一张是？

二儿子拿过媳妇手中那张黑白照片，沉思着说：这张好像是姑姑。突然他脸色煞白，手哆嗦着：老太太就是姑姑！

大儿子夺过照片，惊得张大了嘴，半天才吐出两个字：是她！

姑姑藏在久远的记忆里。他恍惚地记得，那时候姑姑和姑父每月都来他家。他们每次来都带来很多好吃的东西。爸妈也带他们去过一次姑姑家，那家很小很破。

后来，就没记忆了。

太荒唐了！老爷子怎么会做出这种事！安教授的两个儿子决定回趟老家，把事情弄清楚。

在老家他们见到了老太太的亲外甥，听到了一个凄婉的故事。

我姨妈叫秋花，秋花二十岁的时候和小她两岁的安少爷洞房花烛结了婚。安少爷结婚当年考上了辅仁大学。家人担心安少爷饭来张口衣来伸手到外面受不了苦，就让秋花陪着他去了京城。

到京城后，他们在西城租了间房。安少爷上课，秋花在家洗衣做饭料理家务，小日子过得安逸幸福。后来时局变动家里没钱寄去，生活变得艰难，秋花就接些浆洗缝补的活儿，挣钱贴补家用。再后来生活更难了，秋花就白天做用人，晚上浆洗缝补。安少爷嫌家里脏乱，住到了学校。

在学校安少爷爱上了一个女生，爱得如痴如狂。女生家在湖北，家境一般，所以安少爷读书恋爱要花很多钱。他很少回家，回家主要是为了取钱。

秋花什么也不知道，只想拼命做活儿供安少爷读书。

1950年，安少爷毕业，他向秋花坦白了一切，并提出离婚。

秋花说：行，我只有一个要求，就是和你们做亲戚。

安少爷结婚后，秋花嫁给了一个火柴厂工人，一生没有子女。

那时候经济贫乏，买什么都要票证。秋花夫妇就用每月节省的粮票、油票、钱，贴补安家。为了省钱他们每次去安家要步行四个小时；为了省布票他们穿补丁摞补丁的衣服。

1965 年春天，秋花的丈夫去世，秋花回了老家。

八年前，满头白发的安少爷回来了，他对满脸褶皱的秋花说：她走了，你跟我去吧！

秋花说：我不去，我不能拖累你啊！

安少爷说：孩子们都单过，我没人照顾。

秋花就跟着安少爷去了北京。

（原载《天池小小说》2016 年第 10 期）

大 卫 代 诊

刘会然

张总来电话的时候大卫正在外面午餐。张总说好，正好代我去医院一趟。张总说自己正在应酬，一时半会儿抽不出时间去医院。张总要大卫替自己去代诊一下。大卫纳闷道，这怎么能行，生病了还能代诊？张总说，没事的，以前很多事情不都是你代我去的吗？

大卫一想，确实如此。张总虽说是公司里的一把手，大卫是公司一个普通的办事员，可张总一直把大卫当作最可信赖的下属看待，很多事情张总也放心让大卫去做。大卫每次都能把事情做得滴水不漏，这也深受张总的喜欢。

大卫疑惑，生病了怎能代诊？电话那头的张总发话了，说大卫兄弟，你就帮帮我吧，我实在是身不由己啊。张总这是在请求大卫了。大卫不好再推托了。

于是，大卫问张总哪里不舒服。张总说肚脐眼下面隐隐作痛……

喂，喂，大卫问张总，你能说得具体一些吗？可电话里传来嘟嘟的声音。大卫回拨张总的电话想再详细地问清病情，张总的手机停机了。大卫想，肯定是张总的手机没电了。

大卫赶紧来到医院的挂号窗口。工作人员问他挂什么科。大卫支支吾吾了半天才说，我朋友说肚脐眼下面隐隐作痛。

工作人员很快就帮他挂了号。大卫一看，怎么会是性病科？

大卫本来想询问工作人员是不是挂错了科。可后面的一位臃肿的女士早已挤占了狭小的窗口，后面黑压压的挂号队伍也用火辣辣的目光瞪着大卫。

大卫只好来到五楼的性病科。一进去，大卫就对大夫说，我朋友说他肚脐眼下面隐隐作痛。大夫二话没说就按住大卫躺在床上。大卫忙争辩道，我是替朋友来看病的，不是我。大夫说，来这里的人都是这样说。

大卫再想争辩，大夫已经利索地褪下了他的裤子。大卫的下半身已经裸露。大夫用器械东拉西扯，最后用镊子敲了数下，问大卫痛不痛。大卫说不痛。大夫说还好，属于早期患者。大夫再敲了几下，问，痛吗？大卫说，微微灼痛。大夫说，这就对了。

大夫叫大卫把裤子穿起来。大夫问大卫，发现痛感多久了。大卫说，真不是我，是我朋友要我来的。大夫说，没事，我们这里保密，你不用担心。大卫坚持道，真不是我，是我朋友生病了，你不要弄错了。

大夫说，好好，是你朋友，不是你。

大夫再问，最近发生过不洁性行为吗？大卫辩解道，我还没有结婚呢。大夫说，好好，那你最近什么时候住过宾馆。大卫一想，说，一个月前住过。

大夫说，那好，你去化验一下。大卫说，凭什么要我去化验，是我朋友生病了啊。大夫说，来这里的人都这样说。大卫愤怒地对大夫说，真不是我，是我朋友。

大夫丢下一句，是你还是你朋友一查不就知道了？大卫一想，也有道理。

很快，大卫拿着化验单过来了。大夫一看，说，你还嘴硬说是帮朋友看病呢，你看看，化验单上多项指标都异常了，再晚点来就要出大事啦。

大夫给大卫开了数剂治疗性病的药。

大卫提着药神情恍惚，左右为难。

大卫还是决定先回单位。刚到单位门口，大卫就碰见了张总。张总看到了大卫手中的药。张总说，刚才我还以为什么大病，我只是上了一次厕所，肚子就不痛了。张总说，真是难为大卫兄弟了，快把药给我。

大卫说什么也不肯把药交给张总。张总说，你为我代诊，药不给我给谁？大卫想把药藏在身后，可人高马大的张总一把就夺去了。

（原载《小小说选刊》2016 年第 15 期）

良　药

许　嫒

　　茨村的造型有点奇特。

　　四周环山，一窝良田，一座天然形成的大水库镶嵌在青山中，清溪从山上流下，灌溉村中沃野。村居依山而建，人站在屋前，就像观望一个聚宝盆。

　　归一药铺在村东，两重天井的旧院子，青砖青瓦。刘儒青药师年逾古稀，面容清瘦，身板挺拔，眼睛炯炯有神。他总是穿着月白色盘扣棉布衫，衣服洗了要用米汤水浆过。千层底布鞋，步履稳健。布鞋倒是知道怎么来的，村里的媄驰堂客，把脉拿药，到了端午中秋来结账，会带些自家种的菜，采些庭院的歪瓜裂枣送来，带一双布鞋也是有的事。邻居在他的堂屋闲谈，也会纳闷打听这褂子哪里来的。

　　我这褂子啊，是以前留下的，还有好几件呢，我这辈子都穿不尽。他慢条斯理说，偶尔他见人不多，就进去内室柜子前，从裤腰解下一枚铜钥匙，拉开了铜环的柜门，从一个青花瓷罐中掏出几根"兰花根"，分给坐在堂前地上玩耍的孩子吃。兰花根是一种沾有芝麻粒的零食，香喷脆响，非常好吃。镇上都买不到，刘药师的儿子在市里银行工作，常带好东西来，惹得小孩儿流口水。

　　他大部分时间在药房炮制中药，教小徒弟背书。冬天的时候，在火塘边煮饭，他一般用一个小瓦罐炖菜，放几片肉在里面，青菜萝卜下到小罐子里。晚饭后，有人来烤火，别人为了节省柴火，自己家不开火塘，就坐到药铺来，人越多他越欢喜，他讲故事，火塘边围满了人。《薛仁贵征西》《杨家将》《封神榜》，每天晚上连载，他抑扬顿挫的声调，中气十足，表情丰富，伴随着外面沙沙飞扬的大雪，乡村慢时光就像一帧黑白旧照片。女人们纳鞋底织毛衣，孩子搂在怀里听故事，他成了大家的中心，心中自然有小小的得意。每讲完故事，他就会总结：看，好人终有好报，听到没，要爱国，要忠心，要勤快……

后来，来他大堂屋的人一天比一天少，没人听他的故事，村里有了两台电视。茨村人看电视喜欢凑在一起看，他坐在电视机最前面，被挡住的人就在后面叫：大青爷，你挡住我啦。

他一边看一边说话：电视不好看，我们还是讲《杨家将》？广告时间，他就开始点名：满伢仔，你的稻田为什么还没种紫云英当绿肥？

满伢崽不耐烦地说：爷爷，现在种一季稻，也不用绿肥啦，全是化肥。

懒骨头，可惜这好地啊。又转头问：老六，你家春香去哪儿啦？

打工去了，和莲花她们一起。

唉。他又叹息：好端端的，不在家种菜喂猪，打什么工啊。又问坐在后面红白喜事当家的祖胜：前几天高木匠的丧事，和尚下半夜为什么歇了伙，也只念了三本半经。

您莫操心了，以后白喜事和尚都只念经上半夜，下半夜改唱花鼓戏啦。

他眉头紧皱：没规矩！

很快到了腊月底，家家户户忙过年，他穿着藏青色布扣衣服，厚棉鞋，到处指点提醒：腊月二十四，掸尘扫屋，二十五，打豆腐，二十六，杀猪肉，快点做糍粑熏腊肉，敬祖宗，年前得准备正月的舞狮……大家聚在屋前太阳底下打纸牌，谁还做这些烦琐事，过年时豆腐糍粑到镇上批发店买点，红色的细瓜子，白色的开心果，什么新鲜玩意儿都有。

知道啦！知道啦！他们敷衍应和。

小年夜，春香和另外两个堂客，穿着时髦大衣，闪身进了药铺里堂，恭敬送上大礼盒，期期艾艾说：刘爷爷，您老人家给帮忙开点药。

望闻问切。他看她们面色萎黄，脉多沉滑，舌苔黄白厚腻，唇为紫红，近身都可闻到异味，该是邪毒雍盛，瘀浊败脓等。他沉默很久，脸色阴沉：不治！你们去医院吧。

春香流眼泪了，真的不能去医院，千万不能告诉屋里老小，村里其他人更不能知道，偷偷开点药给我们。

春分插秧谷雨种棉，晒谷喂猪带孩子，有什么不好，偏偏朝外面跑，看，你们把地都荒了……

春香低头。

儒青药师瘦削的脸上一脸怒容，完全没有往日的慈眉善目。"滚！"他把礼盒扔在天井。

三个女人臊得满脸通红，低着头急急走了出去。

晚上，儒青老爹彻夜难眠，在床上翻来覆去背汤头歌诀。他平常根本不需要背歌诀，一见症状，脑海中自然水一般流出药方子。现在他绞尽脑汁，几十年前的东西都翻捡出来，龙胆泻肝汤还是犀黄丸？托里消毒散、搜风解毒汤或者参苓白术散？他爬起来，翻出书箱，找珍藏的线装书，《诸病源候论》《霉疮秘录》，叹息一声，翻开泛黄的书页。天亮时分，拿起毛笔，终于开始在草纸上写药方。

明天敬了灶神，再叫她们来取药吧。还是睡不着，他披衣出门，站在屋前，怜惜地看着这一窝的荒芜良田，在月光下泛着莹冷的光。

（原载《羊城晚报》2016 年 9 月 19 日）

散　步

窦俊彦

李崖有散步的习惯，回到老家，也不例外。

吃过晚饭，李崖向母亲打了声招呼，就去散步。

农村的黄昏，在晚霞的衬托下格外美丽，田野里，一望无垠的油菜花，开得正艳。

李崖走在田间的小道上，呼吸着空气中夹杂着油菜花的清香。想到小时，跟自己的小伙伴们，在油菜花地里追逐玩闹，常常遭受大人的呵斥。如今，童年的玩伴都各奔四方，当年呵斥他们的大人，就如母亲一样，在慢慢地走向衰老，想着这些，李崖的心中不免惆怅起来。

这时，从不远处，隐隐约约地走来了一个人，佝偻着腰，戴着草帽，扛着锄头，慢慢向李崖走来。

到了跟前，李崖才看清，是张叔。李崖清楚地记得，他小时和小伙伴在油菜花地里疯玩，没少挨张叔的批评和告状。

李崖看着张叔，想起小时的事情，他就咧着嘴笑了。

张叔愣愣地看着李崖，待看清是李崖后，他脸上的皱纹也像菊花一样展开，眯缝着眼睛，说，崖子，啥时回来的？

李崖说，昨天回来的。说着，他从身上摸出香烟来，并给张叔点了一根。

张叔边抽烟，边眨巴着眼睛，问，是开车回来的么？

李崖摇摇头，说，我是搭车回来的。

张叔惊异地看着他，说，你没有车？

李崖坦诚地说，我没有。

张叔怪怪地看了李崖一眼，自言自语地说，我还以为你有车呢。说完，就沉着脸，扭头走了。

李崖看着张叔，心里感到很纳闷，他搞不清楚，张叔为何变脸这么快？

他边想边往回走，后面一辆车打着响亮的喇叭，开了过来。

李崖急忙往路边闪，车却在他身边停住了。

车玻璃摇了下去，车窗里伸出一颗圆乎乎的头。头光亮亮的，没有一丝头发。笑起来，满脸的横肉一颤一颤的。粗壮的脖子上，挂着又粗又壮的金链子。

李崖定睛一看，才看清了，这是小时候的玩伴吕大扬。

吕大扬说，兄弟，上车吧，我送你回家。

李崖摆着手，说，不了，我走走。

吕大扬说，怎么，在城里做了科长，就不认我们这些在村里混的人了？

李崖解释说，不是的，我在散步呢。晚上，我再找你聊。

吕大扬听了，没有接李崖的话，随口向外面吐了一口唾沫，晚风吹着唾沫星子，飘在了李崖的脸上。还没等李崖擦去，那车就带着嘶鸣开走了。

李崖回到家里时，天已经彻底黑了。

他打来热水，正要洗洗。母亲进来了，她问，你在散步时遇到谁了？

李崖随口说，遇到张叔和吕大扬了。

母亲点点头，说，难怪，难怪，我明白了。

李崖问，他们说什么了？

母亲忙说，也没说什么，都是闲话。你做你的，管他们说什么，没有啥大不了，村子里人就那样。

母亲说完，叹了一口气，就出了门。

李崖看着母亲远去的背影，他就是想不通，自己就散个步，又碍谁的眼了，竟惹来了闲话。

(原载《天池小小说》2016 年第 9 期)

秋奶奶与张阿婆

孙全鹏

　　雨，整整下了两天两夜，依然在下。水像开了闸的河一样，弥漫了整个村庄。

　　秋奶奶刚做好午饭，顾不上吃，急得团团转。儿媳妇快生了，可村子里唯一的道路却淹没在水中，这可咋办呢？秋奶奶看着窗外的大雨，急得满头大汗，忍不住大骂："这鬼天气，啥时能停啊？"一声声炸雷又在天空响起，秋奶奶抓着头上稀稀拉拉的白发，不住地叹气。

　　村子离乡卫生院有十几里，家里就秋奶奶一个人，加上下这么大的雨，就没法送儿媳妇去卫生院了。这时，她想起了村西头的张阿婆。以前，家家都穷，没钱去医院，方圆几里的人都找张阿婆接生，她接生已有三十多年了，手头也高；自从闺女前几年从医学院毕业，分在乡卫生院工作后，张阿婆就在家休息了。说起原因，一是张阿婆接生不正规，二是她年龄大了，女儿也能挣钱了。秋奶奶想到这里，就披了个破衣服向村西头走去，刚走出门没两步，她又退回来了。不是因为雨大，是因为半个月前她与张阿婆吵了一架，下这么大的雨，张阿婆会来吗？

　　屋子里传来儿媳妇的呻吟，那声音一阵一阵的，秋奶奶心里像针扎一样疼，难受极了。秋奶奶咳嗽了几声，为了儿媳妇，为了去世的儿子，舍出这张老脸了，她冲进了雨幕。

　　秋奶奶走在路上，头发湿了，贴在了眼睛上，她赶紧用手拨到了一边，深一脚浅一脚地向前走，泥泞的路上全是一个个水坑。她摔倒了，赶快爬起来，也顾不得重新披上旧衣服，怕耽误时间，继续向前走，好不容易到了村西头张阿婆家。秋奶奶都湿透了，水一股一股地向下流。她看张阿婆家的门开着，就一边喊着"老嫂子，老嫂子"一边向屋子里走。

　　可是，屋子里没人回答。一碗面条在桌子上放着，上面还冒着热气，可人去哪儿了呢？

秋奶奶想：这个张阿婆平时就小心眼儿，也爱记仇，看来上次为地边和她吵架的事，她还怀恨在心，不想见自己。秋奶奶又大声地喊了几声："老嫂子，求你了！俺儿媳妇要生了，你就帮帮俺吧。老嫂子，俺儿子死了，就靠这个孩子传后了……"说着，秋奶奶止不住呜呜地大哭起来。

院子里，大雨还在哗哗地下着。

半天，也没有张阿婆的回音。秋奶奶确信张阿婆恨她，肯定铁了心不想见她，更别说帮儿媳妇接生，要不然怎么不吭声呢？她只好拖着沉重的脚步往回走，还忍不住地回头看。

轰隆隆的雷声还在响着，她全身都湿透了，雨水顺着她的身子向下流，她什么也不顾，心里冰凉冰凉的。

不知什么时候，秋奶奶总算回到家门口，儿媳妇的呻吟声越来越大，她想着以后再也见不到儿媳妇了，都是自己害死了儿媳妇啊！不禁大哭起来："媳妇，娘对不住你啊！儿啊！儿啊！这可咋办啊？你在地下，别恨娘，娘没有给您留住后啊！"秋奶奶哭了。

突然，一阵婴儿的哭声传来，秋奶奶的心不禁一颤，连忙加快脚步向屋内跑去。

屋子里，张阿婆的闺女穿着白大褂还在忙碌着，额头上满是汗珠，张阿婆在旁边站着，手里抱着裹着被单的新生儿。"恭喜你啊，得了个大胖小子。"张阿婆笑了。秋奶奶愣住了："我去你家找你，你不在家啊？你咋来了？"

"闺女说你儿媳妇的预产期就在今天，没见她去卫生院。你看，天又下了这么大的雨。你一个人也不方便，闺女就喊上我来你家了，没想到来得正巧啊。"张阿婆擦了擦汗。

"多亏你们了……上次地边的事，唉……"秋奶奶有一肚子话要说，可是却说不出来，她哭了。

"都过去的事了，你咋还记着哩？来，赶快抱抱你孙子吧，有七八斤重呢。"张阿婆说着，两手托着婴儿，递到秋奶奶手里。

窗外，雨停了，太阳出来了，金色的阳光洒在村子上空。

（原载《河间周报》2016 年 4 月 27 日）

老阎的请求

庞　滟

　　土地局局长老阎马上就要退休了，却意外接到检察院的传唤通知书。

　　走到门口，老阎停下，慢慢转回身，望着办公室里曾经熟悉的一切，黯然伤怀。

　　门边的一面镜子吸引了他，在这之前，他竟忽略了它的存在。他走过去，想对镜子笑笑，却被里面的一张脸吓到了——石条一样的脸挤不出一点笑容来，因为用力挤压而苍白地扭曲着。老阎颓废地跌到椅子上冥思苦想，自己的笑究竟丢到哪儿了？

　　那时的老阎刚当上镇长，一脸灿烂鲜活的笑。他壮志满怀，兢兢业业地想干一番大事业——招商引资发展畜牧业、建蔬菜瓜果基地。他热血澎湃地把那些需要投资审批的方案递交给上级。漫长的等待中，很多都销声匿迹，即使是熬到通过，最佳的投资时机也已错过。面对信任他的乡亲们，他的笑容苍白无力。

　　几年的清官做下来，老阎依旧一贫如洗，还经常把工资捐给穷人的孩子去上学。他的同事、同学们大多风生水起，收获了名车豪宅。

　　老婆常常生气地骂他：你是天下头号傻瓜，送上门的钱你不要，你还把钱往外搭，这个破家都成穷掉底儿的筐了，没法儿过了。

　　老百姓称老阎为好官。上级调他到县里工作。在市政府工作的钱同学对老阎诱导，只要你肯出银子，我能帮你调进县政府当领导，没钱，我先帮你垫上。他谢绝了钱同学。

　　老阎被安排到信访大厅做了一个闲职。他倒乐于这个工作，能接触到很多百姓亟待解决的投诉案件。每次接到百姓的投诉，他都按程序火速地转给上级部门。然而，多数案件还是石沉大海。

　　老阎的笑容越来越少，叹气的时候却是越来越多了。

一次酒后，老阎冲钱同学发牢骚，倒着满腹的苦水。

钱同学说，权力的大小才能体现解决问题的多少。如果你想要权力，我可以帮你疏通关系。

老阎终于心动，点头同意了。

老阎被调到县土地局当了局长。他拒绝数起违规开发土地的事件，县里的招商引资项目几近搁浅，财政收入立减，上级领导没少批评他。

一次，一个台商以一张巨额支票为贿赂，让他批复一块土地的使用权。他义正词严地说，如此拆迁，会毁坏一处清朝建筑，这个项目太离谱了，会背负子孙的骂名。他不仅没有同台商签合同，还批评了此做法。

这事惊动了县长，老阎受到严厉批评——说他影响了县里的招商引资形象。

老阎想辞职。钱同学知道后，生气地说，真是木头一根，再这样下去，我可亏大了。

这一年，老阎的母亲得了癌症，需要做手术。儿子又嚷着要出国深造。老阎无奈，只好向钱同学借。钱说，这笔钱你不用到处去借，工作上变通一下就能搞定，只要做得巧妙，就能天衣无缝，高枕无忧。

辗转反思后，老阎决定赌一把。他以为做得滴水不漏，便可瞒天过海。

老阎的两条腿像灌了铅似的沉重，他勉强冲镜子里的自己笑笑，对站在门口等他的人说，我想请求，能不能让我从办公楼的后门离开？

（原载《天池小小说》2016 年第 1 期）

复　仇

刘　平

　　矮坨一动不动趴在那块布满青苔的岩石后面，警觉的目光盯着前面不远那片箭竹林。他肯定那只熊瞎子就在里面，打了几十年猎，矮坨追踪猎物的经验十分丰富。旁边林子里，几只兔子悠闲地啃着青草，松鼠在松枝间跳跃，可因为那只熊瞎子闯入了矮坨警觉的网，矮坨对兔子松鼠之类的小动物就不感兴趣了，他手中猎枪的枪口一直瞄着前面那片箭竹林。

　　"畜生！你的死期到了！"矮坨想，有些兴奋。

　　矮坨就靠手中的猎枪喝酒吃肉和到山下镇上找女人，那些兔子野鸡松鼠之类的小动物对他来说就是小菜一碟，它们常常鲜血淋漓地被绑上腿挑在猎枪管上，晃晃悠悠变成矮坨的下酒菜或被弄下山换成钱。而那只熊瞎子就不一样了，熊掌、熊胆、皮毛、肉，那是一大堆现大洋。是猎人，就会眼红。

　　那只狡猾的熊瞎子多年来一直在这片山林里游荡，矮坨和另一个叫坑头的猎人曾经联合起来围剿它，可他们一次又一次的围剿都被那家伙戏弄。在最后一次围剿中，矮坨瘸了一条腿，那天傍晚他心生一计扮成熊瞎子引诱那家伙，却被坑头开枪打中左腿。

　　在这片大山里，矮坨和坑头是两个最有经验的猎人，他们常常一起喝酒吃肉交流心得，关系密切得像兄弟。开始，矮坨认定坑头那一枪是故意的，他想独吞那只熊瞎子！那家伙再狡猾，收拾它总有机会。在一大堆现大洋面前，感情不过是一句空话。可坑头赌咒发誓自己不是故意的，真的把他当成熊瞎子了。矮坨说："你哄鬼吧！"

　　三个月后的一天上午，坑头独自一人就去找那家伙复仇，结果被那家伙咬断了喉管。

　　坑头的坟就在矮坨身后的林子里，清明那天，矮坨去给坑头烧了一大堆纸钱。矮坨烧纸钱的时候心情很复杂，他有些怀疑坑头那一枪究竟是不是故意的。坑头死了，这件事就成了永远的谜。矮坨心里不想再纠缠这个问题，他知道这片山林里少了一个顶尖的猎人，那只熊瞎子就属于他一个人的了。一大堆现大洋，他可以在小镇上买房子，过上衣食无忧的生活。

那只熊瞎子大摇大摆从箭竹林里走出来了。矮坨第一次这么近距离看到那家伙，它大得像头牛犊，嘴张着，矮坨仿佛闻到了一股血腥气。熊瞎子没有意识到一支黑洞洞的枪口正瞄着它，它悠闲地在那里晃悠，这儿闻闻，那儿看看。"畜生！你的死期到了！"矮坨又想，心里愈发兴奋。

矮坨觉得命中注定该自己发财，他和坑头联手围剿了那么多次都没有成功，而且坑头还把命丢了。今天，熊瞎子却自己往他的枪口走来！矮坨只要一扣动扳机，他和坑头的恩怨就彻底烟消云散了。啊，对了！小镇上那个满脸络腮胡的餐馆老板看到熊掌不知道有多高兴呢，嗯，不能轻易卖给他，要狠狠敲他一笔！

那只熊瞎子还在那儿悠闲地玩耍，它把一丛白色的野花拔了起来，放鼻子上闻闻，又扔了。它似乎又对旁边树干上的一团蘑菇产生了兴趣，伸出一只爪子去拍。就在这时候，矮坨扣动了扳机！

"砰——！"

野兔、野鸡、松鼠们惊得四下逃窜，一股刺鼻的硝烟味儿弥散开来。可熊瞎子没有倒下，它肚子上淌着血愤怒地朝这边冲来。

瘸了一条腿的矮坨还没来得及重新装弹，熊瞎子已愤怒地向他扬起了巴掌。矮坨感到脑袋被猛击了一下。

那一瞬间矮坨还有一点儿意识，他突然想到了坑头，感到后悔不已。熊瞎子扑咬坑头的时候，他其实就在附近，那天他也在悄悄追踪熊瞎子。熊瞎子带伤跑到坑头面前时是他很好的开枪机会，那家伙脑袋的侧面正对着他的枪口。可他没有开枪。那天，只要矮坨开枪，就可以救坑头的命。

"完了！"矮坨绝望地哀号，可没有人能够听见。

拍晕矮坨，熊瞎子又一巴掌将地上那杆猎枪拍成两截。

（原载《小小说选刊》2016 年第 18 期）

葵 花

刘红军

　　清晨八点钟，我站在上庄乡葵园，等叫葵花的女孩。

　　上庄乡在绿水蓝天的映衬下，清新灵动，宛如十八岁的少女，而葵园给少女的发髻上插上一朵亮丽的头花。放眼望去，茂密的叶子铺成绿海，金灿灿的油葵花，像小姑娘的脸蛋，朝着太阳的方向，绽开了。

　　油葵就是叫葵花的女孩种植的，听护士说，葵花大学毕业后，恰逢乡里搞美丽乡村建设，她便租了一百亩地，建起了油葵种植园。还别说，经济效益蛮好，这里也成了全国摄影基地。

　　葵花长什么样呢？

　　昨晚电话里我约葵花见面，她只是咯咯地笑，末了说道，你是摄影的呀？给我拍张照片吧！

　　好啊，我心里像三伏天喝了冰水，爽透了。兄弟，不是我矫情，你不知道，几天前葵花救了我，就在这葵园边。

　　那天我坐了几个小时的火车，赶到这里天已经擦黑了。夕阳下油葵花像是朵朵金色的云，向我飘来。正当云朵飘来的时候，我肚子一疼，晕了过去。

　　醒来的时候是躺在乡卫生院，小护士告诉我，我犯了急性阑尾炎，葵花把我送到这里来，并为我交了医药费。

　　葵花是哪个村的？我问。

　　上庄村啊。

　　你认识她？

　　算是吧，十里八村的都知道她。小护士边换吊瓶边说。

　　那她长啥样？

　　葵花那样呗。小护士抿嘴一笑。

　　葵花一定是个阳光般的女孩儿，我说。要不是她，我就歇菜了！

小护士又是笑，这里人人都是葵花那样的，我看你是被葵花迷住了。

我的心颤了一下。

炊烟早已飘过，小村的空气开始欢腾起来，男人提着锄，妇女牵着羊，孩子背起书包，都从灰白拼接的院墙里涌出来。

慢点慢点！有人声传来，一把轮椅向葵园这边驶来，轮椅上坐着年轻的小伙，白衬衣，鲜红的领结。眉棱高高的，眼睛出神地望着葵园。

推轮椅的是两个半大孩子和一位大娘。

大哥，你是摄影的吧？小伙儿冲我问道。

是。

站在哪个角度好？

这里，像葵花一样，面朝阳光。

异样的表情从小伙儿脸上闪了一下。

小弟的腿怎么了？

看到广场那儿漂亮的假山没？大娘反问。

我想起天刚亮的时候，走到一个广场，那里是村民活动中心。广场的前面矗立着一座假山，有模有样的，喷泉伴着音乐欢快地舞蹈。假山跟对面的湖水遥相呼应，旁边的人说那个湖是垃圾池改造的。

漂亮不？那是我们的杰作。小伙骄傲地拍拍胸脯。

我儿子提议给村里省点钱，自己找石头，自己堆。后来不小心摔了腿。大娘的眼睛里闪着湿亮的东西。

不错。那可辛苦您老照顾了，我说。

不怕，有媳妇儿呢。小伙儿接过话。

我开始调试镜头。

等等！小伙儿说，总不能让我单飞吧？他冲我眨了眨眼睛。

一阵咯咯的笑声破空而来，一只小鸟扑棱一下从树梢飞起，冲向远处去了。我知道，葵花来了。

葵花穿着洁白的婚纱，被一群大嫂和小姑娘簇拥着。

香风从我身边掠过，葵花弯下腰又站起身，踩住了裙角，打了个趔趄，递给我落地的镜头盖。我看见她圆圆的脸蛋、大大的眼睛，目光清澈得如一眼泉水。

她咯咯笑着移步到轮椅小伙儿那儿，随手给他揉了两下肩，然后冲着我，忽闪着长长的睫毛，打了个响指，来吧，在我的葵园，给我们拍张婚纱照！

她和他？……

天空瓦蓝瓦蓝的，飘着几朵白云。葵园里，几只蜜蜂在葵花瓣前飞来绕去。许久，我上言不搭下语地说，葵花姑娘，谢谢你救了我！

葵花咯咯咯笑得更厉害了。

你真是个好人。

这算哪跟哪啊？咱村的杜玉如大妈才是中国好人呢，几十年伺候瘫痪的小叔子，人家叫她嫂娘……

嘿嘿嘿，小伙儿打断她的话，可甭想让我叫你什么娘！

葵花乐得岔了气，揉着肚子说，那我穿婚纱叫啥？

新——娘！大伙儿都笑了。

宝贝儿，今后的幸福全仰仗您老人家了！我也会把葵花当作心尖儿来疼的。小伙儿双手捧着一大枝油葵贴在胸前，叶子碧绿碧绿的，金色的花瓣肆意地舒展着。

瞧你，又糟蹋我的葵花！葵花嗔怪地把脸贴近准新郎。

啊，葵花，我心中的女神，我的太阳！明天你要嫁给我啦！小伙儿俊朗的脸扭向新娘，把幸福的眼神递了上去。

在众人的笑声中，一对儿新人的合影定格在我的镜头里。

两个月后，我谈恋爱了，女友圆圆的脸蛋，大大的眼睛，一说话就咯咯地笑。

这天，带女友出去兜风，跨上摩托车，一路好景，心情格外地爽快。老话说，人逢喜事精神爽，谁说不是呢！刚刚接到电话，我的作品《我的太阳》获得"上庄杯"摄影大赛一等奖！

我问女友，知道我为什么喜欢你吗？

女友从身后大声问，为什么？

给我揉揉肩就告诉你。

揉了，快说，为什么？

因为，因为……你猜？

（原载《大观》2016 年第 9 期）

药　箱

袁有江

在腊月落第一场雪的夜里，月老挣扎着去了另一世界。

月老是村里爷爷辈中，硕果仅存的孤寡老人。打我记事起，她就住在村西头的小屋里。春夏秋冬，她都是一身浅黑，或深蓝的粗布衣衫。平时说话极少，且声音低沉。就算逢着村里的欢腾场面，她被拽进去同庆，也像一片树叶隐匿在树丛中。其实，因为她既会看病，又擅长接生，一直是方圆十里八乡名声很好的人。

我打听不到她的真实姓名。将长辈们提及她的一些片段，连缀起来：解放前，她母亲当过上海某资本家的小老婆。解放后，资本家被枪毙。她母亲上吊自杀。她是跟着外公长大的。二十世纪六十年代，她下放到我们村。传言她曾和某公社干部有染。那干部倒台后，她受到牵连。因此，在别的"下放学生"陆续返城的时候，她参军入伍了。在部队里，她学过医疗救护。退伍那年，不知何故又回到我们村。

村里的头号能人王之敬，是月老的干儿子。当年月老回村分田立户，亏得队长王之敬大力帮忙。后来，王之敬媳妇难产，月老救过王家母子的命。王之敬于是择个良辰吉日，燃起香烛，拉着媳妇拜月老为干娘。那三跪九叩的虔诚，很让村里人为之动容。当然，也有小人背了脸，讥笑王之敬好像在拜"大上海"和"资本家"。

王之敬对干娘的死很伤心。他带头打理月老后事时，特别用心卖力。月老的骨灰盒落葬时，他将月老生前的衣服鞋袜、铺盖、锅碗瓢盆和桌椅板凳等，全都带到坟地，一把火烧了。他怕干娘到了那边，过日子不方便。

一群人在月老坟前磕完头回来时，有人突然问，月老到了那边，会不会还接生？另一人笑说，阴间接生做什么？又死不了。再说月老都没药箱了。这话提醒了大家。王之敬说，对了，我收拾她屋子的时候，就觉得少了什么，你这一说我倒想起来了。她的药箱呢？那个棕色猪皮面，有两个铝合金扣手的药箱呢？有人边说边比画大小。那曾让他们感觉神圣，感觉到新生的希望的药箱呢？

王之敬说，我再去她屋里找找。有人说，莫非里面放了什么好东西，她特地藏起来了？我也陪你一块儿去找。一时间，大家都在心里猜测。那接生过他们中大部分人的箱子，会装着什么呢？一笔巨款？稀世珠宝……按理说，都不大可能。

七八个人跟着王之敬走进月老的屋子。一览无余的屋子里，空荡荡、冷飕飕的。只剩下一盘水泥砖砌成的、连在墙体上的灶台。大家一起拆了灶台，留下一堆碎砖烂土。失望的人们，最后看了看屋顶和地板。王之敬说，别瞎折腾了，老人家尸骨未寒，咱总不能拆了房顶，掘地三尺吧？兴许她早扔了。一个孤老太太，没当过官没发过财，还能剩下什么呢？都回去歇着吧。

阳光很好。冰消雪融的世界，到处一片滴滴答答的声音。王之敬站在自家门口，望着满眼冰冷的狼藉，吃惊地张大了嘴巴。一夜之间，月老的房门倒了，屋内被挖得到处是坑。屋外地基四周，也被挖得稀巴烂。这帮龟孙子！财迷心窍！他拢着手还要骂，老婆在身后捅捅他说，药箱会不会在咱家？他吃惊地回过身来。老婆指指杂物房说，那年夏天，月老叫我帮她把一个木箱搬过来。说是医书和药。那木箱死沉死沉的，会不会放在那里面？

王之敬和老婆赶紧去杂物房。在废弃不用的架子车上，扯开落满尘埃的蛇皮袋，大木箱赫然立在眼前。撬散木箱，十几本厚薄不一的书噼里啪啦掉下来，中间凸现一个灰白色的包袱。那些泛黄的书本，除了医疗类的，还有两本红色皮壳的《毛泽东选集》。解开包袱，就是那个眼熟的药箱。

王之敬和媳妇一时间，都有些莫名地紧张。他们憋着气，欣喜地对望着，停了一会儿，才小心翼翼地砸开生锈的扣锁。箱盖上的布兜里，装有一个日记本，写满了密密麻麻的字。但因墨水颜色消退，已无法辨认。箱子浅浅的第一层，放着几个药瓶，一些药棉、胶布和一个铝盒。盒里装着医用的手术刀、止血钳、剪刀和一根老式针管。第二层里装得满满的。掀开纱布，都是过期的药品。清理出这些药品，箱子居然空了。王之敬抱起箱子，翻来覆去地看着，拍打着，最终却什么也没抖搂出来。

死老婆子，啥也没给咱留下。王之敬媳妇站起身，失望地跺了跺脚。

王之敬说，我们得赶紧把这空箱子埋了，要是有人知道我们打开这箱子，就说不清了。

这天深夜，他们像两个盗墓贼一样，顶着噎人的寒风，一个扛着镢头和铁锹，一个抱着药箱出了门。在月老的墓地旁边，他们挖了一个深坑，将药箱严严实实地埋了。

回家之后，王之敬生了怪病：一到深夜，耳朵里就哇哇响，都是婴儿的哭声。

（原载《小小说选刊》2016 年第 11 期）

温　酒

魏益君

　　官当大了，张县长山珍海味吃了不少，名贵好酒也喝过无数，但他最喜欢的还是和乡下的老父亲温一壶烈酒，对坐共饮。

　　张县长的老父亲喜好喝温烫得热气腾腾的烈酒，喝一口还哈出满口的酒气，惬意无比。每次回乡下老家，父亲就温一壶热辣辣的酒，边喝边听张县长讲外面的事，每听到张县长有一点进步，就哈出一口酒气，不住地点头，现出自豪的表情。

　　不知道从哪一天起，父亲再听到张县长的炫耀，喝到嘴里的酒就不再哈出酒气，闷闷地咽下，表情凝重。再后来，张县长和父亲喝酒就没有了往日融洽的气氛。

　　这天，父亲打来电话，说周末让张县长回趟乡下，陪他喝一杯。听父亲的口气，张县长心里不免忐忑，但还是答应了父亲。

　　张县长赶到乡下老家时，已是暮色四合。父亲已经把酒温上了。父亲温酒很特别，将酒倒入一个盘子里，点燃，然后放上一个特制的支架，将盛满酒的一把锡壶放在上面，蓝色的火苗舔着壶底，不一会儿酒壶里就冒出袅袅的热气了。张县长看到，父亲把今天温酒的盘子换成了大号。看张县长坐下后，父亲眼瞅着蓝色的火苗舔着壶底，闷声不语。看父亲这样，张县长就不好说什么。等酒壶里的酒开始冒出热气，张县长要斟酒，父亲冲他摆摆手。

　　沉默了一会儿，父亲像是自言自语地说起来："咱们家往前推几代，没有一个当官的，你算是第一个。看着你出息，我是老脸放光啊。每回咱爷儿俩喝酒，我最愿意听你讲工作的事，你的理想，你为群众办事的谱气，让我听着高兴坏了……"

　　父亲就那么慢吞吞地讲着，张县长不知道父亲究竟想说啥，不好多插言。酒壶里的酒已经被烫得滚开了，发出"嗞嗞"的响声。张县长又要斟酒，父亲依然冲他摆摆手。

　　"后来，你的官当大了，说话的口气也变了。你知道我好喝酒，就每回都带来很多好酒。我也知道那些酒好喝，但我不喝，因为那不是你花钱买的，我还是喝我的散酒舒坦。我知道你孝顺，可有些孝顺我们受不起。自从我知道了在我名下有两套房子，我是怎么也睡不着觉了。以你的收入，如何能买得起那么多房子！我们不想要房子，我们想要儿子……"父亲说着，眼圈红了。

　　这时，酒壶里不再有热气冒出，盘子里的蓝火也渐渐小了，最后熄灭。等酒壶变凉，父亲拿起酒壶说："你看，好好的一壶酒被蒸发掉了！"

　　父亲又端起盘子里的酒："这里的酒已经变质，完全没有了酒的味道！"

　　听着父亲的话，张县长陷入沉思。父亲见张县长低头不语，又说："无论将来你怎么样，你都是我们的孩子，都是我们心疼的儿子！"

　　一番艰苦的思索后，张县长抬头看着父亲的脸坚定地说："爹，我知道该怎么做了。将来咱爷儿俩再对坐小酌时，我一定会很轻松的！"

　　父亲嘴角有了淡淡的笑意。

　　那一晚，张县长和父亲谁都没有喝一口酒，脸红红的，像是醉了，但醒着……

（原载《小小说大世界》2016年第3期）

落　寞

贺向花

　　梅巧巧敲门时，我和吴小涵正好都在家。是吴小涵开的门，她礼貌地把梅巧巧领进来。梅巧巧说，我住三天就走了。吴小涵看一眼梅巧巧拉着的行李箱，肩上背着的装得鼓胀胀的双肩包，回头看我一眼。那一眼让我心里一惊。因为我看见吴小涵吃惊地张大眼睛，眼神里似乎有着像机井一样深的恐惧。我对吴小涵的反应觉得非常奇怪。

　　梅巧巧是我朋友，我拿她当哥们儿一样待。我们都是漂在北京的演员，她告诉我说，她又接了个戏，三天后到剧组去，可是她租的房到期了，她不想再续租了，想等拍完戏再找房子租。这中间间隔的三天，总不能流落街头吧？她想在我的书房里借住三天，然后再到拍戏的城市去。我这几年发展得还行，刚来北京时与人合租，现在租了一套房，住得还算宽敞。不就三天吗？我一口就答应了。这事我没告诉吴小涵。

　　我接过梅巧巧的行李箱，拉到书房里，将梅巧巧安置好。梅巧巧说累了一身臭汗，想去冲个澡。吴小涵说，行，你去冲吧。梅巧巧关上卫生间的门，里面传出哗啦啦的流水声。吴小涵问，她怎么住这儿了？我小声地将梅巧巧的房租到期又接了新戏的情况对吴小涵说了。

　　吴小涵说，你征求过我的意见吗？我笑说，现在不就是征求你的意见吗？吴小涵小声说，现在算是征求？人都住进来了，叫征求？我说，我知道你会同意的，她毕竟是我朋友。吴小涵没有起一句高腔，声调也很平稳，可是，我说过这句话后，就看见吴小涵眼眶里突然滚下两行热泪。我突然很烦躁，我说，你这不是在挑事吗？

　　这时候，卫生间的门开了，梅巧巧甩着湿漉漉的长头发走出来。

　　吴小涵是个很懂事的女人，梅巧巧住在我们家三天，虽然，她在我面前闹着别扭，但是，当着梅巧巧的面，她的表现还是像往常一样。梅巧巧一点也不知道，因为她住进来，吴小涵生气了，生了很大的气。从这一点来说，我非常感谢吴小涵。

三天之后，梅巧巧离开北京，去了新剧组，我以为这事就过了，我和吴小涵又回到了以往的平静生活。可是，自从梅巧巧走后，不，是自从梅巧巧住在我们家时起，吴小涵就有一点不一样了。我感觉到她对我有些疏远。

在一起两年，吴小涵将我的生活打理得很好，我知道，她很爱我。吴小涵偶尔也会怪我，她说，你和朋友交流，都比和我多。我想想，也是。可是，这不是很正常吗？

一天，我们正吃着饭，她突然问我，你不觉得，在你心里，梅巧巧比我重要？那时，我正饿着，注意力都集中在她做的那些好吃的饭菜上。我说，这个问题还用问吗？她说，那你就是默认了。我说，默认什么呀？她是我朋友，朋友和你都重要。她长长地叹了一口气，再也不说一句话，只专心致志地吃一口菜，喝一口粥，空气似乎都变得僵硬了。

在剧组里等待拍戏时，我的脑子里老是闪出吴小涵专心致志吃一口菜喝一口粥的样子，她只看菜和粥，都不看我一眼，似乎我不存在一样。怎么才能让她不生气呢？我琢磨了很久，我认为我找到了问题的症结所在，我有了主意。

拍完戏，我回了一趟老家，和我的爸爸妈妈见了一面，我就返回北京。见到吴小涵，我对吴小涵说，小涵，我和我爸我妈商量好了，我们就在今年九月份结婚。吴小涵很吃惊地望着我，说，你是说同我结婚吗？我笑说，当然是啦。吴小涵说，可是这事我怎么不知道呢？我说，我不是现在就在告诉你这个好消息吗？我和我爸我妈都商量好了。

吴小涵说，你和你爸妈都商量好了？我说，商量好了。吴小涵说，这事是不是应该我们两个先商量好了，再去和你爸妈商量？我说，有什么分别吗？吴小涵说，你觉得没有分别吗？我说，没有。吴小涵说，你和你爸妈商量好了，再来通知我，我不觉得这是好消息。

吴小涵说着说着就泣不成声了，哭过之后，吴小涵和我分手啦。我很爱吴小涵，我知道，她也很爱我。我很痛苦，我想不通，她为什么要和我分手呢？

（原载《天池小小说》2016年第2期）

喜　宴

段久颖

　　县卫生局的王局长家里今年有一喜事。家里的独子以全县文科第一名的成绩考上了北京一所著名的大学。

　　录取通知书刚刚收到。一家人看着校方发来的喜报，很是高兴。有朋友献媚说，王局长，看来你们家又该出一位局长了。

　　王局长哈哈一笑回道，你这是小看我儿子了。我儿子说要当就当县长。

　　这段时间，整个一家人都沉浸在幸福的喜悦里。

　　但是喜事过后跟着是烦心事。

　　最近全县上下根据中央的精神，大搞转变机关工作作风。由县里面的纪委配合在全县的干部队伍中大力宣传这一精神，并且还要求不准党员干部借升学之机搞升学宴会借机敛财。

　　这条精神现在成了王局长最头疼的事情。私下里他跟妻子说，现在风紧，要不咱们就不办了吧？

　　没想到妻子异常决绝地回答说，不办，这么多年咱们家随份子随了多少你知道吗？

　　王局长有些好奇地问道，这你都记着了？

　　敢情你吃饱了啥也不管。这一家的柴米油盐哪一项不要我张罗。咱们家的每一笔开支，不都是经我过目。这随礼的事，我能不清楚。妻子唠叨着。

　　哎，别磨叽了，说说到底随了多少？

　　妻子伸出两个指头。

　　多少？

　　二十万。

　　啊，那么多？

　　都在本子上记着呢。妻子说完，到衣柜里翻出一本厚厚的账簿。然后扔给王局长。

王局长看过账簿，叹口气没说话。

告诉你，今年的喜宴必须办，不用你张罗，我来张罗。我一个小学的老师，还怕他妈的什么纪委不成。妻子的蛮劲又上来了。

王局长在家是个妻管严。凡事都要跟妻子商量。他当然清楚这一点。

没办法，最后只好同意妻子的意见。

最后两个人商量，由妻子出头。王局长在办喜宴的时候，不露面。

私下里两个人躺在被窝里还商量了一下能来参加喜宴的人数和在饭店准备的桌数。

然后由妻子负责发请帖。

妻子发完请帖，王局长问，你发了多少张？

妻子回答说，一共六百一十张。

啊，那么多？

咋多了，这其中得有五百张是咱们都给过礼份子的。

唉，太多了，太多了。

这是好事啊，你咋还叹气。

你说，这六百多人要是都来，这场面肯定大，到时候难免不会惊动纪委那些人。纪委的书记，我跟他又不熟。这事要是追究起来，肯定玩儿完。

那也不能不张罗啊。这箭都射出去了。

唉，得想想办法。王局长叹着气。

第二天，王局长将自己在局里面最亲近的人秘书小姚叫来，将家里头疼的事跟他说了，让他帮着拿个主意。

小姚是王局长的心腹，鬼点子多。他站在那里琢磨了一下，然后对着王局长耳语了一下。

王局长听后，不住地微笑点头。

王局长回家将小姚的点子给妻子说了，妻子听了说，好，真好。这事成了后，好好地感谢人家小姚一下。

王局长家的喜宴按照小姚的点子张罗办了。

那天办完喜宴，王局长跟妻子躲在家里数钱，面对那几十万的收入，两个人真是喜上眉梢。

但是没想到的是，第二天王局长上班的时候，就被纪委的人找去谈话了。

纪委书记老纪冷着脸对王局长说，我说老王啊老王，这现在正是风头上，你咋顶着枪口往上冲呢。书记已经发狠话了，这次要拿你开刀。

王局长被撤职了，所有礼金也全部没收。

被撤职的那天，王局长百思不解，自己安排得很周密啊，到底是哪里出了毛病。

回到家，妻子冲着王局长发着怨气，你还说小姚的办法好呢，好个屁。你说说六百人的喜宴，你让我安排了六十家饭店来张罗。这事不暴露才怪呢。现在整个县里面都说你是个大贪污犯，儿子升学摆了六十家饭店。

王局长听后，扑通一下瘫坐在椅子上，半天没说出话来。

（原载《小小说大世界》2016 年第 4 期）

意外的奖学金

赵　欣

　　季雪的家在呼伦贝尔草原，距离四千多公里，往返一趟，很不方便，费用也高，所以她一入学就立志获得奖学金。但是名额有限，竞争激烈。

　　大一要结束时，季雪在全省高校英语竞赛中获得了第一名，考试成绩也不错，申报学院的奖学金应该没有问题。

　　辅导员老师是这项工作的第一环节，也是关键所在。季雪的辅导员老师叫纪羿，是从别的大学刚转过来的，戴一副近视眼镜，不苟言笑，同学们都对他敬而远之。

　　季雪敲开老师的门，递上了奖学金申报表。老师把表拿在手里看了一会儿，摇摇头，又抬起头问道，你确定要申报这个吗？季雪疑惑地点点头。难道自己的条件不够吗？此后几天，这个问题一直在心头萦绕着。奖学金虽然只有两三千元，但是对于她来说真的很重要。

　　再见到老师的时候，季雪问好，老师只是点点头。

　　一周之后，老师把表退给她，说，你好好了解一下学校关于奖学金的评定标准再申报。季雪刚要问什么，老师的手机响了，她只好告辞。

　　季雪把心中的郁结在电话里和家人说了。家人告诉她，有的汉族人办事是讲"人情"的。室友云静也给了她暗示。老师怎么会谋私呢？季雪想不通，但是回想起老师的态度，也不得不信了。

　　她去了一趟银行，取了三百元钱，装在信封里，拿着那张申报表去找老师。碰上同学张扬也去找老师，手里拎着一个口袋，口袋里鼓鼓的。二人一见都有点不自然，张扬先进去了，空着手出来，对着季雪笑了笑。季雪暗暗庆幸自己的判断是正确的，只是这点礼有点单薄，她有点担心。张扬课余做微商，有收入，没法比啊。

　　一进屋季雪就看到那个口袋被放在老师的桌子下面。别人不会注意，但是她明白，还好自己明白得不晚。扫一眼季雪的申报表，老师摇摇头，正要开口，季雪慌忙把信封掏出来，往桌上一放，说了句，老师您费心了，就快步出去了。到了寝室，她的心还在怦怦跳呢。

再见到老师时，她似乎看到了眼镜后面些许的笑意，才放下心来，看来老师没嫌礼轻。她给家人报了信，家人很高兴，这个假期可以回去了。

过了一周，距离公布奖学金的日期很近了，老师通知季雪过去。她满怀喜悦地站在老师面前，等到的却是退回的那个信封。老师摇摇头，又抬起头对她说，好好学习吧！

往回走，遇到正在送货的张扬，看她兴高采烈的样子，季雪暗暗捏了捏拳头。第二天她在信封里添了五百元，又送给了老师。老师用力摇摇头，却也没怎么推辞。

奖学金的评定结果公布了。学校的习惯是，先公布学院的奖学金，迟几天再公布国家奖学金，但后者只有两三个名额，大家不抱希望的，所以都关注这次的结果。名单里有张扬没有季雪。

季雪那天在校外参加一场英语口语比赛，捧到了一个奖杯。天那么蓝，她真想飞起来，但很快被云静的电话扯了个跟头。跑回学校，把名单看了好几遍，顽固地认为是搞错了，又到学校网站上查询，事实浇了她一大盆冷水。没想到老师胃口这么大，真是可怕得很。过了几天，老师那里居然无声无息，季雪很痛惜，也生了愤恨，不办事还不退还礼金吗？

她告诉家人假期回不去了，眼前闪现出家人又焦虑又失望的面容。

第二批奖学金公布那天，起了雾霾，她的心情格外烦躁。上完课，她躲在寝室里垂泪。还没步入社会，她就对社会产生了强烈的质疑。当云静疯了似的跑来告诉她，榜上有她的时候，她认为那是天大的玩笑，那绝不可能。云静打开学校网页，给她看名单。她看了又看，确定不是做梦，脚下就生了弹簧，蹦跳着尖叫着。

那可是国家奖学金啊！

为了确认，她给老师打了电话，老师正好找她。她给老师鞠了一个躬，激动地说，老师，我要好好感谢您的！家人告诫她，这大笔的奖学金不能都揣在自己腰包里。老师摇摇头，拿出那个信封，放到她手里，说，你要好好感谢学校和国家！关于奖学金，学校要求很严，不准许老师有任何倾向性行为。你当初申报的是学院的奖学金，而我是想让你申报国家奖学金。由于你在英语方面有特殊的能力，学校决定破格对待。

季雪愣怔着，半天才反应过来。老师接着很严肃地说道，你的心思要用在学习上！

泪水簌簌流淌下来，她不知道说什么了。转身离开的时候，老师喊住了她，给她二百元钱，说道，对了，你交给张扬，这是上次我托她给我买的茶叶钱。

　　季雪走出大楼，满天的雾霾散了，阳光灿烂，恍惚一下子回到了美丽的草原。她给家人打了电话，那边停顿了一下，说，家这边，有个别人煽动民族矛盾，我们知道怎么做。你要好好学习，回报社会。

　　她捏了捏拳头。

（原载《小说月刊》2016 年第 6 期）

工程师小杜

小杜站在客厅中间看老杜安装那盏大灯。

老杜在脚手架上爬上爬下，一身汗津津的。

小杜说，歪了歪了。

老杜把灯向左边移了移。小杜说，你往右移嘛。老杜又往右移了移。小杜说，移多了，往左一点儿。

老杜抹了一把黑汗，脸一板说，你来好不好！

我来就我来！小杜一个原地跳高，蹦上了一米多高的脚手架。定位、钻孔、接线、上螺帽，三下五除二，一盏大灯就安好了。

从脚手架上跳下来，小杜洗了手，拍了拍衣服，两手插进屁股后面的裤兜里，把耳机插到耳朵里听起了音乐。

安好了又怎么样？像个二流子。老杜说着，脸上有了一些笑意。

我看他们父子俩的架势，觉得有趣，走过去说，老杜，后生可畏，看来你该让位了。

我又对小杜喊道，小杜，现在干什么工作？不如帮老爸来做电工。

小杜扯下一只耳机，说，做电工？太小瞧人了吧。

小杜撇了撇嘴，听着耳机摇头晃脑地走了。

我问老杜，你儿子现在干什么？

老杜说，刚大学毕业，没事来工地上玩玩，立志高远得很呢，说以后要成为机电工程师，但愿呀但愿！

小杜后来又到工地上指手画脚了几回，不久就到东莞去了。

大概两个月后的一天，我在另一个工地上看到了小杜。他穿着一条有许多洞的牛仔裤，打着赤膊，脚趾上夹着一双人字拖。

我说，小杜，你不是到东莞那边做工程师去了吗，怎么又回来了？

小杜不作声，瞟了我一眼，继续用螺丝刀上开关。

我躲在一边打老杜的电话，老杜，你儿子不是去当工程师了吗，怎么回来了？

老杜说，去了不到两个月，换了三个厂子，闷声闷气又跑回来了，没辙！

我们公司技工青黄不接，要培养一批年轻人。我说，小杜，做电工一样有出息嘛！不过，既然在公司做，就要遵守公司制度，打赤膊，穿拖鞋，都是违反公司制度的，要把工作服穿上。

小杜不屑地说，你以为我会做电工吗？我是看我家老头儿搞不过来才帮一下忙的，我明天就会去北京。

小杜一连两天都没有去北京，继续打着赤膊、穿着拖鞋在工地上安插座开关板。我打电话吼老杜，如果明天我看见你儿子在工地上打赤膊穿拖鞋，就要把他赶出去！

晚上，业主一个电话把我吓坏了：夏经理，你安排的什么电工，我家客厅的大灯掉下来了！

我心急火燎赶到业主家。那盏五万块钱的大灯晃荡着，要不是还有一颗螺丝挂着就掉地上报销了。我又逐个儿检查了一遍插座，发现小杜把五个插座的零线和火线接反了。

我大骂老杜，老杜，叫你的宝贝工程师儿子滚吧！

小杜第三天没来，听老杜说到上海去了。

不到二十天，我又看到了小杜。

八月十五不到，天气还很热，小杜穿着老杜的工作服秋装，袖口和领口都扣得规规矩矩。他见到我，立刻把耳朵里的耳机扯了下来。他有意地躲开我。我也懒得理他。

小杜默默地在工地上干了一个月，我们俩才慢慢开始说话。

我问，不当工程师了？

他说，干什么不都一样吗？

我说，好男儿志在远方嘛。

他说，还是脚踏实的好。

三个月后，小杜当上了电工班长。

有一天在家里吃饭，我老婆问我，小杜怎么样？

我有些莫名其妙，什么小杜，哪个小杜？

我看见女儿把碗遮着脸吃饭，一下明白了几分。

我说，这是不可能的！一个小电工！我女儿可是公司的高级设计师。

以后见到小杜，我又不和他多说话了，那小样儿，总觉得像是打入身边的敌人的卧底！

小杜连续三个月获得优秀电工班长称号。年底，他被晋升为公司水电部部长。

腊月二十四过小年，小杜一脸窘态地站在我家的客厅里，女儿生怕我吼他，战战兢兢地靠他站着。我老婆倒是把脸笑得像一朵金丝菊，坐吧坐吧，还站着干什么？

唉！没办法，丈母娘看女婿，越看越欢喜啊！

（原载《小小说选刊》2016 年第 8 期）

审　判

孔繁强

当我接到搬迁厂房的通知时，就恼火了，手头这些订单如何完成？凌晨两点，我才倒在床上。

"咚咚咚!"突然传来一阵敲门声，我一看，天才蒙蒙亮。是谁啊？我嘟囔着去开门。

门开了，我大吃一惊。门外没人，只有一条小鱼和一只小虾在门口蹦跳着。

我正纳闷，耳边就传来了："怪物先生，我们是水王国法院，请你去趟法院。"

我一愣，是谁说话？我环顾四周，没人呀。

"怪物先生，难道我们的话你没听到？"只见小鱼法警手里拿一张法院传票跳跃着说。

我大怒："你们算什么东西？叫我是怪物？快给我滚!"

"你自己去镜子照照，看看你是啥东西。"

我回到房内镜子面前一瞧，顿时惊恐失色。原来镜子里真有一个圆扁的身子、小小的头、细细的脚和手、浑身黑褐色的怪物，很像一只涡虫。

"怪物先生，走吧。"

"我、我、我凭什么跟你们走？"

"因为石板鱼、鲢鱼、草鱼等水动物在法院起诉你的案子今天开庭了。"

"天啊，我什么时候把这些水动物得罪了？"

"因为你涉嫌排放废水污染环境。"小虾法警跳将着说。

"废水污染案？"

"是的。"

我愣了。

"好了，走吧。"小虾法警指着一辆用珊瑚石做成的车说道。

当我坐在车里，从窗户看到水王国这座城堡时，也是惊诧不已。因为这地方不是乳白色的水，就是又黑又臭的水，而且城堡前前后后堆满了淤泥，那些水动物只能缓慢而费力地行走在街道上。

进入水王国法院后，我发现乌龟法官、小黄鱼陪审员、小金鱼书记员等早入座了。旁听席上也坐满了水动物。

我叫道："我要见我的律师！"

乌龟法官虽然年纪不大，但很老相，还不时咳嗽。他说："同意被告的请求。"

在我的印象里，律师很恋钱，所以我对眼前这位青蛙律师不抱很大的希望，我同他单独谈了半个小时后就开庭了。

草鱼检察官说两句话就得停一下，似乎很虚弱，不过，他还是断断续续地念着起诉书："被告，这几年，你的水晶加工厂排放到水王国的废水，经查证里面含重金属、氢氟酸、硝酸等，使原告的不少家族成员患上了绝症，直至死亡，有的被迫远走他乡……"

草鱼检察官念完后，旁听席上边传来了一阵阵抽泣声。接着，小鱼法警呈上了有关的物证和图片等证据。

乌龟法官问："被告，你还有什么要向法庭陈述申辩？"

在证据面前，我知道难逃法律制裁，于是我说："尊敬的法官、全体陪审员，在这里，我诚恳地向水王国动物们道歉，我愿意赔偿由我造成的损失，也愿意整改，请给我一次悔改的机会吧。"说完，我深深地鞠了一躬。

法庭一阵沉默。

"法官大人，请允许我为我的当事人辩护。"青蛙律师蹦跳起来说道。

"同意。"

"我的当事人虽然给水王国造成了危害，可他诚恳道歉了，也愿意整改并赔偿，我们应该给他一次重新做人的机会，另外，我想提醒法庭注意，这么多年来，造成这种乱排放污水的现象，难道我们水王国的有关监督部门就没有责任？"

这时，旁听席上的水动物们纷纷交头接耳说，是啊，有道理。

"咚"的一声，乌龟法官敲了一下棒槌说："肃静！监督部门失职我们也将追究责任，但这并不妨碍追究被告人的民事和刑事责任。"

"法官大人，请法庭在量刑时一定要考虑，因为我的当事人说，他已经联系好了海王国的高等院校教授，并为他设计研制成功了一套先进的废水处理设备，三天后就可以投入使用。"

我大吃一惊，因为我没说过这样的话，难道青蛙律师……

"被告，情况是不是如律师所说？"

"是的，法官大人。"

青蛙律师说："如果这种设备一旦使用，那么这种处理过的水会更加环保，我的当事人本来也打算从明天开始搬迁到水晶集聚园区去，请法庭在量刑时充分考虑被告的认错态度。"

最后，当法官宣判限我在三天内搬迁完加工厂，赔偿排污造成的损失，交纳规定的罚金，不再追究刑事责任时，全场响起一片掌声。

法院外，我紧紧拥抱着青蛙律师说："谢谢，谢谢。"然后又问："兄弟，你为啥要帮我？"

"我的长辈临终前告诉我，记住，许多年前，有一个少年曾经在江河放生过我们的先辈，这个人就是你，还有我的表哥牛蛙，在环保局的，他已经帮你联系好了废水处理设备。"

我听后，眼睛湿润了。

（原载《天池小小说》第 5 期）

遇见你也遇见我自己

林美兰

大妈陪老伴儿住院。

大妈五十不到吧，个头矮小，身体臃肿，塌鼻凹眼，一看就令人生厌。她也许是个色彩狂，喜欢穿绛红、鲜黄、荧光绿、深紫的衣服；更是个香味痴，她从你身旁走过，就让你嗅到呛鼻的香水味。

大妈嗓门儿也特大。要说个人爱好嘛，她爱穿什么衣服，爱洒哪种香水，爱怎样说话，都是她的事儿，也符合做人的道理。可问题出在这里是病房，住着的都是病重的老爸老妈。我老妈中风也在这里进行复健。今早，陪床的还在行军床酣睡，就被大妈粗大的嗓门儿惊醒：

护士，送药！

老头子，喝水！

哎哟，天气真好。可以出去晒晒衣物了！

她大呼小叫的，完全不顾及别人的感受，让有些人道路以目，也让有些人心烦意乱。我妈有心脏病又神经衰弱，常受到影响，我们也就心惊胆战的。大妈成了病房所有人的梦魇。

我们好不容易挨到她老伴儿出院。她推着车，孤零零地站在病房门口。我暗暗高兴，这是我们在梦里，都想把她如按掉声控开关般让她的声音立马消失的好事嘛。这时，病房里没有人出来送他们，几间门也都关得紧紧的。我刚好要出去，就礼貌地问，走啦？

是啊。大妈眼睛一亮，立刻放开大嗓门儿，口水四溅，喷洒到我脸上。

我擦下脸，忍不住多说了句，大妈，您跟人说话，声音小点。

大大咧咧的大妈，眼神黯淡下来，泪水直淌，嗫嚅：……你们都讨厌我，可……我没办法……大妈突然抓住我的手倾诉：我的老伴儿，还没到退休的年龄，就让脑血栓压迫了神经，眼睛模糊了，反应远不如以前了。我只能穿颜色鲜艳的，喷点儿香水，老伴儿才能闻到我、看到我。哪怕我的样子不清晰，也好些。

我睁大眼睛，嘴也张得大大的，噢，错怪大妈了。

大妈也是掏心掏肺的直性子：我嗓门儿大，讨人嫌。可我也是为让老伴儿知道，我就在他身旁。

你不说话，你老伴儿就害怕了吗？大妈点头。我暗骂自己，还责怪大妈不在乎别人感受。说来，我才自私呢。立即道歉。

大妈抹眼：我知道他们都说我自私。可不好意思喽，我嗓门儿大影响别人，而比起让老伴儿活得自在些，我宁可当个万人嫌。

大妈的怪异行为似珍珠般光华闪耀，我心头一热。我有难以启齿的经历啊，原来很讨厌大妈此刻偏偏喜欢上她，我心疼她，拥抱她一下。瞬间，也有个重大发现：她老伴儿住院，只有她一个人陪床。是啊，只见她一个人忙里忙外，跑上跑下的。交费，还有扶老伴儿上厕所，都是她一个人。并且，同病房的讨厌她，也没人帮她，她尤其辛苦。

他们不会没儿女吧。

不，这和谐的一对儿不可能那么衰败的。

我是年过不惑的女人，练就不急不恼的向好思维，又多了次嘴：你的儿女不来看爸爸吗？

我有儿子啊。

为啥没来？

他……中专毕业多年了，在家玩游戏。再说，我和老公的企业要延时退休嘛。那么，我儿子想找个好工作，一些好位置不是长期还有人占着？

大妈走后不久，我妈也出院了。

劳动节，我们去南海的蓬莱山庄玩两天。鸡鸣擦亮晨曦，老爸撒出网，将太阳网出地平线；晚风吹灭夕阳，老妈欸乃的桨橹声，溅出星星也惊起了月亮。唉，我看哪儿的年轻女人都在广场跳舞，年轻男子全聚集在棋牌室里赌博，四五岁的孩子已懂得玩手机游戏了，每家的菜品，都是大爷大妈在煮、在炒、在端。即使我们吃得一片狼藉，也都是大妈大爷负责收拾和清洗。我的思绪一下链接到人才市场最忙的时节，往往有几个穿得破破烂烂高龄的民工，来找工作……

唉！身边太多反常的事刺痛我的神经，我脑际再现那天的情景——大妈昂首长叹，歪下头，几乎没未来似的，样子比要断子绝孙更痛苦，突然哀号：我们累死累活的，等不到退休身体就垮了。更恐怖的，是我们没……没有接班人！这会儿，我也喟叹，我老公早不在了。家中也有个跟大妈儿子一样宅在家里玩游戏，鲜见他来姥姥病榻前探望的儿子！何况，儿子要是等到我退休才有机会上岗，家里生活状况也是雪上加霜；幸福，更是在天涯的天涯了吗？

我回家里煮饭时，大叫儿子，你看，我家这柄木勺多年来在汤锅里行使职责，浸染了足够多的味道，变得沉重，却支撑一家丰富多彩的生活。我不禁再对大妈也对大家再多一次嘴：不是危言耸听，千万别轻视……轻视儿女迟点接班的小事。

如今不时兴"补员"了，但我申请"内退"，蛮横地让儿子去我单位上岗。

（原载《大观》2016 年第 4 期）

一 粒 种 子

刘向阳

在阳光明媚的春天，一个人得到了一粒种子。

手捧着籽粒饱满的种子，这个人欣喜若狂。他虽然不知道这是什么种子，但他肯定这是一粒能够给他带来希望的种子。他想，如果这是粒蔬菜种子，那么，经过培养繁殖，一定能发展成一个很大很大的菜园，而且还要建一大片蔬菜大棚，让蔬菜四季常青，而且还要坚决做到不施农药和化肥，坚持生产绿色无公害蔬菜。哈，现在人们都喜欢花钱买健康，放心菜肯定受欢迎，卖也卖不完的优质蔬菜可以给自己换来数也数不完的钱，那自己不就成了蔬菜大亨了吗？他又想，如果这粒种子是粮食种子，那就更不得了了！现在的农村年轻的壮劳力都去城里打工了，自己就可以很廉价地将那些废弃的土地都租过来种庄稼，连成片的庄稼地一眼望不到边，那样就可以采用大型农机具播种、松土、收割、脱粒和烘干一条龙的作业方式。哇噻！到了那个时候，自己可就是百万富翁甚至是千万富翁的农场主了！

他还在不停地想，如果这是一粒果树的种子最好了，自己可以包一座或者更多座荒山，让种子在山上生根发芽，长成硕果累累的果树，再不断地繁殖壮大，壮大到山山岭岭的果树果满枝头；如果果子多到卖不完的情况下，就建一座果脯加工厂，再卖不完，就建一座果酒酿造厂。嘿！到那个时候，自己真的可以成为在国内，甚至在国际位列百强的企业家了！

这个人越想越兴奋，大脑相继出现了凯迪拉克、花园别墅、高尔夫球场，甚至还有私人飞机和停机坪。他认为，富人有的我都应该有，富人没有的我也要有！他仿佛看到手里的种子变成了一颗硕大的钻戒和一大捧芬芳带露的鲜花，面前正站着一位比梦露和范冰冰更貌美迷人的女子，在笑吟吟地等待自己的求婚。脚下的红地毯通向洒满花瓣的教堂，成百上千的嘉宾在优美的《婚礼进行曲》中，纷纷向自己表达着美好的祝愿。有了可爱的温柔贤惠的妻子，还要有一个聪明可爱的儿子。为了让他一生下来就能够获得最贴心的关怀照顾，要不惜重金聘请最好的育儿师和家庭教师，而且要从第一口奶抓起，母乳最好。如果妻子要想保持良好的体形，让儿子喝牛奶，那就要毫不犹豫地拒绝国产奶粉，喝从国外进口的最好的奶粉。奶粉的价格是否昂贵不用考虑，最值得考虑的是儿子的良好发育和健康成长。无论是幼儿园，还是从小学到中学，最后到大学，都要让儿子享受到世界顶尖的教育，将儿子培养成世界一流的高端人才。

一想到人才，这个人便产生了痛心疾首的感觉。他对国家一流大学毕业生纷纷流向国外备感忧心忡忡。他决心要创建自己的具有世界最好条件的科研基地，还要聘请像袁隆平、屠呦呦那样的科学家带领科研团队，研发出一批又一批具有自主知识产权且均为世界领先的高精尖科研项目。他决心要下大力气抓好科研成果的转化和普及工作，力争在最短的时间内获得最大的回报，取得最佳的经济成果。

这个人开始考虑资金问题了。他十分清楚，干什么事情都要有钱，没有钱什么事都干不成。那么，钱从哪儿来呢？自己现在连吃饭都成问题，工作没有着落，租住的地下室尽管条件差些，可兜里的钱还不够付下个月的租金呢！找朋友借，也不行，能借到的都借过了，谁还能再肯借给我钱呢？再说，即便能够借到，也只能是杯水车薪。他最后想到了银行，只有从银行获得大量的贷款，美好的愿望才能够实现。可是，贷款是需要抵押或者担保的，拿啥抵押，请谁担保？一切都是不可能的。即便是哪家银行行长脑袋进水了，也不会给一个一无所有的人放贷的。

顿时失去了信心的他，开始怀疑那颗种子了。这是颗什么样的种子呢？它表面确实光鲜，可内里不一定成熟，假如它是一粒还不十分成熟的种子，或者说，它本身就是没有生命力的干瘪的种子，我为它付出又有什么意义呢？他开始嘲笑自己了，我可真是个傻瓜，十足的傻瓜。险些被一粒不知到底是什么的种子给欺骗了！于是，他开始瞧不起这粒种子，用极其蔑视的眼光久久盯视后，手一扬，便将原本捧在手心的种子抛弃了。

就在这个人扬长而去后，种子被暖暖的春风一吹，迅速地生根发芽了。再经艳艳春光的照耀，又开始迅速成长，没用多长时间，便长成了一棵摇钱树。金子的树干伸出了无数条金子枝丫，枝丫上又结满了金元宝。

可惜的是，那个人再也没回来。当然，他不会后悔，因为他永远不知道会出现这样意想不到的结果。

（原载《小说月刊》2016年第4期）

择　校

陈国凡

女儿该上小学了，所在学区的学校不是很好，如今虚城的学校，各式各样，多如牛毛。另选哪所学校好呢？他很是伤脑筋。

刚好，后天有个学校推介会，他决定去看看。

现场人山人海，满眼皆是一脸焦躁的家长。展示的学校很多，令人眼花缭乱，推介词各有特色，都极具诱惑。他一时不知如何选择。

耳听为虚，眼见为实嘛。各位家长，请随我来，到我们学校去看看，到时你再做选择不迟。忽闻喇叭里的高声吆喝，他不由得跟了过去，上了校车。

你们说，孩子在学校，什么最重要？在车上，推介人问满满一车子的家长。

学习成绩、生活习惯、体育锻炼、特长培养……家长们说什么的都有。

你们说得都对，又都不对。这些确实很重要，但都不及孩子的安全重要。推介人说。现在，校园安全事故在各地屡屡发生，跌摔、踩踏、跳楼、翻墙、绑架、失踪……自己的孩子，说伤就伤了，说没就没了，你说，谁受得了！孩子是我们的希望我们的未来我们的全部啊。

女人们很紧张，握紧了边上男人的手，也不管他是不是自己的男人。

对，安全最重要，其他都是狗屁！有家长如是说。

话糙理不糙。推介人笑道。

到了校门口。推介人问大家对学校的第一印象。

校门特别，围墙特高。大家异口同声。

对。我们学校的所有设备，都是围绕校园安全这一核心而设计的。我们的校门与众不同，不是常见的电子伸缩门，伸缩门太低了，一跳就可进入，形同虚设。边上的小门，窄小，仅能一人进出，安全。车辆进出，用卷闸门。车来，开；车走，关，安全。当然，只有教职工的车辆方可进出。闲杂人员一概不准进入。实在有事，非进不可，那也得全面核实。先登记，搜身，这儿有专门设备，任何凶器休想带入。然后查验身份证，我们已与虚城公安系统联网，就是双胞胎，都能立马被辨认出来。全虚城仅此一家。这还不算，按指纹，刷脸，一样都不能少。

真是万无一失。家长们直点头。

不对。推荐人说。万一歹徒来了怎么办？小孩子最容易遭受歹徒攻击。歹徒知道从校门进不来，你们说，他会从哪里进来？

爬围墙？

对，爬围墙。除校门外，这是能进入学校的唯一途径了。但请别怕，我们早有防范！刚才你们第一眼就看出了，我校的围墙特高，比监狱的还高，纵使歹徒能飞檐走壁，也上不去。自然，学生爬墙外出的事也就杜绝了。

家长们抬头望高墙，只看到蓝蓝的天空白云飘。大家长舒了口气。

我们的保安多，二十四小时轮班，三班倒，每班八人，两人坐传达室，看监控。教室、寝室、食堂、走廊、过道……全校到处都装有高精度的红外线监控系统，连晚上，都能看得一清二楚。两人坐校门口，以防有人强行闯入。其他保安校园巡逻，各个角落，各就各位，一刻不停。吃饭也是轮流着吃。还有，我们的保安年纪都只有三四十岁，且经过专门训练，体格健壮，身怀绝技，统一着装，配备上岗。不像一般的学校，都是些五六十岁的老头子，真来情况了，顶个屁用啊。

我还以为他们是特警呢。有女人说。

不是特警，胜似特警。推介人说。

真好，真让人放心。家长们交头接耳，称赞不已。

大家随推介人往里走。虽是雨天，但一点儿不滑。

为防学生跌摔，我们学校地上铺的是防滑地板，走廊楼道台阶铺的是防滑地毯，教室寝室用的是防滑木地板，操场是塑胶操场，哪里都安全。我们的老师，除了备课上课吃饭睡觉，就是陪着学生，哪里有学生哪里就有老师。教室寝室食堂的窗户走廊全部安上防盗窗，学生想跳楼都不可能。

我校一直高度重视校园安全工作，这是关乎学生生命的头等大事，绝对不留死角不留隐患。总之，这么多年了，我校从未出过一起校园安全事故，年年都是区级市级省级安全文明单位。从前年开始，已连续三年被评为国家级安全学校。推介人一刻不停地介绍着。

大家一脸笑容，一致决定让自己的孩子在这里就读。虽然费用高了点儿，但值得。

我为倩倩找到虚城最好的学校了。一回家，他就兴奋地告诉老婆。

学校老师素质怎么样？老婆问。

不知道。

教育教学质量怎么样？

不知道。

啥都不知道，你还把倩倩放那里读？老婆很是诧异。

你不懂。他说，孩子绝对不会逃课。

（原载《小小说选刊》2016 年 11 期）

讨 债

闭 月

再过两天就到中秋节了。今天是大礼拜，老婆带着孩子回了娘家。晚饭后，市人事局耿局长正坐在沙发上边看电视边喝茶水。忽然，外面狂风大作、电闪雷鸣。大风裹挟着沙尘、雨点，穿过窗户扑面而来，吹得刘局长不由得打了个寒战。他忙站起身来，准备去关上窗户。就在这时，忽然传来一阵门铃声。

这鬼天气，还有人来？他不由得皱起眉头边去开门边想。

等耿局长打开门一看，来的不是别人，正是自己初中的同学高伟。

高伟原本是县文化局局长，由于工作突出，去年被提拔到市文化局任副局长，可妻子还在县实验中学工作。为了改变两地分居的生活，高伟调到市里不久，就曾经找过耿局长，请他帮忙把妻子调到市里工作。

高伟私下曾经听说，他的这位老同学不仅不念旧情，而且有点腐败，加上多年未见，就准备了两万元钱，作为见面礼和"活动经费"，在中秋节的前两天拜访了耿局长。两万元钱对于清廉纯朴的高伟来说，已经是一笔不小的数目了。然而那天，高伟来到这位老同学家，二人叙完旧，等他说明来意，把那沓钱从公文包里拿出来，放在他面前的时候，他不但没有客套推辞，而且连眼睛都没眨一下——好像高伟送的不是钱，而是一堆废纸似的。

高伟走了以后，耿局长看了一眼那两万元钱，撇了一下嘴，自言自语地说，哼！办这么大的事，就拿这么点钱，打发叫花子哪？真小气！

因为嫌高伟给的钱少，耿局长就决定把这件事拖拖。没想到拖来拖去的，他就把这事给忘了。

转眼一年过去了。这会儿耿局长一见高伟，才想起这档子事。令耿局长感到不解的是，这一年来，高伟也没有给他打过电话催办这事。莫非他是不好意思？还是忘了他的电话号码？……

老高来了，快进屋，没挨浇吧？耿局长来不及多想，忙把高伟往屋里请。

高伟和一年前没什么两样，只是手里拎着一个比一年前那个公文包大十倍的皮包。令耿局长感到奇怪的是，外面下着大雨，高伟也没带伞，可浑身上下竟没一点湿意。莫非他把雨伞放在门外了？耿局长一边猜测一边把高伟让进客厅。

就你一个人在？嫂子和孩子呢？

高伟跟着耿局长走进客厅，就直接坐在沙发上，毫无表情地说。

嗯，快过节了，你嫂子带孩子回娘家了。

是啊，时间过得真快，记得上次我来你家还是一年前的事呢。一年了，不知道我求办的事办得咋样了？高伟冷冷地说完这句话，便以一种极其犀利的目光紧盯着耿局长的眼睛。

耿局长也是见过世面的人，不知道为什么，当他碰触到高伟的目光时，竟然有些不寒而栗。他急忙避开那道寒光，讪讪地说，正在办，正在办，刚、刚有点眉目。你不知道，现在办事难呀，市里的学校都超编……

哦，是吗？我知道现在办事难，让老同学费心了，过节了，一点小意思，请笑纳。

高伟淡淡地说完这句话，就把手里拎着的皮包，往耿局长前面的茶几上一放，便毫无表情地站起身，头也不回地向外走去。一边走他还一边悠悠地说，变天了，时候不早了，我也该走了……唉！是该走了……耿局长还没来得及挽留，他就已经走到门口，打开房门便在一阵电闪雷鸣中径自离去，只留下耿局长恍然如梦地站在那里。

呆立了良久，耿局长才被一阵振聋发聩的雷声惊醒。他急忙走回客厅，打开高伟留下的皮包一看，竟吓了一跳——原来皮包里装的都是冥币。

莫非高伟在戏弄我？妈的，即使我没给你办事，你也不至于用这种方式来羞辱我吧？看着那满满一兜子的冥币，耿局长气愤至极地想。他一边恼羞成怒地把那包冥币扔到地上，一边给高伟打电话。然而，打了几遍竟是空号。难道这小子换号了？耿局长边想边又看了一眼高伟的号码。确定无误后，气得他原地转了一圈，便又拨通了老同学魏强的电话，魏强与高伟交情甚厚，他想从他那儿要到高伟的手机号。电话通了，耿局长也顾不得寒暄便直奔正题。

喂，老魏，是我，你知道高伟的电话吗？我有事找他。

谁？你找谁？高伟？高伟去年中秋节的前两天晚上就出车祸死了，你不知道啊？

什、什么？死、死了？

耿局长听了这话，直吓得脸色煞白、头皮发麻，两腿发软、眼前一黑，便昏倒在地……

（原载《武邑文学》2016年第2期）

窗　外

王文钢

　　我没见过老侯，但是我听过老侯的声音。老侯该有五十开外，因为老侯口中的父亲已经八十多岁。他在家中居二，上面有兄长，下面有兄弟。

　　五十多岁的老侯，父母尚在，这是多么幸福的事！老侯也感到很幸福。他的声音洪亮，几里外都能听到老侯的声音。

　　一窝子几个人在一块儿闲聊。其他几个人声音缓慢悠长，听进耳里，断断续续，有的模糊不清。唯独老侯，字正腔圆，大大咧咧，板板正正。我只能用这些词语形容，因为老侯说的每一个字我都能听得清楚。

　　不谈别的，谈自己的爹娘。这里是拆迁安置小区，老侯的爹娘住在单元的地下室里。楼层分在四楼，爹娘年岁大了，上下不便，只能住在地下室。

　　老侯说，俺家的房子是九十多平方米的，地下室也大，接近二十个平方，他们二老住着宽绰的。虽说是地下室，咱这里不也就是一楼么，地下室靠南边，俺给开了小门，外面围了低矮的一圈栅栏，里面俺给种了花草。天气晴好的时候，他们能出来，坐到门口晒晒太阳。满眼的花花绿绿，清清爽爽多好啊！可有一天，俺发现，栅栏里的花草没了，被俺娘撒上了菜种子。一辈子跟庄稼打交道习惯了，俺爹俺娘不习惯种花呢！

　　老侯爽朗的笑声。

　　老侯说，俺爹前年中风，瘫痪了，俺娘多年前就患有风湿病，行动迟缓不便，俺弟兄几个就轮流去伺候他们二老。

　　有人问，老侯，你们仨兄弟家的娘子去不去？

　　老侯声音如雷鸣，去，咋不去。三个妯娌轮流去伺候，家里吃的喝的，不要问了，凡是有营养的东西都带过去。哎，就有一点烦人，俺爹瘫痪在床，几个妯娌去了，不方便给俺爹换尿裤，还都是俺们几个兄弟去换。你看看，老大六十多了，我也快六十了，俺弟弟眼见着五十了。俺说都黄土快埋到脖子的人了，还有啥讲究的。几个妯娌不愿意了，那是恁说的。要是咱娘，不要你们说。俺就笑了。

有人接腔，周围几个村，能有你们兄弟仨这样待老人的，不多了！

老侯嗨了声，这有啥，这不是做儿女应该做的吗？像俺这个年龄的，爹娘都还健在的不多了哇，你看看俺，都这个岁数了，到外面找活儿干也不好找了，俺就干份清洁工的活儿，工资不多，够花就行。反正家里俩孩子的事都办妥了。有时啊，俺扫着地，心里还是惦记着俺爹俺娘。到了放工时间，俺就急匆匆去看他们。俺怕俺爹憋不住尿裤子，俺怕俺娘腿脚不便不能给他弄。

那人又问了，恁爹娘身上有味儿没有？俺们那个楼道的一个老头，身上味儿贼大，一进单元楼就能闻到。

老侯说，怎么没有，人到了这个岁数了，又行动不便肯定有。不过俺买了空气净化器，俺经常带他们去洗澡，好多了，俺也怕影响单元的邻居。就是俺娘，糊涂了，经常喊着让俺爹陪她唠嗑儿。俺爹好犯困，一睡就是沉睡，有时候俺去喊了十几声才能喊醒。有一次俺爹睡着了，俺娘自己坐着太孤单，就喊俺爹，喊了多少声没有回应，俺娘就哭了，俺娘以为俺爹走了。刚好俺赶到，俺说娘你哭什么？俺娘说你爹我喊不应了，你看看他是不是走了？我当时心里一沉，我忙过去，我一看，俺爹脸色红彤彤的，慈眉善眼的，应该没事。俺就喊，俺的嗓门儿大，可俺也喊了十几声，后来俺爹睁开眼，说你瞎号什么！俺当时背过身就流了泪。俺爹没事！

有人叹气，人老了都这样，俺家老头也是，总是想让人陪他说说话，可是谁又有时间呢！

老侯声音比刚才低些，是啊，俺给俺爹买了唱戏机，能听能看的，我发觉他不是多喜欢，有人陪他聊天时，他是精神气十足，没人陪他聊天时，让他自己放开唱戏机，有时听着听着就睡着了。俺娘那个人啊，懒，让她挂着拐出去活动活动，找别的单元的老太太拉呱儿，她偏不，就是坐在那里，也不听唱戏机，就在那儿发呆发愣。俺知道，风湿病折磨得俺娘，一点都不想走路了。

有人接茬儿了，恁弟兄几个都离得近，勤去看看他们，老人不容易，什么苦什么难都吃过经历过，到老，该享享福了。

老侯声如洪钟，高昂起来，那是的，俺现在才真正体味到家有二老如有二宝的含义了，到俺这个岁数，爹娘都在，多好啊！累点也值了！

窗外很久没有声音。我在窗内的写字台前坐着，已是泪水潸然。

我没见过老侯，只是坐在二楼的家里，听着老侯和邻居在我家楼下的阳台下聊天。

　　我想看看老侯的模样，一定是个个子魁梧走路雄赳赳的男人。伸头，我看到一个个头低矮，甚至有些猥琐的老汉从我家窗外走过。不知道是不是老侯。

（原载《百花园》2016 年第 5 期）